巾帼枭雄

太平公主

李端科◎著

内蒙古出版集团
远方出版社

图书在版编目(CIP)数据

巾帼枭雄——太平公主 / 李端科著.– 呼和浩特:远方出版社,2014.4
(唐宫红颜系列)
ISBN 978-7-5555-0157-2

I. ①巾… Ⅱ.①李… Ⅲ.①长篇历史小说–中国–当代 Ⅳ.I247.5

中国版本图书馆 CIP 数据核字(2014)第 055344 号

唐宫红颜系列　巾帼枭雄——太平公主

作　　者	李端科
责任编辑	刘洪洋　任海丽
插　　图	马东原
封面设计	晓　乔
出版发行	内蒙古出版集团　远方出版社
社　　址	呼和浩特市乌兰察布东路 666 号 (电话 0471-2236466　邮编 010010)
经　　销	新华书店
印　　刷	内蒙古爱信达教育印务有限责任公司
开　　本	710×1000　1/16
字　　数	228 千
印　　张	15
版　　次	2015 年 1 月第 1 版
印　　次	2015 年 1 月第 1 次印刷
书　　号	ISBN 978-7-5555-0157-2
定　　价	29.00 元

【卷首语】

风流倜傥艳丽，

智勇泼天出奇。

贪色男女无二致，

岂管世俗伦理。

争权贪色夺利，

男女也应如一。

堪叹传统偏袒多，

天下女里有几？

目录

第一回

艳公主诞生惊天下
美少年承恩乱宫闱

武则天从感业寺回宫之后，连生三个王子、一个公主。但是武则天为了争立皇后，将那公主亲自扼杀了，所以很想再生个公主。不料第五胎坠地，仍然是个男儿。但他十分聪俊，荷颜嫩色，妩媚无比，武后给他起了个女孩的名字李旦，并称之为“假公主”，可见渴望女儿之心切。武则天直到三十八岁时才如愿以偿，终于生下一位公主，比李旦更加艳丽：宽额广颐，面若芙蓉，龙睛凤颈，檀口雪肌，似祥云宝月，有霞仙露，嫩色夺目，香气沁人，真有聪俊绝伦之妙，天仙化人之美。武后为其类已，特别宠爱。高宗最为胆小，希望天下太平，遂给她起名为“太平公主”。当她满月之日，大摆宴席，赐西甫三天。满朝文武大臣争相庆贺，还破例给东西两都百姓每户白银五两，作为贺资；大街小巷，张灯结彩，琴瑟盈耳，彻夜不息。其隆重程度超过前几个王子诞辰之数倍。遂有歌谣流传：

人间诞雏凤，
天上有谪仙。
莫道缺者贵，
公主实非凡！
歌奏太平调，
二圣开龙颜。
闾里习俗改，

生女重生男！

消息传至外国，愈传愈神，有说武后生了个仙女，当天就会说话，三天就会歌舞。有说武后就是谪仙，故称天后，所以争相朝贡入贺，以先睹为快。其贺礼之盛，空前绝后，稀物奇宝，珍禽怪兽，无所不有。

太平公主十岁时，吐蕃国王为太子求亲，请尚太平公主。高宗和武后只此一个爱女，岂舍得远嫁？但又怕得罪吐蕃，遂生一计，修书谢绝："公主聪俊非凡，疑是谪仙，定不长寿，必须出家，方可避凶。"遂为其筑一道观，住了进去，伪装逼真，吐蕃只得作罢。

观内十分幽雅，因公主并非真的出家，所以并不回避男儿，经常叫些男孩玩耍。公主聪明伶俐，读书识字，过目不忘。但只贪嬉戏，不肯用功。随着年龄的增长，情窦渐开，天生一副风流性情，恋上少年校尉薛绍，羞于启口，遂心生一计，借薛绍一套衣冠穿戴上，去拜见父皇和母后。武则天不禁一怔，忙问道："儿欲为武官么？"

太平公主羞涩地道："赐儿个驸马吧！"

武则天道："儿莫非恋上某少年校尉了？"

太平公主笑而不答，武则天问其左右宫女，始知是薛绍。这薛绍的母亲系太宗的城阳公主，属于望族，武后欣然应允。不久太子弘纳妃裴氏，武则天为了热闹，婚嫁盛典同日举办。

真可谓双喜临门，旷古稀有，隆重异常：两个府第，赤旗招展，红毯铺地，纱灯高挂，喜气洋洋。且给市民百姓每家发银十两，作为喜庆之资。整个东都，到处张灯结彩，锣鼓喧天，笙箫盈耳，鞭炮齐鸣。皇亲贵戚，公子王孙，人似流水，车马如龙，许多街道堵塞不通。

妆奁之盛，亦可算空前未有：金银财宝成车，珍珠玛瑙无数，绫罗绸缎堆积如山，箱柜成百上千。薛家院门狭窄，只好拆墙而入。

两对新人，在宫娥傧相簇拥下，先拜天地，再拜高宗武后，其后参拜裴家和薛家高堂。行礼时，管弦迭奏，礼炮齐鸣，约两个时辰，方拥入洞房。

洞房内，一片富丽堂皇，雕梁玉柱，金碧辉煌，八仙玉桌、象牙床、夜明帘、鲛绡帐、古玩、盆景，琳琅满目，应有尽有，满室生辉。

时隔八年，太平公主生育二男薛崇训和薛崇简，还生了一个女儿薛美。这时豫州越王李贞谋乱，薛绍和越王儿子博州琅邪王李冲友善，知情不报，被饿死狱中。

太平公主岂能守寡，遂钟情于表弟武攸暨，但他早有妻室。武则天道："这有何难，赐她自缢便了。"

初时太平公主与武攸暨感情和美，生二男武崇敏、武崇行，二女武艳、武丽。但当武则天登基之后，纳了个艳丽的美童张昌宗，太平公主喜新厌旧之情顿生。张昌宗艳丽出奇，年方十六，身材适中，瓜子形的脸庞，白嫩透红，欢眉大眼，机灵剔透，善解人意，频频传情；鼻似琼瑶，端端正正，双耳垂秀，精巧玲珑，檀口皓齿，美妙迷人……简直是天仙下凡，妖娆绝伦，纵是铁石心肠的人，见了他也要销魂，更何况风流的太平公主了。所以她趁机成就了不知多少次幽会佳期。怎奈是愈是偷情，愈是甜蜜；愈是甜蜜，愈牵肠挂肚，如坐针毡，度日如年。

但是张昌宗推荐异母兄张易之也为武则天男宠之后，经常抽出身来，寻花问柳。首先钟情于内掌诏命的上官婉儿，把太平公主弃如敝屣。按说上官婉儿和太平公主相比，容貌似还稍逊一筹，只是她年龄小了十岁，且善于诗词琴棋，谈古论今。其艳言妙语，一笑一颦，皆情趣横生，销人魂魄。

太平公主起先不知就里，每次约张昌宗幽会，总是被借故谢绝——不是女皇传唤，就是身体不适，因而无限怅然！她时常一人去到他们幽会的地方谐趣亭，忆恋初相识时的柔情蜜意，以及张昌宗的音容笑貌，稚姿雅态：假乎他跨过的亭台仍留有遗痕，他依过的栏杆仍有余香；似乎他的气息尚在，似乎他的倩影犹存，似乎满亭生辉，似乎一尘一土无不可爱……有时冒雨而来，有时夜半方归。日日以泪洗面，心似油煎！早知今日厌弃苦，悔不当初莫相见。时过半年，太平公主开始怀疑起来：莫非是张昌宗另有新欢？但如今天下要数俺最为尊荣富贵了，本公主的聪俊也是天下第一，吐蕃的王子曾向俺求亲碰壁，谁人不晓？只有本公主年龄比你大了些，而那些年幼的又有几多好的？愚笨的多，伶俐的少；丑的多，俊的少；穷的多，富的少；贱的多，贵的少；贪你色财的多，恩爱你的少！再过几年后，她比本公主还要老。而且万一母皇知道了，既轻饶不了你，她也连带遭殃！

太平公主访察了三个多月，毫无破绽，一天女皇有病，让她陪住宫中，半夜时分，她听见后院里鹊叫，似是受了惊动，披衣起床察看，原来是张昌宗和上官婉儿在檐下苟合。她气不打一处来，上前扇罢这个扇那个，几乎疯狂失态，欲拉他俩去见母皇。

张昌宗连忙跪下求饶："龙体欠安，岂可受气，万一病重，固然怨我，只怕公主也有不是！请公主高抬贵手，原谅俺这次，再不敢了！或有任何条件，俺都可照办……"连连叩起头来。

太平公主原猜想张昌宗可能是迷恋上妙龄的宫娥，哪晓得是仅比自己小十岁的上官婉儿！

她想起这半年多的煎熬，嫉恨交加——恨不能立刻把他二人碎尸万段，弃之荒野！本想上奏母皇，无奈母皇正当病中，确实不宜造次，千思百忍，三天过后才敢启奏。女皇闻此亦勃然大怒，拿起匕首向婉儿头上掷去，婉儿脸被划破，血流满面。按照常例是应斩首的，念她的才华，改以黥刑，在匕首伤处刺了一朵梅花。张昌宗也受了体罚，从此对太平公主恨之入骨，二人彻底决裂了。

女皇在洛阳龙门山的风景幽雅处修建了一座兴泰宫，以安度晚年，为的是趁此机会，彻底割断张昌宗和上官婉儿的瓜葛。她封太平公主为皇太公主，让宰相狄仁杰和上官婉儿辅佐她监国，遂即携昌宗兄弟赴兴泰宫寻欢消遣去了。

太平公主自幼娇生惯养，虽然才华不亚于母皇，但好逸恶劳，岂肯为国操心？

欲知端底，且听下回分解。

第二回

公主监国卖官鬻爵
驸马怜香舍死忘生

皇太公主一天傍晚微服信步，在天津桥头遇上个货郎，颇似张昌宗，一见钟情，携带回府，给他改名荷生，爱称荷郎。先领他到后花园馆娃堂中，传宫娥给他沐浴。

皇太公主连忙回房，到东室去开启檀香雕漆大柜。此柜里装有第一个丈夫薛绍少年时的衣物，已十几年来未曾动过，所以锁已生锈，不易打开，累得侍从满头大汗，锁却纹丝不动。她心急如焚，唤侍从拿来一柄利斧，连砍数下，柜劈门裂。她心急手快地拣出一件翠蓝色春衫、一条淡绿色锦裤、一双白底短靴和一顶金花纱帽。这些东西因里面放有防蛀药物，皆崭新耀目，她拿到幽邃阁时，荷生尚未出浴。她隔门缝觑看，但见他坐在盆沿上，背左面右，垂头搓腿。由于热气的蒸腾，玉肌雪肤上泛起一层红润，香气沁人，嫩脂溢彩，赏心悦目，充满魅力。

他忽然仰一下脸。呀！真似出水芙蓉，粉艳欲滴，稚气可掬，妩媚动人……

他似乎有点累了，长出一口气，用右手拢一下头发，方拿起一条汗巾擦背，动作优美，似同粉蝶漫舞，肌肤生辉。最后他蹲下冲洗一遭，慢悠悠地站立起来。呀！魅力满身风流乱滚，胜却人间裸体仙童图！

皇太公主愈看愈爱，愈看愈销魂，恨不能立刻扑上前去……忽然一阵目眩魂荡，不能自持，“扑通”跌倒门口。宫娥们慌忙围前来，莺儿道：“快扶上床去，都愣啥？”于是七手八脚把皇太公主搀入绣榻，燕儿急忙去传参汤。

荷生本来正欲出浴，忽听门外响声过后，手忙脚乱，嘈杂一片，心中狐疑起来：像是跌倒了人，但不知是谁，更不知何故。欲待穿衣去看，又恐尴尬……所以又躺卧浴盆，等待催唤。但他心中有些迷乱。

他自幼丧父，孤儿寡母相依为命。十二岁时开始当货郎，走街串巷。从此生活日渐富裕，到十五岁时，已成长为英俊少年，招来许多闺秀的爱怜，她们争相买他的针线粉脂，并借机调趣，一饱眼福。其中，虽有欲委他终身者，但门户不对的厚墙尚无人能够冲破。

他刚十七岁，由于常被小姐们挑逗，情窦渐开，渐渐学会了戏谑和眉目传情，晚间入睡，则春梦连绵不断。

眼下被拉进宫来，猜知可能是获得皇太公主的钟情，即将一步登天了。心想皇太公主虽然年老一些，但她既漂亮又衣着华丽，胜似寻常百姓家的少女。想到此处，不禁会心窃笑，决心千依百顺，撒娇弄痴，博取皇太公主的欢心……

那皇太公主实因情欲昏厥，并无疾病，所以很快就复苏了。她开口头一句话就问："荷生出浴否?"

莺儿道："出浴了。"急忙给燕儿使了个眼色，让她去催荷生。

皇太公主道："快传酒肴来!"

莺儿道："早已传过，立刻就来。"

"人配衣裳马配鞍。"荷生换上新装，妖媚倍增！莫说是春心荡漾的皇太公主，即使是情窦初开的村女，也会为之动心。

酒肴刚刚上齐，荷生被领入阁来。他举目一望，全是秀女，感到十分拘谨，桃腮上刹那间飞起一层红晕，愈加光彩照人。皇太公主为让他尽快恢复平静，连忙斥退左右侑酒之人。荷生心中十分忐忑，既不敢拒绝，又怕有失礼节，只好半推半就。"酒是色媒人"，三杯过后，荷生精神兴奋，胆量渐渐大了起来，举止也趋于自如。皇太公主再也按捺不住，撩拨道："荷郎青春几许，可曾成婚?"

荷生预料会有此问，便爽朗回道："小生年方十七，只因家贫，高不成，低不就，故尚未择偶。"

"请问荷郎欲高求何样的人儿呀?"皇太公主紧追不放。

荷生十分乖巧，违心相答："小生贫困半生，饱受饥寒之苦，唯富贵是择！年貌皆可略而不问。"

皇太公主半信半疑，又劝他一杯酒，试探道："本公主有一乳母，忠厚老诚，恩义无量，年逾半百，新寡独居，实为可怜可悯，吾赏赐千户，衣食无虑。欲赐你为妇，不知荷郎意下如何？”

荷生原想是皇太公主钟情于他，虽悬若母子，但富贵无比，还勉强可容。不料又转赐给乳母，则悬若祖孙了，委实难忍。踟蹰良久，略有所悟——也许是皇太公主故意吓唬他？但无论如何，上命难违，不如权且应承下来，于是答道：“皇太公主为天，乃金口玉言，叫臣死，臣不敢不死，更何况御赐良缘？小生应承下了！”

皇太公主机灵剔透，尤善于察言观色，知他不是真心实言，于是又生一计，端起自己的酒杯喝了半口，假装呛了嗓子，又吐进了杯里，递给荷生：“请荷郎替我饮了吧！”

荷生看她表情，似是故意试探自己，急忙接过来，一口而干。随之送了个秋波，表示心许目成。

皇太公主早已意乱神迷，难以自持，立即佯称：“我不胜酒力，请荷郎扶我到里面轩中稍憩可好？”

荷生激动而起，小心翼翼伸出双手搀扶皇太公主亦步亦趋，向里走去……

皇太公主自从十四岁就开始享受男女之乐，如今三十有五，一时也数不清同多少英俊少年幽会过，但荷郎的容颜实为美艳绝伦。母皇劳累一生，废寝忘食，杀人如麻，怨满天下，也不过是为了名利和酒色而已。自己之才，不亚于母皇，且有前车之鉴，步其后尘，易如反掌。但“名”乃虚荣，只有“酒色”和“利”才为实惠。故不欲辛苦多劳，愿弃其虚而求其实——她只顾遐想，荷生早已把她扶至榻前。荷生见她神情发呆，既不敢启问，也不敢坐下，木鸡似的陪立一旁。

也不知过了多久，皇太公主酒醒过来，良宵一刻值千金，岂能踟蹰……荷生是初近女色，任其肆意摆布。他既体会不出皇太公主与妙龄少女的优劣，也猜不透皇太公主对自己为何狂恋若此，以及能否天长地久？

他们起床整妆时，已是次日夕阳西下，黄昏时辰。皇太公主仍是恋恋难舍，寸步离他不得。横下心把他带回府中受用，任凭驸马武攸暨会掀起多大的醋波。

这时皇太公主虽已监国，但因宫禁森严，不便于男宠出入，仍居住自己府中。她回府后，把荷生安排在西厢房炼丹室中。此室五楹，中为餐厅，南端为丹炉和休息间，北端为丹库和会客所——实为与男宠幽会处。内中设施十分华丽，锦衾罗帐，几椅茶具，金石玉器，应有尽有，古朴玲珑，色彩柔和，舒适雅致，发人幽思。

皇太公主回房，感到无比的欢悦，时刻回味着同荷郎幽会的情景，喜形于色，充满了幸福，有说不出的愉快！看着两个幼子武崇行、武崇敏和幼女武艳，像是天真活泼可爱了百倍。丈夫武攸暨也好似年轻漂亮了许多，茶饭酒肴也倍觉香甜可口。同丈夫谈起家常滔滔不绝，眉飞色舞，刚入二更，就携丈夫就寝。恩恩爱爱，卿卿我我，竟同新婚一般——实际上她是因荷生激起了她的情欲，权将武攸暨当作替身，施舍余兴而已。而武攸暨由于宠婢怀孕打胎，暂时空守，寂寞难挨，亦将皇太公主作为替身。二人各怀鬼胎，心照不宣，谁也能猜知谁的心事，只是不太了解细情而已。

清晨，皇太公主佯称身体不适，宣布辍朝。武攸暨忙于应酬接受献纳，对皇太公主的隐私，暂顾不上巡查，用罢早膳，便匆匆离去。

荷生一步登天，心情十分激动，既感谢苍天赐给自己一副俊秀的姿容，得有今日的幸福，又恐今后年老色衰难免失宠，因而彻夜难眠。忽然他又想到张昌宗兄弟，比女皇武则天小四十五岁，而皇太公主同自己仅差一半左右，聊可自慰。

皇太公主似乎也被荷生勾去了灵魂，片刻离他不得。同他吃罢早膳，便携手同往后花园漫游，只带莺儿和燕儿侍候左右。荷生双手亦白嫩透红，同荷花相似，只是右手由于摇拨浪鼓磨损，略显粗糙。皇太公主便行在左边，用右手握着他的左手，刹那间似有一股涓涓仙泉甘露传导过来，畅愉难言，令她忘乎所以，良久方喘喘吁吁、声音发颤地问荷生道："你进府之后，心情愉快否?"

荷生十分机灵，本来是有美中不足的——皇太公主的容貌虽然美丽，但是岁数超过自己一倍，若是年龄相当，该多好啊！可这是绝对不能出口的，只好违心相答："皇太公主拔小生于泥涂，不啻一步登天，实为三生有幸，喜出望外了!"说毕凝眸一笑，送了一秋波。皇太公主刹那感到浑身舒畅，抬眼一望，藏趣亭恰在眼前，急忙扶着荷生踉跄而入，并肩坐在围栏上。皇太公主右手搭在荷生的右肩，左手把握荷生的左手，玉体紧靠，迎着朝阳，乜斜双眼，仔细欣赏他的五官。但见：双眉弯弯，向上微翘，尖端隐隐约约透出媚情。两只水灵灵的大眼睛包着成斛的蜜意，如欲言又止，似频传又羞，最能勾人魂魄；鼻子端正玲珑，高低适中；嘴唇不薄不厚，不大不小，中间如含苞欲放的牡丹，两角似初绽的莲花，发人幽思；下颌椭圆光滑，好似鸭蛋，并和瓜子形的脸庞融合在一起；两只耳朵匀匀称称，十分好看；荷容上镀了一层朝霞，白里透红，红中泛彩，酒窝魅，艳绝人寰！皇太公主曾收藏有上下五千年的美童图，却没有一幅能赶得上荷生姿容。

皇太公主神魂入迷，发起痴呆，良久方搂在怀中，偎依厮磨。情欲愈来愈浓，渐不可支，急携荷生到孤岛藏花坞去幽会。但至洞口，忽闻内有人声，立即止步。只听内里对答。

婢子的乞求语音："奴已怀孕五个月了，你快想办法呀！"

武攸暨道："我已托人到东市买房子去了。"

婢子道："你把奴收为妾好吗？"

武攸暨道："皇太公主奇嫉，曾把我的前妻逼死，岂能容得你呀？"

婢子道："皇太公主私通张昌宗、张昌仪……很多人，难道只许她，不许你么？"

武攸暨道："皇太公主权倾天下，我只不过是她的玩物而已。常言说'娶妻莫娶公主'，我是很怕她的……"

皇太公主闻听至此，再也忍不住内心怒火，携荷生助威破门而入——武攸暨常来此坞幽会，因地处偏僻，从来是不闩门的。她指着武攸暨道："你很怕我么，我命你立刻把此贱婢打死！"

武攸暨惊慌中不知所措，立即跪下求情："请皇太公主高抬贵手，她她她……怀有身孕，留下她母子二人，可积阴德无量！"

皇太公主道："按你说来，我成全你的私生子越多，岂不是积阴德越大么？我可没那么多大慈大悲，不愿积那么多阴德！"

武攸暨不禁一怔，无奈道："若把她打死我也不能活——愿和她同死！"

其实皇太公主对他早已冷若冰霜，爽朗而答："你死了少个讨厌虫，请便！"

驸马武攸暨忍无可忍，抗言道："公主赢得一个'风流'的雅号，不知公主得知否？"

太平公主道："风流有二义，一是代表才华文采，一是指生活放荡。"

武攸暨道："可知你的雅号是代表什么呀？"

太平公主道："二者兼而有之！"

武攸暨道：“难道公主就不知羞了么？”

太平公主道：“王孙公子妻妾成群，还竞为炫耀，而我就此一个娈童，反而可羞了，真是岂有此理！”

只说得武攸暨无言答对，让步道：“那么请公主今后给我留点脸面，别公开携带这个小杂种，好不好？你们背后如何，我全然不管。你不要脸面，我还要脸面哩！”

这一下可把荷生给骂恼了：“你还要脸面呀？我看你早就没有脸面了！你生就是戴绿头巾的命，你要是有脸面，早就该一头撞死南墙上，去见阎王爷了！”

只说得武攸暨羞怒难言,无计可施:“好,我就撞死你眼前算了！也可以让世人知道我是被你俩逼死的！”说毕,就奔往墙壁跟前,做欲撞的架势。但回头看一下公主和荷生,丝毫没有阻拦的样子,忽然灵机一动,返回来怒道:“我还不能死,我死了正中了你们心意,你们更可以无拘无束的快活了,没那么便宜！我要活着,我要做你们的眼中钉、肉中刺！先气死你们……”

太平公主道：“不一定谁气死谁哩。”为了故意气他，说毕便搂着荷生亲了一口。

武攸暨被逼到绝处，急中生智：“我不但要和这个婢子二人同死，还要再拉一个，三人同死！”

皇太公主起疑：“再拉一个谁？”

武攸暨猛站起揪着荷生的衣领，做欲往墙壁上猛撞的架势：“拉这个小杂种！”

皇太公主吓慌了神:正和荷生热恋到火候上,荷郎就如自己的命根子,若把荷郎撞死,自己也不能活……常言说“软的怕硬的,硬的怕狠的,狠的怕愣的,愣的怕不要命的”,若把丈夫逼到绝处,他是很可能和荷生同归于尽的。所以连忙上前妥协道:“好,我就成全你一次,下不为例便是了！”

武攸暨得了胜利，毫不买账：“我也成全你一次，下不为例便是了！”遂把荷生松开。

从此，皇太公主算被武攸暨降服了，各自寻欢，于是转入了刮财之路。

欲知其手段和后果，且听下回分解。

第三回

玩忽监国惹怒突厥 协杀佞幸扶立庸兄

太平公主监国之后，为所欲为。她尤其害怕太子旦和已废的中宗庐陵王复辟，所以早留后路，大肆搜刮民膏，购置房舍和田产。并卖官鬻爵，不论士庶屠户，只要纳钱十万贯，就可授官员外、补阙、拾遗等职，五年之间，卖官达三千多人。而且上行下效，层层加码。张昌宗的弟弟——洛阳令张昌仪，因长就一副白皙的面皮，早被太平公主恋上，如今天假其便，一拍即合，夙愿得偿，恩爱如漆。这张昌仪，上依太平公主，下赖二兄昌宗和易之，所以权倾天下，跋扈不可一世。有一天在他上朝的途中，有个试官拦轿呼冤。张昌仪道："将状纸递上来！"

此人站起来，曲腰驼背，恭恭敬敬地趋上前去，把状纸呈上之后，又送一个红布包，说是物证。

张昌仪打开一看，状纸本是求官表，物证原是黄金百两，便道："且回家等候，我给你申冤就是了。"他上朝之后，悄悄地将此人的求官表交给吏部侍郎张锡去办。但张锡不小心将此求官表给丢了。一月之后，他去问张昌仪那个求官的人的姓名。

张昌仪骂道："蠢材！我也不知道他的名字，只记得他姓薛。凡是姓薛的试官，都给授职便是了。"

张锡经过查询，共有六十五名姓薛的，便一起给授了官。这些新进，十分感恩戴德，纷纷投表，称颂张锡之才。太平公主遂擢张锡为礼部尚书，擢张昌仪为吏部尚书。

皇太公主监国三年，只顾穷奢极欲，挥金如土，朝政日非。突厥默嗫可汗欲趁火打劫，想出一计：以给公主招亲的名义，把太子旦索去，树为傀儡，举兵入侵。

皇太公主误纳了绰号“两脚狐狸”的宰相杨再思的“调包计”，把左相武承嗣之子武延秀冒充李旦送去，且馈赠的聘礼中，陈谷子不出芽，破农具不能用，丝帛被虫蛀。所幸武延秀聪俊异常，初时颇得默啜可汗公主的欢心，但后来武延秀私通了可汗妃子，并暗通家书，惹怒了可汗父女，突然举兵南下，侵占了河北和河东(今山西）大部分领土，女皇立即下山回朝，罢去了皇太公主监国。遣贤相狄仁杰出马，威抚并举，方劝退突厥，使政局转危为安。

女皇过了八十寿诞，身体遽衰。太平公主经常考虑继统的问题：自己监国三年，毫无政绩，且是女的，很难顺天应人。太子显虽是合法的嗣君，但懦弱无能，恐不能长久。张昌宗兄弟虽获女皇深宠，也有才华，但既无德威，又不姓李和武，恐也难以得逞。只有武三思既聪俊，又是母皇的嫡侄，颇有成功之望！自己虽有荷生为伴言欢，并不寂寞，但他太幼，不能一起商议国事，实为美中不足。所以太平公主决定和武三思私通，既可寻欢作乐，又可同谋国事，一举两得。而武三思也早有野心，心有灵犀一点通，一拍即合。但他们都觉得应分两步走，先把太子显当作傀儡。

女皇龙体每况愈下，不久就卧床难起了。这时她感到将不久于人世，回想起来，自己当了大唐开天辟地的第一位女皇，享尽了人间的荣华富贵，也不辜负此一生了，但在声色方面同男皇帝相比，却远远不够。所幸和张昌宗兄弟还缘分未尽，趁此弥留之际，再多享些情爱之欢。所以只让他们兄弟二人侍候左右，除太平公主和上官婉儿可偶尔问安奏事外，其他宰相和王孙们，一律不得入宫拜见。

张昌宗兄弟也看出女皇的心意，他们为了趁机加紧谋篡，整天修饰打扮，衣锦披绣，时刻讨取女皇的欢心。除了侍候汤药茶饭之外，一会儿给女皇唱曲，一会儿跳舞，一会儿奏乐，一会儿说爱。

实际上在女皇看来，昌宗的姿容是天然胜雕饰的，不用涂脂抹粉已够艳丽，不用衣锦，更为风流，甚至裸体最为妖媚；不用唱歌，一言一语皆悦耳动听；不用跳舞，一举一动，无不赏心悦目。恨不能把他化作一碗水，吞下肚去；恨不能整天搂抱在怀，不吃不喝；恨不能同他一起自尽，共穴长眠——这要算人生最幸福的死法了。但又一想，自己已活八十一岁，而昌宗刚刚三十有六，仅活到人生的一半，还舍不得让他早死，应该再让他多享些乐趣，还应该再给他更多的荣华富贵。但已赏他金银如山，珍宝古玩无数，超过太子和公主的百倍，张昌宗所缺少的只剩“江山”二字了。常言说：“情人偕夙愿，不羡帝王神仙。”没有亲身体会的人似信不信，而女皇是亲身体会了的，早已许诺给昌宗了，但碍于世俗制度，唯恐惹起民怨，迟迟不敢宣敕。

昌宗兄弟急不可耐，唯恐女皇驾崩后遭殃，主动在羽林军中培植党羽，开始谋篡。有个女皇的族侄武攸宜者，原为同州刺史，万岁通天年间请为行军大总管讨伐契丹，无功而还，授为左羽林军大将军。其人心高才低，时时钻营欲飞黄腾达，自然很容易地被昌宗兄弟收为心腹。

这时庐陵王李显已被召回立为东宫太子，一则是女皇看出此乃人心所向；二则女皇觉得侄子武三思才德不显，武承嗣已去世；三则是张昌宗兄弟怕庐陵王在外州被别人拥戴为傀儡，不如囚在东宫，便于处置。

太子显和相王旦半年不得入宫拜见母皇，心中十分害怕，唯恐张昌宗兄弟趁机谋篡，时常到皇太公主府去探听消息。

张昌宗一边积极谋篡，一边也通过皇太公主了解外面的反应，所以又对皇太公主表现出异常的亲昵。但是为时已晚了：一方面先时伤透了太平公主的心，她一想起失恋时节的痛苦，就肝肠欲断，嫉火攻心，恨不能把张昌宗一口嚼碎；另一方面皇太公主已有了聪俊可与他媲美，年龄又比他年轻二十岁的荷生。所以张昌宗一再撩拨，她都不加理睬。

张昌宗无奈，一天傍晚，趁皇太公主入宫探望女皇，采取一次冒险的行动——她刚一进门，便猛搂住亲了一口。“啪啪”两个响脆的耳光扇到张昌宗的脸上。

张昌宗不但不恼，反而涎着脸谄媚道：“你我先前的情意都忘净光了么?”

皇太公主道：“幸好早忘光了，要不我就用刀把你砍死了！”说毕心一酸，腿一软，坐到檀椅中，捂脸呜咽起来——实际上她对张昌宗的旧情蜜意，是终生难忘的。张昌宗真是天下难觅的美男子，艳而不妖，丽而不冶，如今虽然近四十岁了，仍宛如少年般英俊，而且他谙练风月，善调情绰趣，气质更文雅，举止更潇洒，使皇太公主眼花缭乱，魂销魄散，不能自已——也许她那早已冷却凝固了的心，被张昌宗这一温暖甜蜜的吻给溶化了。

张昌宗猜透了她的心思，双手扶着皇太公主的双膝，跪在了她的面前，哭道："我先前一时糊涂，冒犯了皇太公主，但覆水难收，后悔莫及，是打是骂，请高抬贵手，开启尊口……常言说'得饶人处且饶人'，请皇太公主饶我这一遭，我今后情愿给你当牛做马，百依百顺!"又抬头看看皇太公主的表情。

皇太公主有点心软了，想到他一向傲气，如今对自己如此低三下四，也真委屈了他，怜爱之情油然而生。但她又冷静一想，他是为谋篡利用自己，并非真的忏悔，于是心一硬把他推开，径往内室去看望母皇。

张昌宗开始以为皇太公主回心转意，已经被感化了，只是暂时还抹不开面子，所以他就大胆地当着她的面向女皇道："术士李弘泰为臣相面，说我有天子相，劝我在定州造佛寺，可求神助!"他表面上是奏给女皇，实际上是故意让皇太公主听的。此事他已向女皇奏过多次，女皇都已应允，只是让他注意形迹，以免惹起民怨。今天当着她们母女一起再奏，他心想女皇起码是默允，借此泄露给皇太公主，她即使不协助自己，也肯定不会告密，把女皇一起出卖的。

哪知皇太公主早已因为张昌宗绝情伤透了心，而且她又眼观四面，耳听八方，有深谋大略和远瞻之见，认为昌宗兄弟无功荷宠，很不得人心，即使母皇宣敕禅让，也难保久，所以她早已决定扶立太子显。皇太公主次日就把张昌宗请术士相面，欲图谋不轨之事，告给武三思转送御史中丞宋璟了。

宋璟让刑部把术士李弘泰捕来，经审问，皆供认不讳，立即携司刑卿闯宫入长生院启奏："张昌宗无功荷宠，复召术士相面，终是包藏祸心。如此谋反大逆，若不处以极刑，有危社稷！臣虽知言出祸从，而义激于心，虽死不恨!"

女皇无奈，想出一个"欲纵先擒"的计策，遣昌宗诣御史台听审。但随之宣旨遣宋璟往幽州按问都督赃污。宋璟据理抗旨不往，女皇只好使用最后一张王牌，遣中使召昌宗，特敕赦之。次日又让昌宗赴宋璟府致谢，宋璟然傲慢不恭。因而张昌宗怀恨在心，遣侠士暗刺宋璟，结果未遂，女皇闻知亦不怪罪。

女皇自徐敬业叛乱之后，多疑信谗，捕风捉影，杀害流放成千上万，冤案迭出，而对图谋不轨证据确凿的张昌宗，却是千方包庇，万般纵容，由此可见，既是被他色情所迷，也是有意禅让的。所以宰相张柬之见势已燃眉，立即联系右羽林大将军李多祚和太子显发动兵变。但临紧要关头，太子显突然怯懦，反悔退缩了。

恰在这时张昌宗兄弟有所发觉，令心腹左羽林大将军武攸宜首先发难开始搜宫了，欲先杀太子显，然后逼请女皇禅让。皇太公主闻知之后，火速报知武三思转告太子显。这才鼓起了太子显的决心，驰马至玄武门，迎接李多祚将士，斩关而入，诛灭了张昌宗兄弟及其余党。

皇太公主又连忙让上官婉儿拟了一道传位诏，请女皇首肯，女皇悲苦莫名，不及一年而亡。

太子显登基，是为中宗，大赦天下，封赏功臣。凡被酷吏来俊臣、周兴等陷害破家流放的一律昭雪，死者厚给抚恤，生者听还复官复爵。

对张柬之、崔玄時、袁恕己、敬晖、桓彦范五大功臣，皆拜为宰相，封为异姓王，并赐铁卷，许以诸罪不死。加封太平公主为“镇国太平公主”，实封一万户。拜武三思为司空。拜相王旦为太尉，加封安国相王。

太平公主获此尊荣，仍不知足，欲知她如何进一步谋权和享乐，且看下回分解。

第四回

聪公主为权选新宠
员外郎图势纵娇妻

唐中宗在武三思和太平公主的预谋支持下，诛灭了张昌宗兄弟，复位以后，深感其恩德，拜武三思为司空，同中书门下三品（宰相），封太平公主为镇国太平公主，其子薛崇简、武崇训、武崇行、武崇敏皆为异姓王，母子五人，军国大政，事必参决。太平公主如无暇朝谒，则朝臣赴其府，议其可否。

中宗韦皇后自恃年轻，为了揽权，专宠武三思，使其疏远太平公主和上官婉儿。太平公主先前鉴于母皇武则天的失败，畏难而退；而今她看到兄皇中宗昏庸，韦皇后又专宠武三思，鬼鬼祟祟，居心叵测，所以她心生谋篡之念，积极物色谋士，其条件是聪俊必须兼备：聪则利于谋篡，登基之后，即可尊荣无比，又能享受人间最大的私欲——声色之乐；俊则即可纳为男宠，利用情场使之忠实地为其服务。

经过她多日的筛选，认为吏部员外郎崔湜最为理想。他出身于世家望族，祖父曾任过唐太宗的宰相，父崔挹为当今礼部侍郎，次弟崔液为户部侍郎——一门三侍郎，古今鲜有。且他少年进士及第，才智超群。尤其是姿容嫩艳雅丽，风流倜傥，魅力迷人，可同荷生媲美；而其才也远超武三思之上，且比他年轻十五岁。他兼有此二人之长。但他娇妻美妾成群，还和婉儿有私，只怕嫌自己年老，不易驾驭和降服。可自己如今为镇国太平公主，实权在握，他又求进心切，也许不会介意于此。且母皇曾比男宠张昌宗大四十五岁呢，而崔湜和自己相差只不过十岁，说了肯定能够通融。想到这里，她信心倍增，当日晚上便遣贴身家童去召崔湜。

恰好这晚相王旦的第三子右卫郎将临淄王李隆基（后来的唐明皇）也慕名造访。那李隆基素有大志，常礼贤下士，网罗人才。他早闻崔湜和其弟崔液、崔涤、从兄崔涖四人诗文迈众——大学士凤阁舍人张说曾钦叹曰："文与位吾可与比，但其年龄不可及也。"崔湜因而骄傲凌人，曾言："吾一门入仕，历官显耀，祖父为太宗时给事中，父为当今礼部侍郎。大丈夫当先据要路制人，岂能受制于人哉？"所以他进取心切，不择手段。

崔湜也知李隆基多才多识，英武有为，早欲攀附。今日乍临，感到不胜荣幸之至，盛宴款待，让八个奴婢侑酒。前来作陪的还有崔湜从兄崔涖和两个弟弟，皆相貌堂堂，聪俊无比。尤其幼弟崔涤，年方十六，最为娇艳，口齿伶俐，讨人喜欢。

临淄王畅饮三杯之后，酒助兴起，壮壮胆道："早闻崔夫人有绝色，为当今天下第一美人，不知能否一睹芳容？"

崔湜晋升心切，从来不择手段，人常说"英雄难过美人关"，所以早有使"美人计"的打算。不但欲奉献自己的娇妻美妾，而且还有两个聪俊非凡的女儿，也早列入了他的献美计划之中。遂答道："贱内略具艳色，蒙殿下谬誉，士可为知己者死，岂惜美人？"立即传唤。此时太平公主所遣家童已至，崔湜虽心生纳罕，却不得不从命，即刻起身离去，房内只剩临淄王与崔夫人。

崔夫人也极为风流，且为实现丈夫计谋，便极尽勾引之能事，片刻便使临淄王难以自持，遂同入帐中寻欢……

缱绻再三，仍不忍分离。临淄王边喘边道："今日有幸，得近芳体，不知何日再会？"

崔夫人嫣然一笑："只要殿下有空，随时可会。"

临淄王道："似夫人此等艳丽，你丈夫能不吃醋么？"

崔夫人飞睥含笑："他曾说过为了我可以牺牲一切，但为了前程也宁愿抛弃我。"

临淄王追问道："但不知他欲求何等前程？"

崔夫人妩媚地婉转答道："最大不过侍郎、尚书、宰相呗！"

临淄王思忖片刻："崔湜少年及第，才貌双全，如今已是员外郎，将来升任宰相，定无问题。"又端详一番崔夫人的花容——似莲花，胜似莲花，莲花虽香艳，但不温柔；又欣赏一番崔夫人的仙姿——似仙女，胜似仙女，仙女皆出自画工手笔，既不解语，又无神情。于是愈看愈爱，恨不能与她溶化在一起……失神良久，方道："只要崔夫人能时常和我李三郎幽会，我定促成崔夫人夫妇的心愿。"

崔夫人十分机灵，款步上前道："只要殿下肯保举奴夫为相，妾愿尽君每日欢。"说毕又同他入帐享乐一番。

崔湜在太平公主家童带领下，策马而往。一路上暗自盘算：自为考功员外郎，从来没有在夜间被召问过。且太平公主风流成性，夜晚传唤，其间必有蹊跷。

秋末时节，风清月明，不知不觉已来到太平公主府西侧便门。家童连拍三下，出来一个老仆，悄悄地拉开门闩，几乎没听见响声。穿花径绕回廊，多少亭台池树，在月色映衬下，分外绮丽迷人，宛如进入仙境……忽听家童唤了一声"留步"，原来到了太平公主的香阁，这是她和男宠们幽会寻欢之处。二人下得马来，便有两个女婢招呼崔湜："请大官人上楼！"一前一后拥着他。崔湜心里有些紧张，既感到森严，又觉得神秘，心里七上八下，忐忑不安。走进阁楼，只见红烛高照，香气扑鼻，珠玑灿烂，琳琅满目，不敢仰视。

太平公主自遣家童去后，就专注地等候崔湜的到来，她估算着家童快回来时，踱到廊下，凭栏远眺，心急如焚，不时扭头回望。当她看到家童双骑而归，惊喜万状，心跳欲出。

崔湜登上阁楼，见太皇太公主稳坐椅中，仪态尊严，愈加拘束。立即跪上前去，高呼："太皇太公主千岁，千千岁！"

太平公主一来心情激动，二来为了摆威风，并不立即传他站起，趁机仔细打量他的体态容颜——先前她曾见过崔湜，只是雾里观花，没有近觑。如今夙愿得偿，先饱饱眼福，再做打算。但见他：面若中秋之月，色似三月桃花，五官端正，大小适度，尤其是那双欢眉大眼，似同明珠在盘，闪闪烁烁，好像欲跳出说话一般；身材苗条，曲线优美，丰满而不臃肿，恰到好处；更哪堪举止文雅，风度潇洒，气质轩昂而不亢，风流倜傥而不荡；嗔而不怒，笑而不狂，俨然一副美男子的典范……

良久，太平公主方醒悟过来，忙道："快坐下说话！"

崔湜坐在太平公主对面，仍似丈二和尚，摸不着头脑，静等命运的安排。

太平公主只顾贪婪地欣赏崔湜，心中似有万般隐情，不知从何说起。

善于揣摩太平公主心意的俊儿，为了打破僵局，急忙上前递茶。太平公主趁机向崔湜飞个眼色："请员外郎喝茶！"

崔湜从容地端起茶杯，顺势瞟了太平公主一眼，见她春风满面，双颊绯红，含情脉脉，秋波暗送，已猜知十之八九。他细品一口香茶，又觑看一下太平公主的衣着：上穿浅绿色胸衣，下束粉红锦绣罗裙，珠光晶莹，俨然一身少女的打扮。虽然也楚楚动人，但毕竟已徐娘半老，尤其和自己的夫人比起来，大有逊色，很难提起自己的兴趣来。

太平公主渐趋平静，品口茶壮壮精神，问道："听说员外郎智能出众，现时屈才小用，委屈了你，本公主拟擢升你，但不知卿欲求何职？"

崔湜自恃才智超群，野心勃勃，时时窥测时机，今日突然临头，正如久旱逢甘雨，激动地说："臣乃平庸之辈，才疏学浅，蒙太皇太公主过誉，不胜惶恐。臣如今为考功员外郎，只要能补为员内就心满意足了。"

太平公主为了使他感恩戴德，爽朗作答："你未免要求太低了，本公主拟先擢升你为吏部侍郎，不久可拜你为相！"

崔湜喜出望外，"扑通"跪倒地下谢恩："蒙太皇太公主错爱，不胜感激涕零！"

太平公主见他跪在地下，又怜又爱，急忙上前搀扶，左手抓着他的右臂，右手下意识地抚摩他的粉颈，一股暖流传导过来，浑身舒畅美不可言。

崔湜也是风月高手，感到太平公主已经痴迷于己，势难摆脱，便准备因势利导，把她当个通天的梯子。

太平公主很善于察言观色，立即传酒侍候。其实早已布置停当，刹那间上满一席山珍海味，干鲜果品，应有尽有。太平公主为了炫耀自己的歌童舞女，传来各十名，弹唱侑酒佐欢。歌童中以荷生为最，崔湜看后，暗自叹羡，真可与自己当年媲美。舞女中以巧儿为俊，色艺俱佳，亦可同自己的夫人少时媲美。太平公主在此娇娃窝中，应是幸福似仙，何为召唤时至中年的自己来调情绰趣？崔湜不免思绪万千……但既来之，则安之，只好顺水推舟，相机而行了。

酒过三巡，太平公主屏退左右，移椅到崔湜身边，同他碰杯对饮，愈来愈兴奋，愈来愈难拘形态，于是问道："听说你夫人也是著名的美人儿呢！”

崔湜不便于正面回答，却反问道：“荷生也是著名的仙童呢！”

太平公主笑道：“荷生徒有爱卿之貌，却无爱卿之才。”

崔湜接道：“贱内既无太皇太公主之貌，更无太皇太公主之才。”

太平公主听他回答巧妙，惊喜失态：“以往只听说你才学兼优，不料你还是个巧舌如簧的八哥儿呢……”说着搂住脖颈亲了一口。

崔湜近觑太平公主，虽无娇妻面嫩，却也神韵不凡，且酒兴渐起，再无厌意。太平公主见状，猜到十之八九，胆子愈来愈大，先换杯对饮，细品其口津，继而以目示意，崔湜精神焕发，双颊羞红，倍加妩媚。太平公主再也不能禁持，便携入锦帐……

午餐特别丰盛，先后端出百样山珍海味，美酒十壶。太平公主为了陪崔湜游玩，也不多加劝酒。其中酒肴多数未动，只是摆摆阔气而已。

午憩也是太平公主寻乐的好时间，佳人新宠，岂能虚度。

黄昏更是良辰，太平公主挽着崔湜去苑中观花赏月，感到一股温馨的暖流，迅速传递过来，令人心荡神驰。二人信步漫游，不知不觉来到湖心亭中，并肩而坐，沉浸在无限的幸福里，许久才抬头望望柳梢上的明月。公主斜目觑视崔湜：荷容月色浑为一体，神姿雅态宛如玉树临风。看未厌，兴难尽……恩爱缠绵至三更过后，凉气侵身，霜露湿衣时刻，太平公主唯恐崔湜感受风寒，始才携归。入帐后，太平公主仍然激动难眠，但比起昨晚略为平静一些，方渐渐谈起情话来：“你夫人和婉儿相比，谁个为优？”

崔湜心灵嘴巧，不待细想，当即回道：“两个皆优，但和太皇太公主相比，则似灯火与日光也。”

太平公主颇有自知之明，自己的容颜虽也非凡，但年逾四十，怎能和她俩的妙龄相提并论？于是笑道：“卿欺我也，此系你违心之论。”

崔湜辩道：“常言说‘有缘不在老和少’——老而美者讨人爱，少而丑者谁个要？且公主风流识趣，善于调情，妩媚横生，魅力迷人……”

太平公主虽仍半信半疑，但也不宜把他揭破。且他还有个真正的理由——为投靠谋权，不曾启口。便顺水推舟追问道：“既然如此，自今而后抛却婉儿可好？”

崔湜早虑及此，立即回道：“婉儿爱我似同太皇太公主一般。我虽愿舍她爱你，只怕她难以舍我，岂不也很可怜可悯么？何如略施些余爱给她，两全其美呢?”

太平公主叹道：“我实在太爱你了，恨不能整天守着你，别人看你一眼都舍不得……”说着竟动情地流下泪来。

崔湜似乎被深深感动了，认真地考虑了一下：自己也曾结过不少的私情，还从没一个像太平公主这样发疯若狂者。要使自己丢掉婉儿固不可能，但使其平分秋色倒是可以的。于是又违心地安慰她道：“我就抛掉婉儿，专宠太皇太公主就是了。”

太平公主这才止住哭泣，用尽全力紧抱住崔湜，如同刚抓着一只爱鸟，唯恐飞掉似的。

崔湜为了趁机拿到些把柄，婉言试探她：“听说太皇太公主当年对武驸马也很痴情呢!”

太平公主爽朗答道：“当时也比不上如今对卿的十之一二呢!”

崔湜道：“可是当时英俊少年无数，公主竟不惜逼杀他的妻子……”

太平公主有些敏感地道：“你是顾虑我会杀你的妻子吗?”

崔湜道：“多少有一点，但主要是怕公主今后遇上更有缘者，像抛武驸马一样，再把我抛掉。”

太平公主道：“武驸马当时和我年貌相当，可后来他比我老得太快了。”

崔湜道：“说不定我今后比武驸马要老得快呢!”

太平公主道：“可你比我小十岁呢。”

崔湜道：“太皇太公主的生母太周皇帝，比她的男宠张昌宗大四十五岁呢!”

太平公主道：“是因我母皇的男宠薛怀义傲慢不法，不得已喜新弃旧哩!”

崔湜紧追不放：“在公主的宠爱下，我虽然不欲傲慢，恐怕也会身不由己呢!”

太平公主眼看要逼到绝处，开始由守的地步转向进攻了：“你不会放火烧了‘明堂’吧?”

崔湜仍不退却：“那也难保，要是我烧了‘明堂’呢?”

太平公主逃避正面回答：“卿是进士出身，知书达理，德才兼备，你是绝对不会的。”

崔湜道：“要是万一我会呢?”

太平公主道："那我就一万个原谅你！"

崔湜不禁一怔，感到公主回答得很巧："我要是起了野心呢？"

太平公主道："我主动让给你。"

崔湜道："我要赐你自尽呢？"

太平公主道："我还要在你的圣旨上亲一口哩！"

崔湜又一怔，想了个绝招："我要纳百妃呢？"

太平公主道："我坚决不答应！"

崔湜道："那我就要行使最大的权力，赐你自尽了！"

太平公主道："可你的权力是我赐给你的——我有权赐给你，当然我也有权再收回来！"

崔湜这才猛醒过来："原来公主方才说的全是假话……"于是痛哭失声了——并不是打情骂俏，而是心怀后怕真悲真哭。

太平公主慌了手脚，搜尽枯肠，想起了"龙阳泣鱼"的典故，安慰他道："我今后严禁推荐美少年入宫，有违者灭族！"接着把崔湜脸上的泪痕舐个干净。

崔湜良久又道："已荐入宫的娈童也上百了吧？"

太平公主道："哪里，刚九十八名。但他们只有嫩色娇姿，不通文墨，情趣索然，比起卿来，一个在天，一个在地，岂肯厚他薄你？且你我仅是'露水夫妻'，夜来日走，又岂可把他们逐出，让我守一半活寡么？他们只不过是供我消遣解闷的小玩意罢了！"

崔湜认为有理，再无什么可提问的了。太平公主洞察底蕴，感到获胜的喜悦，温存不迭……

太平公主把崔湜羁绊在府中两天两夜，还未足兴。这两日崔湜府中急似热锅里的蚂蚁，欲知端底，且看下回分解。

第五回

神童寻长兄受赏
诸嫂访小叔索宝

崔湜被太平公主召去之后，家人虽觉得吉多凶少，但两天过后毫无消息，都有些不安。第三日晨起，忽飘起早雪，崔夫人触景生情，倍念丈夫，忽生一计，把小叔子崔涤唤来吩咐道："前日临淄王东府饮宴，似对你有意。而你兄被太皇太公主召进府去，已两天未归，不知吉凶。请你去临淄王府中探听一下何如?"

这崔涤想起前日临淄王来府相见的情景，确实很亲热，既愿为嫂探兄，亦想去王府中开开眼界，欣然答应，便使小厮备马，前往皇城东边兴庆坊的五王宅行去。五王宅是临淄王兄弟五人的府第，因临淄王排行第三，居在正中间。

临淄王正在花园留步轩中赏雪咏诗，忽然听说崔涤来访，扔下纸笔，疾步来到大门口，猛扑到崔涤跟前，抱起亲了一口——既似异乡遇知音，又似久别重逢的夫妻，急忙携手步入留步轩中。此轩依山靠水，幽雅玲珑，凭空可观春花的香艳，消夏夜的清爽，望秋月的皎洁，赏早雪的银妆。轩中几椅卧榻，笔墨纸砚，古玩玉器，应有尽有。崔涤感觉新奇，也顾不得休息，便浏览欣赏一遭。

临淄王不胜欢愉，亦携崔涤参观欣赏，吟诗作对，情趣至高处，方才想起询问崔涤来访何事。崔涤道："吾兄崔湜前天晚上被太皇太公主召进府去，至今未归，家中老少不安，特遣我诣府探询殿下。"

临淄王深知太平公主风流，崔湜又如此英俊，必是缱绻难舍，羁绊不放，不会有什么事故，于是婉言安慰他道："太平公主向来怜才惜玉，而你兄崔湜英俊超群，必受垂爱，厚给爵禄优遇，勿忧也!”

崔涤颇以为是，嫣然一笑：“我也是这样想法，但未见究竟，嫂嫂总是不安，请殿下偕我到太平公主府中一见何如?”

临淄王欣然同意，然仍邀崔涤与之共进午膳，崔涤盛情难却，遂与之开怀畅饮。不觉天已黄昏，二人方同行往太平公主府去。

太平公主被崔湜迷恋得若痴若狂，片刻分离不得，恨不能一直搂在一起。虽然崔湜一再要求回府，她总是千方百计羁住不放。当临淄王偕崔涤入府时,她正和崔湜手把手作画，甜情蜜意，时涌心头。

临淄王英俊、魁梧健壮有武略，太平公主对他也有好感，只因碍于礼教的姑侄关系，虽数次召来府中调情，皆未敢动得手脚。而临淄王只知道姑母垂爱，并未理会出她的用心，所以进出皆很自由，无须传禀。

太平公主猛见临淄王和崔涤进来，先是一惊，后是一喜——惊的是她正和崔湜长吻，被二人瞧见，喜的是进来两个美少年，似从天降，求之不得。连忙上前问道：“这是谁家的可儿?这么艳丽!”

崔湜忙道：“他是我的三弟。”

太平公主更是喜出望外，睁大双眼在崔涤和崔湜二人的脸上反复扫描，寻找二人容貌的相同处和不同点——初时希望他们完全相同，继则希望崔涤能比崔湜更美。结果的确是不负所望，崔涤正当少年，似含苞未放的芙蓉，而崔湜已是怒放浓艳的牡丹。愣怔了一会方道：“你兄弟二人真似一个模型塑就。”面向崔湜笑道：“我正恨和你相见之晚，今见你弟似可同你当年一样嫩艳吧?”

崔湜为了避免太平公主移爱于崔涤，却哄骗她道：“我弟弟还逊我一筹呢!容貌虽似，而色却不如我艳。”

太平公主将信将疑，又仔细观赏，但见他面似荷花，白嫩透红，五官俊美：双眼皮下，目大而欢，两道娥眉，梢尖带俏，高鼻梁下，嘴角挂笑，酒窝含情，双耳垂祥。天真稚气，娇态可掬，机灵剔透，容光动人。似丰未丰，似满未满，光泽流亮，嫩色欲滴。四肢修长，皮肤白皙，柔中有腻，韧中带坚。举止从容，潇洒妩媚……浑身上下，无一寸不美，真是艳丽出奇，宛如仙童下凡，令人魂销神往。莫非是老天造物者，只钟情于他，把所有良品优质，都加在他一身，再不让美童出世不成?纵然观察他三天三夜，恐怕也难找出丝毫的瑕疵来。崔湜说他容颜还欠艳，而她却觉得恰到好处，和莲花无二致，若再艳点，只怕是东施效颦了。

于是又在他的嫩腮上亲了一口:“你叫啥名字,今年几岁了?”

崔涤嫣然一笑,百媚横生,腼腆地道:“小子名叫崔涤,年方十六。”

太平公主不禁赞赏:“好一个二八娇娃!我正想讨个小儿子哩,认你为义子可好?”

崔涤有些不知所措,忙向长兄崔湜以目示意,请求作答。

崔湜心知太平公主已有邪念,但又不能拒绝,只好违心应从:“小弟年幼无知,蒙太皇太公主垂爱,不胜感恩戴德!”

崔涤听罢无言,立即跪在太平公主面前:“义母在上,请受孩儿一拜!”接连磕了三个响头。

太平公主立即取来一个嵌玉的金锁挂上他的粉颈。

崔湜为了赶快离开此是非之地,趁机询问崔涤来此何意。

崔涤答道:“兄离家两日未归,嫂子放心不下,遣我前来问安。”

太平公主灵机一动,对崔湜笑道:“快回去吧,贵夫人是守不得活寡的,别急坏了身子。”急转向崔涤:“你在这住一晚上,我给弄些美酒佳肴,咱母子好好亲热亲热。”崔湜含笑而下。

右卫郎将临淄王素知太平公主喜欢娈童,见她收崔涤为义子,猜知心有邪念。自己虽然也很爱崔涤,难以割舍,但姑母权大势高,丝毫不敢违拗。而且看到中宗昏庸,韦后弄权,还想依靠姑母拨乱,所以急忙托词离去。

太平公主似乎迫不及待,连忙把崔涤引至内室,一边传酒肴,一边介绍室内摆饰,金银珠宝,翡翠玛瑙,字画古玩,无奇不有。因崔涤酷爱文笔,只选两轴王羲之的字画。太平公主十分过意不去,又赠他珠宝金器一匣——恨不得把全部珍藏一股脑儿赠给他。

美酒佳肴上了一桌。崔涤年幼,酒量较小,且午间在右卫郎将临淄王府上饮过,醉意尚未全消,所以仅饮数杯,便头昏脑涨。

太平公主为了同他寻欢,强劝带灌,连饮十觥,已烂醉如泥。在恍惚中,太平公主挽他上床,替他脱衣解带,吹灯共寝。一番温存,使太平公主感到甜蜜无限,似怀抱仙童,升入蓬莱仙宫,忘尽人间万事,幻觉眼前春光明媚,风和日丽,鸟语花香,空院无人;耳畔雅乐萦绕,才子谈情,恩爱无间。三更过后,崔涤渐渐醒酒,觉察到太平公主搂他在怀,初则以为是义母之爱,很快又感到太平公主欲同他寻欢,只好半推半就，这时木已成舟，太平公主方倾吐衷肠道：“你莫非是天仙化人，我从未见过有你这样才貌双全的美少年。因此使我一见钟情，似痴若狂，爱不释手，恨不能一口吞你到肚里；恨不能搂住你投进深渊，做个水中的生死鸳鸯；恨不能共同跳进火海，溶化在一块；恨不能偕你化蝶升仙……”说毕紧搂，几乎使崔涤透不过气来。

崔涤这时情窦初开，对公主所言，既感到十分新奇，也有点似信不信，一任其摆布，无从回言。

太平公主又道：“既然老天让我今天逢上你，必是你我有缘分。若是你我无缘，老天何不把你出生在开天辟地之初，荒漠绝域之间，与世隔绝，似同野草自生自灭……”又一阵爱抚，崔涤仍无从答言。

太平公主似洪水开闸，滔滔不绝：“我富有万户，财宝山积，庭园幽雅，楼台琳琅，华山美池络绎，奇花异草喷香，但和你比起来，皆似臭泥烂土。为了你，我情愿失掉这一切美物。你你你……你似娇花，但非草木，可百年不凋；你似美玉，却嫩软生香；你似名画，但能语巧言；你似皎月，却可接可玩；你似明珠在盘，但有千娇魅力，妩媚销魂……”太平公主喘喘气又道：“你要金银财宝，我可以完全给你；你要高官，我可荐你为相；你有危难，我可替你去死……”

崔涤灵机一动，戏谑道：“我想要你的头玩！”

太平公主答道：“我可拿刀交你来割。”立即下地取刀——虽然崔涤不可能杀她，但觉出她确有死在他的手下也感到甜蜜的心情。

崔涤确实被感动了，太平公主一系列的表现，皆是真情实意的流露，绝不是虚伪作态。他开始怀疑起自己的身价来：自己虽然对“才貌双全的美少年”这一称谓受之无愧，但怎能会有如此大的魅力？这是很难理解的。自己也曾钟情过几个少女，莫说为她捐躯，即使为她砍掉一个脚趾也难舍得。究竟自己的魅力来自何处？自己到底和其他美少年相比有哪些特点？长兄崔湜和次兄崔液的才貌也都类己，他们少年时为何没有此艳遇？此乃我之时耶、地耶、天缘耶？……虽百思不得其解，但今后应提高自己的身价为宜。

太平公主见崔涤酒醒，情不可耐，不料崔涤却道：“你我年龄不当，悬若母子，方才你将我灌醉，成全你一次，已后悔莫及，岂可一错再错？”

太平公主早已虑及此，胸有成竹道：“我母皇比男宠张昌宗大四十五岁哩！”

崔涤："你母亲是女皇，可你只是个公主。"

太平公主："我母亲当女皇时六十六岁，可我如今刚过四旬，只怕我比母亲登基还要早哩！"

崔涤："可是你母亲三十一岁就当上了皇后。"

太平公主："皇后何在话下，我的权势不但远在韦后之上，而且皇帝也在仰我鼻息。"

崔涤认为她所言属实，于是道："那就等你登基之后，我再考虑。"

太平公主："只怕等我登基之后，还有比你更美的少年出现哩！"

崔涤："如此看来，眼下屈就了你，而你登基后，定把我抛弃哩！"

太平公主："我物色艳丽的娈童，已三十多年，只有你是空前的出奇。历来是五百年出一贤才，也可能是三十年出一娈童。再过三十年，我就七十多岁了，还岂会喜新厌旧哩？我现在就给你发誓，我要对崔郎不贞，死无葬身之地！"

崔涤："就算你对我的爱恋始终不渝，但是你能否登基，还无把握哩！"

太平公主："你的情意给我增加了无穷的动力，我即使为了不辜负你的一片深情，也要不惜一切谋取至尊之位，虽死无憾！"这席话不但感动了崔涤，遂其所愿，而且也确实成了她谋篡的动力之一。是夜温存无度，缱绻再三，辰时方起。

早膳毕，崔涤感到头晕眼花，要求回府休息。太平公主念他年少，一夜未眠，不胜疲劳，怜惜万分，立即传来参汤和麝香滋补提神。她亲自拿一只玉碗和翡翠勺扶肩灌喂，并不时地品尝凉热，既怕烫着又怕凉着。然后扶他上床稍憩，陪卧跟前，偎依再三，只好暂时割爱分离，遂给他打点金银财宝一车，遣派家人护送他回府。太平公主一直送出大门，方依依惜别，一直等崔涤的车马消失在人海中，方蹒跚回房。但躺进锦帐之后，似三魂中少掉二魂，心如油煎，欲待不想愈要想，愈待丢掉愈难丢。甜中有苦，苦中有甜，似同抓痒，愈抓愈痒，愈痒愈抓……

崔湜见弟弟崔涤回来，带一车珍宝，猜知必为受宠，又怜又嫉。怜的是弟弟年少，嫉的是自己陪寝太平公主两夜，回来时毫无赏赐，而弟弟仅仅陪他一宿，竟得如此厚赏。

崔涤回家以后，确实十分困倦，连忙上床休息。两个嫂嫂一个妹妹，听说带回一车珠宝，接踵而来，他只好起床应酬。打开珠宝，任嫂嫂及妹妹挑选，各位尽情选其所爱，皆已饱囊，纷纷散去，崔涤则因为疲劳，又上床休息。

是日晌午，崔液夫人选回一包崔涤获得的珍宝，赞美不已。其中有一件翡翠蜡扦，十分精致美观，上雕一对恋人，在月上柳梢之际，谈情观花，崔液颇为欣赏，拟晚间写诗使用。其夫人灵机一动："你弟兄三人，惟你及进士第一，姿容也不丑，可数你最笨！你兄崔湜获上官婉儿赏赐无数，你弟初出茅庐，得宝一车，而你……"

崔液道："你可知他俩是用色相换的么？"

夫人道："男人的色相，还有啥稀罕哩？"

崔液道："可自古以来都是老夫少妻，让我陪寝老妻，还拉不开脸呢！"

夫人道："老少还不是一样的？"

崔液既认为夫人所言有些道理，且为财宝所动，有点默认了。追问夫人道："你可不吃醋么？"

崔夫人道："因我年轻，你嫌她俩年老，你是不会喜老厌幼的，我无失宠之忧，故不吃醋。"

崔液心中有所活动了，且默不作声，待有机会逢场作戏便了。

到了傍晚，崔液正在花园散步，门房家仆持上官婉儿书信进来，崔液打开一看，说是请他改诗，立即更衣前去。

婉儿见崔液到来，喜不自禁，连忙引至秋香榭款待。婉儿先前曾数次对崔液调情，皆遭拒绝，故不敢鲁莽造次，而精心察言观色。约莫半个时辰，看他表情和悦，始才婉转问道："你兄崔湜这几日可好？"

崔液有点丈二和尚摸不着头脑，听说这几天崔湜被太平公主和婉儿互为拉抢，其间奥秘不得其详，本应问她，她反而问己，实在不好回答，思索良久方道："我兄这几日常在外宿，究在何处，不得其详。我嫂子也很着急呢！"

婉儿知他所言属实，也不便追问。为了激他，尽快得偿夙愿，立即传来十名妙龄宫娥，侑酒佐欢。酒过数巡，崔液脸泛红润，倍加妩媚，不啻崔湜，胜于崔湜。婉儿不禁销魂。

崔液也是饱经风月之人，深知单相思之苦，且今日是为图财而来，所以立即称醉，偿她夙愿。是夜欢怡不可言状。

但天有不测风云，欲知长短，且看下回分解。

第六回

公主施计图才色 昭容献策媚帝后

太平公主的心腹遍布朝中，上官婉儿和崔湜幽会的消息，次日便知。他们弟兄三人皆聪俊异常，但崔涤过于娇嫩幼稚，崔湜已至中年，只有崔湜年方弱冠，风华正茂，且有二人之长，而且崔湜曾举进士第一，文才亦为弟兄三人之冠。太平公主为了前程，正积极物色人才，崔湜才色兼备，正合其选。所以她决心要把崔湜拉过来，想出个棒打鸳鸯的计谋，立即遣荷生去请中宗。

中宗进门，太平公主仰靠在卧榻之上，只以目示意让他坐在八仙桌旁，并不起身迎接。中宗已以为常，毫不介意，反而先向太平公主请安。

太平公主开门见山："上官婉儿在学士府中弄出许多风流事体，实为不雅，你可知道否？"

中宗回答："有所风闻，未及详察。且如今朝中善掌诏命，明习吏事，掞丽可观者，无可伦比，还少她不得，为之奈何？"

太平公主早已成竹在胸："她年逾而立，尚未择配，专觅王孙偷情取乐。若使她下嫁恐难从命，只有兄皇收她为妃，别无良策。"

中宗从来是被皇妹牵鼻子走路，立即应允："封她为昭容是了。"

太平公主如愿，示意中宗离去，即刻办理。

中宗回到寝宫，也不敢同韦后商量，以免发生枝节。次日上朝降旨之后，木已成舟，才告知韦后。

这韦后为了揽权早已同武三思火热，正厌中宗缠绕，任他三宫六院，有所替身。婉儿和崔湜正沉浸在安乐窝中，忽报中宗圣旨来到。婉儿急忙梳洗接旨，原来是封她为中宗的三等妃子昭容，真是啼笑皆非。喜的是终究有了名分，结束了孤独浪荡生活；悲的是中宗其貌不扬，今后受他的约束，再难享受偷情之乐。但木已成舟，无之奈何，只好且走且瞧，也许仍有隙可乘。于是传告来使，须安排学士府工作，明天入宫。然后安慰崔湜道：“‘一夜夫妻百日恩’，你我今后虽然难以同床共寝，但来日方长，只要两情长久，又何愁没有机会，只需时常留意罢了。我入宫之后，虽暂为三等妃子，可我掌握草诏要职，韦后岂是我对手？不久的将来，若得一人之下，万人之上，何愁不使你富贵呢？眼下我积存珠宝珍玩三车，今天晚上三更时分，遣送你府。”

崔湜心中自然高兴，但又唯恐夜长梦多，因督促婉儿打点馈赠财物，自不细说。黄昏夜静时分，将珍玩载入辇车，从东侧门驶出。

崔湜走时，婉儿未送出门口，就已失魂，只道了声“保重”，便一头扎在绣榻上饮泣。回想起来，十岁入宫，迄今已二十五载，钟情无数，今不得量。太子贤初恋，一忽而逝。张昌宗仙容嫩色，最称心可意，有多少幽会佳期，花前月下，柳荫草圃，恩爱如漆。岂奈女皇禁脔，不容染指，冲破鸳鸯，免死黥面，受尽欲火煎熬，痛不欲生。武三思貌美多才，年长一辈，差强人意。怎奈他轻薄不羁，朝秦暮楚，又被韦后占去。崔湜少年及第，貌似张昌宗再生，而才远远过之，堪为佳偶，纵然他已妻妾成群，亦愿甘为下陈，岂料又被太平公主夺去。今方得崔湜一夜怜爱，欲委终身，又突遭晴天霹雳，入宫闹是非之地，后妃争宠，前途莫测，且那中宗皇帝貌俗才低，平庸乏味，怎一个愁字了结……

但她又想，中宗平庸，岂不更利于偷情和操纵么？若是高宗皇帝英明绝伦，武则天怎能篡为女皇？塞翁失马，焉知非福？所以她振作起来，决心应召入宫，争夺后位，谋取皇位。

上官婉儿被封为昭容，居甘露殿。因她和皇帝皇后以及左右的宫娥都早已相识，所以毫无拘束之感。为博取皇帝欢心，花烛之夜，极尽温存。次日晨起，用毕早膳，携一金盒，同中宗一起去神龙殿拜见韦后。

韦后虽觉得婉儿颇具才略，但她家族被诛，在朝中似无根之木，因此心无顾忌，热情相待。韦后打开金盒，里面只放三枚“同心结”，别无他物。上官昭容遂逢迎道：“皇后富贯山积，奴婢再无其他珍宝可献，唯愿帝后能和吾三人同心偕老，则荣幸无比！”

韦后听她所言，确为实情，更为欢悦，盛宴款待。作陪的只有嫡女安乐公主。酒酣后，韦后向婉儿道：“昭容入宫二十多年，谙练朝中典章，皇上还需你关照呢！”

婉儿媚媚奏道：“奴婢蒙恩受封，三生有幸，紧难有用，当杀身相报！”

韦后又问道：“常言说防患于未然，不知当今有否隐患？”

这是婉儿早已考虑过的事，立即回答道：“皇上已至知天命之年，宜早立皇太子为宜。”

韦后只有一个儿子重润，被武太后赐死。立别人儿子，怎能心甘——这原是她最难念的一本经，不料突然被上官昭容揭了出来。是她有意给自己出难题呢？抑或有良策可献呢？韦后眉头一皱，计上心来，反戈一击道：“请问昭容，应立谁为宜呢？”原想这一招能把她难住，不禁一阵冷笑。

其实婉儿早已胸有成竹：“按照惯例，‘和平时期立长，战乱间封有功者’，如今是和平时期，当然应立重俊了！”

韦后连哼两声，“重俊缺才少德岂可为嗣？‘惯例’不合时宜者岂不可破之？历来从无女皇帝，而武太后却堂而皇之当了十五年！”傲慢形于色。

坐在韦后身旁的安乐公主，早已憋不住了，趁机插言道：“男的可为皇太子，太平公主为皇太公主，我岂不可为皇太女么？”说罢怒目而视。

婉儿却从容不迫：“武太皇登皇位，可采用了多少智谋手段呀！但是仍然有所疏忽，被赶下台！”

韦后略有所悟，转怒为喜：“如此说来，昭容既知武太后有所疏忽，定会有奇计良策喽！”

婉儿为了拿势，岂肯轻吐，卖了个关子：“许多良医诊病如神，但并非都能使药到病除。奴婢虽为旁观者清，但才疏学浅，尚一筹莫展。”

韦后是十分机灵的，婉儿如今为学士府首揆，自称“才疏学浅”，岂不是过谦么？否则，别人岂不都成了白丁么？于是采用策略，低首下心，逢迎道：“我生来命运多舛，不学无术，愿同昭容结拜为干姊妹，常来指教可好？”

婉儿喜上眉梢：“蒙皇后垂青，妹妹不胜感恩戴德，死当结草衔环相报。请姐姐在上，容妹妹一拜！”说罢即跪在地，连磕三个响头。

韦后连忙上前扶起，拉坐身边，递给婉儿一杯羊羔美酒："请妹妹赏情，连饮三杯!"

婉儿受宠若惊，连忙立起谢道："皇后是姐姐，首应由妹妹先敬酒才是!"

外号"和事佬"的皇帝，趁机插言道："你俩谁也莫再谦虚，既拜了姐妹，就同时并饮吧!"

婉儿最为机灵，连忙向中宗一笑："遵旨!"韦后这才醒悟过来，连忙端起酒杯，和婉儿共饮三杯。"韦婉联盟"就此达成——实际是互为利用，都为己谋权。中宗尚蒙在鼓里，盲目乐观："后妃如此和睦，实为朕之第一大幸!"

皇帝和后妃三人谈笑风生，十分融洽，把安乐公主冷在一旁，愠形于面，暗自思忖：自己若是个男儿该多好呵！一定可立为太子，继承皇位。但又一想祖母十五年的女皇帝，已有先例。且自己的条件，远比祖母当时有利，父为帝，母为后，岂可失此良机？所以她脸上的表情，一会儿红，一会儿白，变化无常。韦后儿子被害，长女出嫁，只此一爱女留在身边，爱如掌上明珠，娇惯纵容无比，见她不乐，连忙想法哄逗，婉儿也加入其中，直至将安乐公主哄至高兴为止。

饮宴毕，婉儿欲告辞，韦后为了请教立太子事，坚决留住同宿，但把中宗却支到其他妃子宫去。

时过二更，韦后和婉儿同寝共枕，韦后为讨其欢心，并不立即提问太子事，而是用手在婉儿嫩肤雪肌上抚摩一遭，笑道："昭容不但容貌艳丽，原来肌肤也滑腻无比呢！怨不得皇上爱恋上你。我若是男的，定会为你若痴若狂呢!"接着又道："听说你是和张昌宗偷过情的，你俩的容貌最相当，才应是天作之合呢！可偏偏天不作美，给错配了。你还因他受黥面之刑，你如今还想他不想呀？是爱他呀，是恨他呀？"

婉儿道："我恨他!"

韦后道："只怕不是你的真心话!"

婉儿补充道："他使我受了刑，我怎能不恨他!"

韦后道："他既美，又和你有情。古往今来，为情捐躯者不知凡几，岂可为黥面而恨他终生？"

婉儿道："他俊而不聪，金玉其外，败絮其中。他对我只不过逢场作戏，玩弄而已，哪里谈上有情？只称得是德才皆无，死有余辜!"

韦后毫不相信，又反驳道："若像你所说的那样，武太后怎么会迷恋上他呢？"

婉儿道："情人眼中出西施的道理呗！"

婉儿对答如流，滴水不漏，韦后哪里是对手，只好认输，另转话题："听说崔湜也对你很有情呢？"

婉儿立即以攻为守："听说武三思也对你很有情呢！"

韦后不但不羞，反而一阵甜蜜的滋味涌上心头，回忆着武三思姿容神情以及床上的功夫，刹那魂销魄荡，不能自已……良久方喃喃地坦白道："那武三思并不比皇帝年轻，怎么对我有那么大的魅力，恨不能整天和他搂在一起！"

婉儿道："他比皇帝漂亮呗！"

韦后道："皇帝也并不丑呀，主要是在风度和神情方面，他好像一个呆头鹅。'不怕不识货，就怕货比货'，在我未结识武三思之前，和皇上也是亲密无间的。而你是早已结识过聪俊非凡的张昌宗的，如今才受到皇帝的宠幸，其滋味如何？"言毕静待婉儿的回答。

婉儿既没考虑到她会有此问，一时也不便于回答，说假的她不信，说真的还有后怕，暂且沉默起来。

韦后因有亲身体会，便迫不及待地试探道："我看你对皇上的感觉，如同带皮吃梨，囫囵吞枣，索然乏味。"

这真是一针见血，说到婉儿心坎里，她婉转答道："皇后所说的是你亲身体会，但我和皇后不同，一则张昌宗已经去世，二则我已至徐娘半老之年，尚无所依。常言说'饥不择食'，你觉得皇上俗不可耐，我倒看着妩媚可亲。"

韦后半信半疑："你不说实话！"

婉儿寸步不让："你给说个实话听听！"

韦后如今已大权在握，再无顾忌，便大胆地说："皇上和我在房州共患难时节，屡欲轻生，是我解救了他。因此他曾许诺'他时若得见天日，当唯卿所欲为'。如今他册妃选嫔无数，我岂不也可效法么？"

婉儿怂恿道："当然可以。可如今你巴结上武三思和御厨杨均，不知还向往谁个？我愿为递柬，助你一臂之力。"

韦后愈说愈为激动："男皇帝七十二妃，尚不满足，而'食色'为人之天性，男女应无二致。只武三思和杨均两个何在话下，而且他武三思年近半百，我还向往些面嫩的娇娃呢!”

婉儿又问道：“你向往哪个呀?”

韦后道：“我眼下最向往那御医马秦客。”

婉儿道：“是那个年方弱冠的小药工吗?”

韦后道：“然也。你看他眉目若何?”

婉儿故意夸张道：“貌似天仙，可和张昌宗媲美。我明天就领他来和你幽会是了。”

韦后激动地道：“你真是我的好妹妹。”又搂她温存一下，“我还有个难题求教呢!”

婉儿道：“请姐姐勿要客气，只要妹妹能办到的，舍生忘死，在所不辞。”

韦后这才言归正传：“姐姐我如今虽已大权在握，但无亲生儿子可继，这该如何是好呀?”

婉儿早已成竹在胸：“姐姐可知‘欲擒故纵’的计策么?”

韦后道：“愿知其详。”

婉儿从容而答：“现在共有三个办法可选：一是立安乐公主为皇太女，二是择韦氏贤者立之，三是立庶出居长的谯王重福。但同武太后当时情况相比，安乐公主才智远不如太平公主，而韦氏子弟中现已无胜过武三思者，故前二者皆不可取。只有先立庶出谯王重福或重俊，再借故把他拉下来——即欲擒先纵的策略。然后相机，徐徐图之，或可太后临朝，或可安乐公主登基，或可韦氏子弟中有贤者出世。”

韦后没有什么主见，很以为是。并觉得婉儿依附自己，既是个得力的助手，又是插在皇帝跟前的耳目，还是自己应付皇帝的替身。真可称之为三喜临门，乐观已极，一夜不曾合眼。而婉儿对宫廷中的风云变幻无常，是深有体会的，究竟自己眼下之计能否顺利实现，还是很没把握，只不过是权宜之计，须且走且瞧。

欲知后事，且听下回分解。

第七回

害媳计越定越毒
传情诗愈作愈明

上官婉儿为献媚皇后，次日傍晚佯称腹痛，遣宫娥小红去请御医马秦客。马秦客受宠若惊，小心翼翼前来诊病。婉儿见他貌似芙蓉，遐目妩媚，便已心旌摇荡，生销魂荡魄之意。然为心头大计着想，又不得不割爱，亲与牵线说合给韦后。马秦客机灵剔透，暗藏心机，自是顺理成章。

及至韦后处，婉儿献出马秦客，讨得韦后欢心。恰逢武三思与韦后调情方罢，“他乡遇故知”，又得机会鸳梦重温，缠绵悱恻自不待言，且能联袂共议谋权大计。婉儿与武三思密定毒计，欲将武三思儿媳害死，而令其子娶安乐公主为妻。武三思心怀“驸马爹”之愿，与婉儿一拍即合，然不敢轻易敲定。只等韦后与马秦客云雨过后，三人落座从长计议。韦后心狠手辣，眉头一皱，即生出毒死武三思儿媳之计。三人各怀鬼胎，均为各自谋权考虑，此刻狼狈为奸，只是互相利用。

然这一夜他们的确是欢愉已极，三个人亲密无间，既痛享目前之乐，又畅想美好的前程，并暗自庆幸，当今皇上为傀儡，他们三人结合起来，集朝中精英之大成，谁也奈何不了他们！当然他们也预料到前进的道路上还会遇上点阻力，那就是相王李旦、太平公主，以及中宗庶出的三个儿子：谯王重福、卫王重俊和温王重茂。但是他们现在被胜利冲昏了头脑，认为些许阻力不过是螳臂当车，微不足道。

哪知太平公主也正在积极搜访贤才，厉兵秣马。她棒打上官婉儿和崔湜之后，已连邀崔液数次，只是都被借故谢绝。但好事多磨似乎有些道理，太平公主愈得不到，愈渴求迫切。她后来忽生一计，在上元(元宵)节之夜，于府中结扎花灯，用银千两，极尽奢费，华丽可同宫中比美，邀请崔湜阖家前来观灯。崔液心想全家上百口，一起前来，一起回去，太平公主就无法强迫自己做出苟且之事，也就同意相随，并和妻儿奴仆一同更衣打扮一番。他身穿皮坎肩，外罩浅蓝色的春衫，头戴公子锦帽，足登白底黑靴，比平时穿戴朝服，愈显得妩媚潇洒。

一更时分，全家乘坐十辆马车，连同跟随的奴仆书童近百人，络绎半里许，赶往积善坊太平公主府第，行至天津桥头，但见灯火朝天，耀眼夺目，人山人海，水泄不通。崔湜无奈挤身不过，前请太平公主派家人手提十盏宫灯，开路迎接。由于人群太多，三道桥皆被堵死，莫说宫灯开路，就是皇帝仪仗过来，也是腾挪不开。时过二更，不见人来，太平公主坐卧不安，来至大门口翘首观望，心中又喜又急，喜的是渴望已久的仙童即将束手被擒，巴不得立刻成就；急的是若他万一坚执不从，也难以强迫的。时至三更，仍不见踪影，太平公主好似热锅里的蚂蚁。但愿能马上相见——即使遭到拒绝，也就死心了；早知遇此魔障又恨还不如不用此计相召；更恨崔液你何必长得这么好，又何必使我遇见？否则，我也不会受如此深痛的煎熬……盼星星，盼月亮，天交四鼓，崔家一行方陆续来到，太平公主急忙握住崔液的手儿，急向居室里拉让："把你们挤得好苦，快进房休息休息。"崔液道："我们是来观灯的，先观灯要紧。"

太平公主无法拒绝，只好勉强陪随。

迎大门口是一架高五丈宽百尺的鳌山：山灯有陶瓷、泥捏、鎏金和银铸的花、鸟、虫、鱼，形式上千百种，都神采奕奕，栩栩如生。其上有戏子伶官奏乐，山后设大露台，百艺群工，竞技逞能，练绕徘徊于灯月之下。因满院灯光辉煌，后花园的假山之上，彩灯高耸，遥遥在望，煞是好看。且时已不早，所以崔液对此杂艺略有浏览，即请往假山之上。

此假山在宅院最后，背靠洛河，为天然屏障。奇峰高耸入云，怪石排列万状，松柏葱茏，泉水叮咚，楼台馆榭参差，飞丹流金在彩灯明月映辉之下，朦朦胧胧，移步换景，煞是迷人，疑入蓬莱仙宫。崔液虽然游过御苑，但都在白天，皆无此景幽雅。崔液简直是看得发傻，流连忘返。只是那急不可耐的太平公主时时催引，约一个时辰，始到峰顶。峰顶上，最着目的是一只高五尺长一丈的金凤凰，展翅欲飞，嘴叼三颗明珠，下挂一盏宝莲花灯。在此顶上俯视山下，灯火闪烁，似繁星降落，仰视长天，皓月当空，万里无云；远眺洛河，画船竞发，琴瑟盈耳，似一条巨龙，浑身金睛，飞腾百里而东……

忽听五更鼓响，崔液也惊醒过来，向太平公主告别回府。

太平公主自从定此计以来，不知盼了多少失眠之夜，方挨到此千金一刻的良宵，如何舍得，婉转回道："崔郎光临敝舍观灯，已流连五更，岂不见景生情？快到室里吟诗作赋，使敝舍增辉！否则，岂不虚此一行？"

崔液既被此景所迷，有诗兴可发，又为进士第一，无法推辞拒绝，既觉太平公主盛情难却，又时至五更，天将明亮，似不可能被她逼寝了。便同太平公主进入室中。至落座之后，才发现崔湜和家眷人等都未跟随。原来崔湜明白太平公主的用意，悄悄携眷离去了。

太平公主急忙传来几样酒肴，四个宫娥载歌载舞，诱发崔液诗情。

崔液至此，已无可奈何，提起笔来，连吟四首。

崔液尚意犹未尽，正提笔要写，太平公主却已在其诗句中解其意，暗自认为他已经就范，不会坚决反对了，向宫娥扫了一眼，众皆知趣而退。室中只剩他们两个，太平公主今晚巧为修饰打扮，容光焕发溢彩，锦衫春裙喜人，向崔液飞了一个媚眼，娇滴滴地唤了一声"郎君，随我来……"伸手搭在他的肩上。崔液这时已知势不能免，且也有些为太平公主的痴情和风采所动，道了声"只此一次，下不为例"，便半推半就，遂其心愿了。因是初次幽会，谋篡之事尚未敢提。

太平公主感激不尽，宣来味美丰盛的早膳。并赠送珍宝一车，还应允荐升他为御中侍御史。但临别时却求他"下次早来!"

崔液郑重拒绝，却惹太平公主伤悲啜泣，扯着衣襟不放，崔液看她神情已经入迷，任何道理难进，一狠心脱掉春衫，跨步奔出门去。

太平公主站起身来，紧步猛追，愈追愈远，悲不自胜，涕不能言，只好踉跄回房，紧抱着崔液的春衫，一头扎在床上，吞声饮泣……直至黄昏，勉强而起，令童仆把馈赠的一车珍宝送去。

崔液空手到家，夫人有些莫名其妙。心想太平公主财帛山积，定给厚赏，猜想必为崔液冷淡得罪了公主。并非她不爱吃醋生嫉，实为被财帛所迷。她原拟晚上询问缘由规劝丈夫，不料黄昏时节送到珍宝一车，喜出望外!

上官婉儿封为昭容之后，隔绝了与崔湜的私情，悲不可言。虽然她曾借故去学士府数次，欲同崔湜幽会，只因太平公主管得极严，全都成空。今夜上元节，韦后为树私恩，唆使中宗破例开禁，数千名妃嫔宫娥得以出游观灯，而不归者达十之二三。婉儿趁机直奔崔湜府第，直到院中等到五更时分，崔湜携眷方归。二人相见，悲喜交集。一夜的幽会，既是偷情，又是久别，恩爱无度，情意绸缪，甜无可比，蜜不可言，胜过洞房花烛。晨起之后，虽已平静下来，然又将别离，婉儿不胜悲凄，只乞崔湜能略施余爱，不忘旧情。崔湜面有难色，只能敷衍了事，劝婉儿快快离去。

婉儿无奈，吻搂再三，方含泪离去。因怕皇帝怪罪，绕道学士府中，逗留一日，才回宫去。

欲知后事，且听下回分解。

第八回

昨夜土中埋冤魂
今朝帐里迎公主

上官昭容回宫之后，中宗愠形于色："朕以为你也跑了哩，不料还回来了。"

上官昭容听他口气，猜知昨晚一定跑掉不少个宫娥妃嫔，也愠形于色假装嫉妒："似皇上今天册妃，明天纳嫔的，把妾弃如旧履，本应该跑掉，只是我还未寻上个可意的人儿呢！"

中宗既需要她内掌诏命，又不敢违抗太皇太公主嘱咐，所以明知她贪恋崔湜，也不敢揭破，只好哑巴吃黄连苦忍，缓和态度，搭讪道："昭容去往何处了呢？"

上官昭容仍不露笑容："在你的朝内。"

中宗猜知，如再继续问下去，不论她去何处，答复肯定是在"学士府里"。那里都是她的亲信，是无从调查的，便知难而退，继续搭讪道："昨晚跑掉一千多宫娥呢！"

上官昭容冷笑一声，方道："妃嫔有跑的么？"

中宗道："也有十几个。"

上官昭容道："连皇后都跑了才好呢！"

中宗道："噢，原来你是想当皇后呀！"

上官昭容道："哼，我没那福，也没那个野心，现在连个二等妃也未当上，岂敢奢想皇后的宝座。"说完带理不睬爬上床去。

中宗也知道应该封她为二等妃子，纳为昭容确是委屈了她，只是皇后和太平公主嫉贤妒能，从中作梗，无可奈何。其中缘故也不便说破，只好默认理屈。连忙转移话题：“武三思的儿媳——武崇训之妻，昨晚观灯被挤掉天津桥下淹死了。刚刚立春，水也不深，怎能会淹死哩？有人说是摔死的，有人说是被仇人陷害的，究竟如何，众说不一，你看怪不怪?”

上官昭容虽说参与过陷害武三思儿媳事，但计谋是投毒，没想到下此毒手。为了不露声色，她故作吃惊：“啊，贼杀贼，贼撵贼，你问我，我问谁?”

中宗接连碰壁，正感到十分尴尬，无台阶可下，忽然武三思叩门而入，神情有些慌张。中宗让他就座后，武三思侃侃奏道：“皇上昨天传旨，开禁后宫观灯，热闹非凡，万家空巷，堪称千古佳话。但民众齐涌街头，践踏死伤无数，吾儿媳也被挤跌天津桥下，连摔带淹，当场死亡，实在可怜！吾儿夫妻恩情甚笃，只哭得死去活来。臣想只有高攀安乐公主，否则吾儿生命有危！请陛下开恩是幸!”

常言说“会说的不如会听的”，平庸的中宗听武三思奏毕，也恍然大悟了：“说什么被挤桥下，分明是他为儿谋驸马都尉，用计陷害。”但也不便于揭破。且武三思在当今朝中才略第一，同他套上亲家，会有莫大的好处，心中已经乐意。且他同皇后关系暧昧，肯定皇后也曾予谋，只是也不便于追究，假惺惺地问道：“卿和皇后商量，看她的意见如何。”

武三思诙谐地一笑，方道：“皇后说完全听从陛下。”中宗心里明白，分明是先斩后奏，逼我降敕。遂顺水推舟，嘱上官婉儿草诏，招武崇训为安乐公主驸马，授官都尉。

武崇训颇类其父，堪称美少年，安乐公主也十分满意。

武崇训前妻也十分俊美，比安乐公主有过之而无不及。且刚成婚两年，恩情甚笃，乍然惨死，也不无悲痛，当晚武崇训做了一个噩梦：前妻贾氏身穿锦绣天衣，五彩罗裙飘带，自玉宇琼楼，翩翩飞来。她身后跟随天兵天将十名，金盔银甲，手持戈矛斧戕，耀武扬威，十分可怕。贾氏着地大喝一声：“贼子武崇训听了，你们父子攀龙附凤，惨杀为妻，毒于蛇蝎，狠于豺狼，罪恶滔天！吾乃谪仙下凡，欲超度你一起升天。岂奈你有眼无珠，施此毒计，把我推下桥去，罪不容诛!”话音刚落，一员大将手持月牙大斧照头劈来，吓得武崇训大呼一声：“贤妻饶命!”刹那惊醒过来，出了一身冷汗。从此再也难以入睡，反复思考梦中的情景，感到十分惭愧，若真能同贤妻升仙，岂不比在人间当个驸马都尉强之百倍？晨起之后，急忙去到贾氏灵前，凭棺痛哭：“贤妻呀，你死得可怜，你死得屈呀……”只哭得头晕目眩，死去活来。约有两个时辰，痛定思痛，想起妻子所说升仙情景，想看个究竟，命人开棺验尸。但见贾氏死不瞑目，怒容满面，似欲起身搏斗，和梦中架势相仿，吓得他猛向后退，“唉哟”一声，跌倒在地，不省人事。当即由左右奴仆抬他到卧室，灌参汤抢救。至午后方苏醒过来，吃些茶汤稀饮佳肴。之后又欲去凭棺哭吊，家人严加看管，不许离床。

半夜时分，武崇训刚一合眼入睡，忽见贾氏又翩翩而来，但换做一副和颜悦色的面孔，拜了三拜，嫣然一笑，甜蜜地道：“夫君，奴错怪你了，原来用此毒计者是公爹和韦后，你并不知道，情有可原。西天王母娘娘说我谪期未到，仍让我每天夜里同夫君同床。”说毕即搂他共享巫山云雨之欢。一连三夜，夜夜如此，武崇训感到有些蹊跷，又去开棺验看，果然贾氏已瞑目含笑，留恋不舍，直至黄昏，方才依依离去。

怎奈武崇训如此夜夜和贾氏魂灵幽会，体力难支，日渐憔悴。武三思猜知其中缘故，急忙入宫同韦后商议迎娶安乐公主之事宜。

这时安乐公主年已十八岁，早已怀春，只是高不成低不就，自从听说驸马定为武崇训之后，满心欢喜，既爱武崇训之姿容，也图依赖公爹武三思之才略。这些天来，夜夜梦中同武崇训幽会，患起相思病来，早睡晚起，形容也渐憔悴。这天已至巳时一刻，尚未起床，韦后最爱此女，前来探望，问她患得何病。安乐公主的热情已至燃烧的程度，再也顾不得羞娇，冲口而出：“赐给我一个驸马，即可药到病除。”韦后一笑：“公主再等两月好吗？”

安乐公主坦然相告：“先前未给女儿择配时，还可勉强忍受，自从选定武崇训之后，度一刻如三年，似乎两月也不能等了……”韦后是过来人，深有体会的，笑道：“待我马上和武三思商议是了。”

正说之间，武三思闯了进来，见状连忙问道：“安乐公主莫非病了？”

韦后连忙给武三思使个眼色，拉他到外室叙话。

武三思继续问道：“公主到底何病？”

韦后笑着引用《诗经》中的话答道：“有女怀春，吉士诱之。”

武三思笑道：“我儿也病了。”

韦后猜疑不定，问道：“何病？”

武三思也用一句《诗经》笑答道：“甘与子同梦。”

韦后笑道：“看来吾女同汝子真是‘天作之合’。”

武三思笑道：“应称为‘人作之合’，才最恰当。”

韦后心有灵犀，笑道：“啥时办呀？”

武三思笑道：“事不宜迟。但这样仓促，只怕引起物议，怀疑贾氏之死不明，不如再缓两月。”

韦后道：“再缓两年，只怕仍然有人怀疑。为了你我子女，也顾不得这许多了。”

武三思道：“容我三思！”

韦后对武三思佩服得五体投地，从来是言听计从，遂携他回房欢乐了一番，顺便商议嫁娶日期。

韦后将安乐公主的春情向武三思述后，武三思道：“儿媳贾氏的坟墓尚未营就，棺木尚在临时停灵亭内，最少还得两个月后，若太仓促，只怕惹人耻笑。”

韦后认为有理，遂将此情转告给安乐公主。不料只听“啊哟”一声，公主昏厥过去，两眼翻白，浑身乱颤，不省人事。韦后惊慌失措，既不便于请御医，道出家丑，也不愿惊动别人，手掐安乐公主人中，片刻之间，即苏醒过来。这才传来一碗参汤，一匙琥珀，灌喂下去，并想出一计，安慰她道：“待母后给武家增派百名工夫，明天一日把贾氏埋葬，后天就给公主成亲是了。”安乐公主低首不言，似是默认了。

说办就办，韦后立即传来武三思，说明此计。武三思原想给儿媳厚葬，撰碑旌表其功德，以掩人耳目。今已会意立即答道：“若草草瘞埋，今天即可安葬，无须增派工夫。”

韦后听罢甚悦，立即转告安乐公主，赶快收拾嫁妆。皇家富有四海，珠玑锦绣山积，只用半天工夫，即挑选十车。

武三思更为积极，当夜一边把儿媳草草下葬，一边已把洞房布置停当。次日晨起，即备轿五十乘，骏马百匹，聘礼五车，宾客、傧相、婢女五百余人，入宫迎亲。

这时太平公主已和武三思生分，又嫉又恨，听说此情，连夜请崔湜写副对联，贴到他家门匾“梁国公府”四个字的下面：

昨夜土中埋白骨

今朝帐里迎红妆

横批是：

白红双喜

武三思闻报，因忙得不可开交，也顾不上查验笔迹，只让赶快擦去了事。

武三思为了炫耀门庭，大宴宾客，让其心腹侍御史周利贞、冉祖雍，太仆丞李悛、光禄丞宋之逊、监察御史姚绍之五人(时人呼为“三思五狗”)，广为招徕，不论远近亲疏，有无礼物，皆可赴宴。为了附庸风雅，尤对文学之士李峰、沈佺期、宋之问、张说、崔湜兄弟，以及无赖胡暗等，特别礼遇，请其赋诗《花烛行》。

武三思宅在天津桥南，和宫城左掖门遥遥相对。经通天枢东侧重光门行迎亲礼。道设锦帐，桥铺红毡，仪仗鱼贯，彩旗如云，乐声盈耳，观者山积。沿途不足五里，络绎两个时辰。迎至府中正当午时，鸣炮典礼毕，一对新人送入洞房，宾客随从人等，皆沿加廊绕迎宾堂、百福楼、长寿阁、玲珑馆，到后花园中赴宴。

楼上设宴三十桌，王孙公主、驸马、显要、达官等就席。其余宾客千人，列坐岛下杂耍百戏楼前。

午宴直开至日夕，杯盘狼藉，酒气熏天。接着观演杂耍百戏，歌声盈耳，丝竹迭奏。至月上柳梢，丹炉飞铁，焰炎灼电，火树开花，五彩缤纷，光亮迷人，宛如进入灵霄仙界。

文苑墨客，诗兴顿起，张说、李峤先声唱和，又兼有胡暗搅入其中，气氛逐渐活跃，沈佺期、崔湜兄弟等亦相继敷衍成篇，然后下楼去观看焰火和杂耍百戏。在场的皆是一般的宾客，不见一个王孙、公主和驸马。

欲知他们何往，且听下回分解。

第九回

恶皇后勾心立太子
新驸马题诗谢皇恩

太平公主昨晚在赴安乐公主下嫁宴中，同卫王重俊幽会，不讲伦理道德，只顾一味放纵取乐。千金春宵，消磨在那罗帐内。回到府中已过五更，十分疲劳，躺上床就入了梦乡。恍恍惚惚拉卫王重俊同眠共枕。卫王推辞困乏，向背而眠，十分冷淡。太平公主哀求道："你若在天边也就罢了，可如今是近在咫尺，似同蜜糖抹在我的鼻尖上，舔不着，闻着喷喷香，可真要急死我了！"听听卫王重俊，毫无反应，又继续道："我是你的姑姑，比你大几岁，我已给你解释过了，又有何妨？"

这煎熬的滋味真似零刀碎剐，要死不能，要活不得，半死半活，还真不如死了痛快！"你若不肯垂爱，我请你拿刀把我杀了为好！这样，我不但不恨你，我还要更加感谢你，我死在你的刀下，也心甘情愿！"说毕仍不见卫王重俊有丝毫的表情，便顾不得许多，猛向前扑，怎奈头触墙壁，突然醒来，原是南柯一梦，无限怅然，珠泪双倾……

太平公主折腾到天明，由于一夜的疲劳，方酣然入睡，直至午后三刻方醒。盥洗毕，用罢行膳，传来一顶五彩大轿，携带男仆女婢各二十名，入宫面奏。

这时韦后正和武三思掷双陆游戏，上官昭容侍坐一旁，为其计算输盈筹码。三个人边玩边说边笑，还不时地动些手脚，十分欢畅！忽见太平公主入宫，都连忙起立迎接。

太平公主见此三人，乃两个情敌，一个情夫，妒情旧意，齐涌心头，七上八下，不知从何说起。

因太平公主迎立中宗复辟，除灭张易之兄弟有功，韦皇后表面上对她是很尊敬的。急忙扶入上座敬茶，寒暄之后方答：“太皇太公主妹妹，有事遣个奴婢传达好了，何必劳你大驾亲临，我们感到心中不安呢！”

太平公主来的目的，本是揭发宜城公主和裴驸马的丑行，借以挑拨其和韦后的关系。忽见武三思和上官昭容两个谋士在此，灵机一动，计上心来，一则揭破他们的阴谋，二则使用自己弄假成真的诡计，于是侃侃开言：“安乐公主下嫁武崇训，不但门当户对，而且还可结亲保国。不久安乐公主可封为皇太女，武驸马可封为皇太驸马，夫妇二人继承大唐的江山。但是莫把美梦想得太如意了，我是过来人，深知其间的甘苦。我监过国，我荣膺过皇太公主，按条件和才干，我可比安乐公主强得多，但我协力除灭了张昌宗兄弟，拱手把皇位让给了三兄中宗，难道我没向往过么？请看看我的母皇武太后吧：她的才智超群，学识渊博，通经史，知古今，废寝忘食，绞尽脑汁，使用千方百计，杀人如麻，结果如何呢？只当了十五年的正式女皇帝，就跌落下来，冷清而死。再看看我的才智，和我的几位兄长比，哪个能赶得上我？然而又有谁拥戴过我呢？原因无他，只是因为我是个女的！皇帝都是男的，女的不能当皇帝！所以我接受母皇的教训，知难而退！如果你们不听从我的劝告，一意孤行，那么，我也希望多采取手腕，武太后还曾先让中宗显、相王旦当招牌，自己摄政，逐步掌权登基呢！”

武三思觉得太平公主所言是很有道理的，因为自己贪图韦后权势，割断了和她的私情，心中不无愧疚，不便搭言，低头沉默起来。

韦后最无主见，抬头先看上官昭容也低头不语。后看武三思，无疑是将他一军，武三思被迫问道：“太皇太公主的意见是……”

太平公主道：“我的意见是，先立卫王重俊为太子，过渡一个时期，相机而行。”

这和上官昭容欲擒先纵的计谋是相吻合的，她立即答道：“我认为很有道理，确为真知灼见。”因太平公主昨晚才同卫王重俊幽会，他们尚不了解他俩的私情，所以未考虑到太平公主是否有其他用意。

武三思也表示同意：“可以试之。”

韦后见水到渠成，假惺惺地道：“待晚上和皇帝商量确定是了。”

太平公主把嘴一努，哼了一声，“谁不知道兄皇对嫂嫂是百依百顺，你如此撇清，还能骗过谁去？”

韦后笑道："唉呀呀，你可把嫂嫂抬举太高了，你们表面上看去他在我跟前很温顺，实际上背地里已把我弃如旧履。如今天纳妃呀，明天选嫔呀，从不肯听我半句话，已三个多月，不曾到我房中来过。"

太平公主撇一下嘴笑道："只怕你俩是周瑜打黄盖，两情两愿哩。"这一棍打了三家，把武三思和上官昭容都捎带进去了。他们都不禁一惊，互相递个眼色。韦后心中有鬼，而且才思不足，许久答不上话来，恰好中宗回宫，太平公主遂把册立卫王重俊为太子事奏述一遍。中宗询问韦后、上官昭容和武三思，他们虽然各怀鬼胎，另有打算，但皆表示赞成。中宗遂让上官昭容草诏。

太平公主携诏回府，十分高兴，立即传告卫王重俊来见。

中宗对他们于册立太子重俊一事如此一致，感到蹊跷，太平公主去后，携上官昭容回房询问底细。

上官昭容推卸自己的干系，佯为奏道："只怕是韦后'欲擒先纵'之计，也未可知！"

中宗道："韦后没有亲生子，她将来除掉重俊，又如何呢？"

上官昭容答道："封安乐公主为皇太女呗！"

中宗不以为然："若公主能继承皇位，只怕太平公主早就继承了，怎能轮上了我？且安乐公主的才干，还远不如太平公主呢！"

上官昭容道："有武三思做后盾呗。既有了皇太女，何愁没有皇太驸马和皇太驸马爹哩！"

中宗道："如今她们韦家掌了那么多权，岂能甘心么？"

上官昭容道："先前武家也掌很多大权，岂不又归了你们李家——因为天下不忘唐德，深恨外戚之祸。"

中宗有些动摇，默不作声了。

韦后待众人去后，也和武三思商量对策："若咱弄假成真，太子重俊掌牢大权，可该如何是好呀？"

武三思很不以为然，淡淡一笑："太子一封，就马上设官置府，把咱的心腹安插进去，管教他束手无策，动辄得咎！"

韦后笑道："你真行！"

武三思递个媚眼："我若不行，你能要我陪寝？"只说得韦后心痒难支，搂他温存一番。

武三思又得意地道："我首先把我的儿子，你的驸马官武崇训任为太子詹事，总揽东宫内外庶务，你看可否？”

韦后笑道：“当然是好，可吾女如何耶？”

武三思道：“皇太女当然也可设官置府嘛！”

韦后得到满意的答复嫣然一笑，又扑到武三思怀里撒起娇来……

卫王重俊听说被册立为太子，乐以忘形，飞奔太平公主府第谢恩。

太平公主早已传来美酒佳肴，准备庆贺畅饮。

卫王重俊一进门就喊：“姑姑，快拿诏令我看！”

太平公主看着他那天真着急的样儿，十分妩媚，故意哄逗他：“哪有什么诏令，是我很想你，用计骗你呀！否则，你岂能来得这么快？”

卫王重俊半信半疑，愣了一会，忽然计上心来，到床上、床头、柜里乱翻。太平公主怕急坏了他，连忙从袖里掏出诏令：“在这里呢，快跪下接旨！”

卫王重俊“扑通”跪在太平公主面前，双手扶着太平公主的膝盖，仰面翘望。

太平公主手持诏令，故意高举，向他道：“不知侄儿如何谢我？”

卫王重俊十分激动，心想太平公主最喜欢的莫过于巫山之乐，也顾不得婉转措辞，直爽答道：“为尽姑姑欢，舍得一身拼。”只说得太平公主甜情涌心，急忙把诏令递给他，顺势又亲又搂：“我的小宝贝，我的小心肝……”

卫王重俊看罢，喜上眉梢，嫩面桃腮上，又润了一层艳丽的光彩，倍加妩媚可爱。太平公主急忙传来酒肴，狂饮助兴。

两个人都很兴奋，虽然原因不一，但程度似乎相同。人常说“情人谐夙愿，帝王神仙都不羡”。但若能三者兼得，则要算最好不过的了。实际上神仙永远得不到，若能得了皇位，自然不愁鸳鸯，还是以帝王为最。

太平公主原先曾一度向往女皇宝座，后来鉴于母皇武太后的失败，知难而退，一心贪求男女之欢。但自从韦后揽权，有谋篡的苗头之后，认为她乃中庸之辈，岂是自己的对手，又萌动起了夺位的欲念。如今扶立太子重俊，也是她的权宜之计，欲相机行事。

太子重俊天真烂漫，只觉得太平公主是迷恋上自己的姿容，哪里会想到她的远谋深算？三杯酒落肚，就更为兴奋，爽朗问道：“姑姑，侄儿入东宫之后，就有官员属吏了，请多给荐举些贤良为好！”

太平公主道：“这是自然的事，我已拟定将吾儿薛崇简荐为太子詹事，总管东宫内外庶务，薛崇训为太子少师，武崇行、武崇敏为太子少保。有此四大金刚，保管你无虑。”

太子重俊眼下再无他虑，虽然也意识到和姑姑的关系不太惬意，但系近亲，不可能长久，便开怀饮起来，只喝得酩酊大醉。

太平公主因太子重俊已有言在先便携他上床欢寝，是夜的恩爱，真是空前绝后，直到天亮而起。早膳毕，太平公主依依送别太子重俊后，回房休息。至傍晚时分，略为梳妆，乘轿入宫，直抵上官昭容寝殿。恰好中宗也刚刚到此，便直言不讳道：“我是来为兄皇的外甥薛崇简弟兄四人谋太子詹事、少师和少保来了。”

中宗坦白相告：“韦后坚持要让武崇训任太子詹事，皇甥们都任太子少师和少保好了。”

太平公主嗔道：“兄皇莫非让韦后牵着鼻子走么？咱李家的江山，眼看就被他们韦家篡了去。”

中宗辩解道：“韦后有救我的大恩呢！我在房州时，曾屡欲轻生，都是她救了我。”

太平公主道：“这我早知道了，难道我和相王旦助你复位，就无功劳么？”

中宗道：“当然有功，我是终生忘不了的，如今我对薛崇简等外甥们，也是很重用嘛！”上官昭容插言道：“论宗支，安乐公主为韦后嫡出，武崇训驸马，自然比外甥们亲近，韦后之见，是有道理的。”

太平公主瞪她一眼：“武太后对你的恩德就全忘了么？你我同甘共苦几十年，难道也翻脸无情么？趋炎附势，吃里爬外的贱婢子，倒教训起我来了，我还不知想教训谁哩！”

中宗连忙调解道：“上官昭容在背后常说皇妹的好处呢！她方才所言虽也有些道理，但口吻太生硬了，看在我的面上，请多加包涵！”

太平公主怒气冲天，威胁道：“你们都有道理，就我没理，我看你们能把我如何？”甩门而去。

中宗道：“我今天到你这里来，就是专为商量武崇训驸马任太子詹事的事，不料太平公主先提了出来。”

上官昭容道：“我完全同意陛下和韦后的意见。太平公主实在胃口太大，盛气凌人了！”

中宗道：“怎奈她既是我唯一的皇妹，又是有功之臣呢！”

上官昭容道："功臣才易功高震主呢！汉高祖排斥功臣，不无道理。"

中宗听罢，意志已决，立即让上官昭容草诏，携回神龙殿。次日一早就召安乐公主和武崇训驸马回宫，宣谕擢迁事宜。

武驸马闻诏，高兴异常：刚度过洞房花烛，又立刻擢升，可谓双喜临门。心想拜见丈人，应带些礼物，但皇家无宝不有，忽生一计，向安乐公主道："母后家富有天下，应有尽有，吾思之再三，无物可献，拟自绘《龙凤花笺》一幅，题首诗在上，岂不风雅有致？"

安乐公主欣然赞同。二人共同忙一时辰，勉强绘成《龙凤花笺》。但公主驸马实在才疏学浅，苦于难成题诗，情急之下只好摘得几句大学士李峤之咏龙凤诗，匆匆入笺，装入金匣之内请从兄武延秀陪同引礼，携奴仆百名，簇拥车马入宫。

中宗和韦后、上官昭容在神龙殿等候。端门之内皆以红毡铺地，自有傧相乐工奏乐迎接，一派喜气洋洋的景象！

武驸马和安乐公主参拜父皇和母后之后，上官昭容宣读了授武驸马为都尉兼太子詹事的诏令。安乐公主把金匣打开，请众人观赏和武驸马合制的《龙凤花笺》，韦后既未细看，又识字不多，连忙夸奖炫耀武驸马的才情超群，手艺精巧，把金匣开口置于中堂。但上官昭容走上前去仔细一看，连忙拉了一下韦后的衣襟，悄悄地道："花笺上的题诗，不是武驸马写的，而是摘录李峤的名句。"韦后大为扫兴，忙合上金匣，灵机一动："把此《龙凤花笺》放人安乐公主原先的住所，才有意思哩！"说毕，率领武驸马、安乐公主和武延秀趋往东厢房休息。

武驸马和安乐公主坐在床上，韦后和武延秀坐在桌子对面。韦后定睛一看，不禁魂飞天外！原来这武延秀聪俊非凡，远远超过驸马武崇训。天仙嫩姿，欢眉大目，气质风度妩媚动人！韦后早就听说过武延秀的英俊及他和蕃的佳话，只是尚无机会相见，岂料今日有缘，定要和他好好攀谈攀谈。因与武延秀同从，问起武延秀到突厥和蕃的旧事来，不厌其烦。时时为之美容妙音吸引，不免魂销骨酥，时时发呆……

因韦后是比较健谈的，安乐公主对她同武延秀这么长的热情对话，毫未考虑到邪念上去。忽见她发呆，心里才有些莫名其妙，忙趋前问道："母后怎么啦？"

韦后醒转过来，怕被看出破绽，连忙掩饰道："许是饿了，快传酒肴!”

酒肴霎时而至，韦后在上座，武延秀和武驸马左右奉陪，安乐公主坐在末座与韦后对面。韦后本已劳累，但为多看武延秀几眼，便流连不返……酒过三巡，礼仪已毕，韦后提议行“飞花”酒令——让宫娥摘枝桃花过来，捉只蜜蜂剪掉翅膀放在上边，循环飞传，谁把蜜蜂传掉谁喝酒。因她和武延秀相挨，借传递之际，捏手碰足，舒畅难言。席间又引武延秀舞“胡旋舞”，武延秀哪里见过此舞，却愿借机显示，便强做舞姿，翩翩起舞，反舞得头晕目眩，险些摔倒，更添韦后怜惜。

韦后为了今后时常见面，请中宗皇帝擢武延秀为太子少傅。

太子宫中如今已人满为患，且多是韦后的心腹，名为师傅，实乃监督挟持，矛盾必然激化。

欲知端底，且听下回分解。

第十回

王孙踏青蹂躏民女 太子受辱求计姑母

太子重俊住进东宫之后，处处受太子詹事武崇训的掣肘，动辄得咎，不但丝毫无权，而且少师、少傅、少保等全是才疏学浅的纨绔，也得不到任何教益，感到十分苦恼。

一天傍晚，武三思进宫和韦后调笑，中宗故意回避，微行至东宫。太子重俊抱腿痛哭道："皇儿虽册立为太子，实有名无实。太子詹事武崇训、太子少傅武延秀视儿如犬马。且无良师助教，何能继承父业？如此忍辱偷生，真不如死了的好……"

中宗曾被囚二十一年，深知苟安之苦，但如今大权又落于韦后之手，对太子重俊也爱莫能助。他见重俊那悲苦的模样，也不禁流下一串泪来，良久方想出一个缓冲之计："迁学士张说为太子侍读可好？"

太子重俊也知中宗的苦衷，这样的确会好一些，张说既是学士，也德高望重，处事较为公正，定能起些调解作用，连忙谢恩："蒙父皇恩典，皇儿定当尽心学业，埋头苦读！"

张说本来就比较圆滑，早先因被迫诬证魏元忠未遂，遭贬两年，如今更加谨小慎微，八面玲珑了。他来东宫之后，只管教读武太后为废太子贤所撰的《少阳政范》和《孝子传》以及《孝经议》、《养德传》等，对太子重俊和武崇训等之间的钩心斗角，只装聋作哑，不闻不问。

一年一度的阳春三月来到洛阳，桃红、杏白、柳绿，五彩缤纷，仙意盎然。

因为都城中的公卿、王孙、墨客、骚人整天出没于楼台馆榭、假山假水之中，常有腻烦之感，利用春暖花开、风和日丽之际，春游踏青到农庄欣赏一番自然的景色，体验体验野趣。

张说率东宫的官员二十名，宫娥奴仆三十人，于三月三日清晨，携琴载酒，备十辆车马，驰往洛阳城东的春游盛地——鹤冈的桃园和花溪。

鹤冈只不过是一个小山丘，长不及三里，高不过三十丈。上有五口清泉，汇成一条溪流，绕冈北去。周围是碧绿的皇岭泥沼，不适种庄稼，多以桃李桑麻为生，故取名桃园和花溪。

张说和太子一行，先来到鹤冈顶上，在一棵老柏树下，浏览周围的风光。但见仙意盎然，十分迷人。

春色迷人，多已入神，良久，张说方提醒大家摆宴，由宫娥奏乐起舞。酒过三巡，张说道：“值此良辰，岂可无诗!”

正好薛崇敏等尚未拟就，于是张说与太子重俊、武崇训、武延秀、薛崇敏等分别吟诗唱和，安乐公主、宜城公主和奴婢一行百余人，驱车赶来。

张说急忙迎上前去，笑道：“请公主们稍等，待我们吟诗完成，再把此处让给你们可好?”

安乐公主把脸一沉，骂道:“哎呀,我只当是谁前来挡驾,原来是奴才的奴才太子侍读张说大人！你莫在此狐假虎威了,快回去抱娃娃去吧！”

武延秀急忙帮衬道：“公主说得不对，只因‘此山无老虎，猴子称霸王’，故应改为‘狐假猴威’才是!”

张说面红耳赤，难以下台，急忙收拾杯盘残羹，率众人下冈去花溪游览。

花溪沿岸已人头攒动，男女老幼络绎不绝。有的顺溪看落花流红，有的扎结草船，装载落花或纸人儿，追观其漂流。还有的少男少女借机调情绰趣。

中间有个独板桥，一位苍颜白发的老者，持杖踱过，步履维艰。武崇训一行人被堵，十分着急。他忽然奔过去，抬起脚来，照着桥板猛踹：“老头，快过!”这才似赶鸭子上架，只听“扑通”一声，老者跌进溪里，脚陷淤泥，爬不出来。武崇训等人幸灾乐祸，见此情景哈哈大笑，十分开心!

这时忽然窜上前去一位中年商人，拉拽老者出溪，并关心地问道：“你这么大年纪，还有兴致踏青?”

老者脱掉袜，坐在地上边喘边道：“怎奈舞文弄墨习惯了的，旧癖难改。今年适逢随心所欲之年，想再写首诗歌记兴。”

中年商人追问道："想必你是位文苑诗人了？"

老者道："老身乃滥竽充数之学士杜审言(杜甫之祖父)是也。"

中年商人一听他是与李峤、崔融、苏味道一起被人称为"文章四友"的著名诗人杜审言，且过去曾会过面的，便急忙溜去。

那中年商人乃附依张易之，为其弄溺器、唾壶的无耻文人宋之问。事败后被贬为岭南泷州参军，如今逃归洛阳，隐藏在中宗之女安定公主的驸马王同皎家，数月不敢出门，十分烦闷，今日特化装而出踏青散心。

杜审言今日踏青，受公子们奚落取笑，很有感触，写出一首名诗《春日京中有怀》：

悉思看表不当本，公子东桥光应尽？
寄语洛城风日道，明年春色倍还人！

宋之问和杜审言只道自己悲苦，羡慕王孙公子的欢娱，哪知太子重俊的烦恼，比他们还重之百倍哩！一路上受尽武崇训驸马公子们的嘲笑，不是指桑骂槐，就是直言挖苦，只有招架之功，并无还手之力，纵有七口八舌，也难敌他人多势众。尤其是在他们临回来时，遇上一个年方二八的娇娘，姿容艳丽，天真可爱。她只带两个婢女，游春归来，顺路而行。武崇训驸马向武延秀使个眼色，心有灵犀一点通，两个人一前一后，把她们夹在中间，时而抛撒花瓣，时而咳嗽吐唾沫。走了一段路程，见那女子无有反抗的表示，武崇训搭讪道："小娘子，累了吧，请上车送你回家好吗？"那女子不敢言语。武延秀见她好欺，照她脸上撒了几片花瓣，接着躬身道歉："对不起，方才失手了。来，我给你拍拍！"顺手在她脸上摸了一把，二人打了个照面。

不但武延秀觉得此女子艳丽超群且稚气魅人，娇憨淳朴可爱；而此女子正当怀春之际，亦被武延秀的美容艳姿和风流雅态所动，不禁痴迷入神，悬想非非：若能配他为妻，纵然后来被无情丢弃，也心甘情愿哩！

武延秀久历风月，以自己的美貌，俘获过不知多少少女，他细看这位女子，看出有机可乘，便大胆地道："请娘子上车一叙！"边说边动手拉扯。

那女子半推半就地嚷道："不知你是谁家的公子？胆敢如此无理！"

武延秀道："吾乃东宫太子！"就推她上车。武崇训也连忙爬上车去，把车帘放下，协同武延秀把此少女蹂躏一番。

此女子出于小商之家，一心攀缘高门。今日奇遇，实认为有幸，乐意顺从。哪知纨绔们风流成性，玩弄女子视同儿戏，一到城门，就把她推下车去，似同一场噩梦，悲愤不已。

太子重俊为了维护自己的声誉，忙走上前解说："方才拉你上车的是武延秀和驸马都尉武崇训，并非皇太子。"

太子重俊回到东宫，一头扎在床上暗泣。妃子杨氏上前劝慰，问他何故。他知道杨妃是想不出任何办法来的，对她一言不发，吃罢晚膳，直奔太平公主府第求计。他先把踏青情况详述一遍，然后道："武延秀和武驸马二人，当着我面尚如此无法无天，背后所为岂堪设想么？我如此忍辱偷生，度日如年，还不如死了的好！"

太平公主劝道："你既置生死于度外，何如铤而走险，拼个水落石出，或许有成功之望呢！"

太子重俊略有所悟："但不知该如何行动呢？"

太平公主皱一下眉头："此事不可性急，但是凡我确定要办的事，还没有一件办不成的。张易之兄弟欲篡夺我们李家江山，败在我的手下。如今韦后又欲走他们的老路，必定不会得逞！她虽揽了朝中大权，但名不正，言不顺，朝野切齿。只要把正义之士联络起来，就似摧枯拉朽，可置她于死地！"

太子重俊认真地听罢，稚气地道："可侄儿还不善于联络呢！"

太平公主在他脸上拧了一把："慢慢学呗，谁也不是生而知之。可这又必须由侄儿出头去做，我如今还只能在背后给你划策，待水到渠成，才能挺身而出。"说完在太子脸上亲了一口。

太子重俊对姑母的邪情开初很有反感，如今一则相依为命，二则习以为常，认为此等小节，不必在意。又追问道："我实在受不了窝囊气了，欲立即行动，何如？"

太平公主早已胸有成竹："右仆射中书令魏元忠和左羽林军大将军李多祚，皆正直忠臣，切齿诸韦不法，似纸包火中，一触即发。你眼下不便和他们直接来往，可先和魏元忠之子太仆少卿魏升，以及李多祚女婿羽林中郎将野呼利取得联系。"

太子重俊顿开茅塞，连连称妙。因为他们年纪相当，容易接近。

是夜太平公主挽留太子重俊陪寝，趁机又谈了许多起事的具体步骤。

欲知端底，且听下回分解。

第十一回

太子佯病结盟合谋
公主碰壁恼羞成怒

太子重俊遵照太平公主的主意，次日就装起病来，半月之后，中宗皇帝闻知，抽空前来探望。太子妃杨氏闻知，跪在门前迎驾。

中宗进得屋来，但见灰尘满地，桌椅杂乱。太子重俊仰卧病榻，枕前堆放着《少阳政范》和《孝子传》，几案上是药壶、茶碗、羹匙什物。他见中宗入室，欠身欲起，中宗止之。

中宗坐定后，问他病情。他只说不思饮食，四肢乏力，无其他恶性病状。中宗趋前瞧看，只见面憔悴。转身询问杨妃："太子可曾贪恋声色?"

杨妃道："他整日闷闷不乐，除了看书，就是睡觉，不会有那种心思。"

中宗把御医的药方拿起，只见上面写着：气虚血亏。宜补气助阳，扶正祛邪。若佐以"击剑""五禽"，可收功倍之效。

中宗忖度片刻，方道："皇儿为国家储君，修身治学宜文武兼备，今后当习箭射。箭射熟则勇，勇则有力。天下太平，用之于礼义；天下有事，则用之于战争。"

中宗此番教导，正中太子重俊的下怀，敛容奏道："儿愿遵旨，请李多祚婿中郎将野呼利，教习皇儿是了。"

中宗不敢立即下旨，回宫和韦后商议。韦后心想有武崇训驸马和武延秀监督，太子重俊纵然学会十八般武艺，也造不起反来，且可趁机使武驸马和武延秀也学些箭射，以备不时之需。且李多祚为夷族，在朝中似无根之木。他在除灭二张时立下奇功，爵赏极厚，感恩戴德，媚附自己裙下，十分可靠，便欣然应从。

李多祚闻旨，认为事关重大，对女婿中郎将野呼利嘱咐再三，要多加小心。

岂料野呼利系热血壮年，疾恶如仇，早对武三思隐害五大功臣、韦后专权图谋不轨恨之切齿，十分同情太子重俊。他每日傍晚进东宫教练。开始武驸马和武延秀监督较严，不敢有丝毫表示。两个月后，他们二人既贪恋同宫娥们寻欢，又嫌练习箭射劳苦，时而晚去，时而早走，日益厌倦。野呼利在黄昏之际，同太子重俊蹲在花丛窃语起来："武三思潜通韦后，隐害忠良，似有异图，太子岂无惧乎?"

问到太子重俊的痛处，他泪流满面，呜咽良久，方勉强能言："父皇尚忍辱苟安，更何况形单影只的我哩!"

野呼利又道："皇上已知天命，只愿庸碌一生。而太子血气方刚，岂可为几上鱼肉，束手待毙?"

太子重俊感慨万分："二大功臣被害，忠良噤若寒蝉，须广为结纳联系才好。"

野呼利道："箍紧必炸，纸包火中，一触即燃。只待天时地利了。"

太子重俊道："天时地利要待，人和亦要努力!"

太子重俊和野呼利从此结为兄弟，日日以教练箭射，交流情况。

安乐公主和武驸马成婚后，生下一个男孩，满月之日照样举行盛大庆宴，且逢中宗五十寿辰，故召来学士们咏诗隆重祝贺。

韦后为了母因女贵，以及谋逆的需要，要挟中宗封此刚满月的外孙武黄台(皇太孙的谐音）为安定王。中宗认为似无前例，有些迟疑。且有御史上疏："武周革命之际，宗室诸李诛灭殆尽，今赖天运反正初复，岂可又封异姓武氏为王呢?"但韦后软硬兼施，逼令上官昭容草诏。

太平公主见已破例封异姓为王，自恃除灭二张之功，也向中宗为子薛崇简求封。中宗委屈地道："封异姓为王历代鲜有，武太后开天辟地登基称帝，宠幸张昌宗兄弟造极，只封其为国公，不敢封王。兄刚刚复位，岂敢破例耶?封外孙武黄台，系韦后强为之。"

太平公主认为中宗所言，确是实情，无法强其所难，遂改变主意，去求韦后，方法是先礼而后兵。傍晚回府取来一个金匣。

太平公主自出生至今，除了情欲难平，碰过小钉子外，在财势上风顺无比，为所欲为。今天一则为儿子，二则为己谋逆，只得小忍，向韦皇后低头。当客走人散之后，溜进韦后的寝宫，一进门就搭讪道："这是先时薛崇简过满月时，武太后赏给的一匣金锁和玉佩。因年久忘记放处，让十名侍女翻箱倒柜，方才寻到。"边说边打开，放在韦后面前。

但见其古色古香，灿烂喜人。且为武太后所赠，更具有纪念意义，韦后颇为馋涎。但太平公主早不上献，所谈理由似乎可疑，于是问道："不知太皇太公主有何事相托？"

太平公主笑道："请嫂嫂赏给薛崇简一个没头'主'好吗？"

韦后为了考虑措辞假装不懂，问道："什么是没头'主'呀？"

太平公主道："'主'字去了头上那一点呗！"

韦后道："噢，是封王呀，这个事我可做不了主，还得请求后直呢！"

太平公主笑道："我听后直说武黄台封为安定王，是嫂嫂做主的呢！"

韦后被堵到绝处佯笑道："武黄台是我的亲外孙，而薛崇简只不过是小皇姑的儿子，宗支已远，他俩咋能相比呢？"

太平公主"哼"了一声，挖苦道："武黄台刚刚满月就当王，未免太早了吧？"

韦后也把脸一沉："我外孙刚刚满月，但他会长大的，可薛崇简的宗支是永远变更不了的啦！"

太平公主恼羞成怒："嫂嫂得有今日，请莫忘了妹妹我的功劳呀！"

韦后道："我们何曾忘哩，既封妹妹为太皇太公主，享实封万户，这是空前的；还赏妹妹奴仆三百，骏马百匹，金银、财宝、山庄不计其数。希妹妹继续立新功为好！"

太平公主本来已气愤填膺，很想朝韦后发泄，但为了不打草惊蛇，忽然转怒为笑，圆滑收场："只为妹妹爱子心切，方才对嫂嫂用语失散，请多加包涵！"

韦后道："我先前也是有儿子的，母子的深情，我是能体会的。只是封异姓为王，确实非同小可，待和后直商量商量看，如能再破例的话，那就更好了。"

太平公主明知韦后也在耍花腔，但不便揭破，违心地道："请嫂嫂多给关照是了。"说毕就走。

韦后忙拿起金匣追赶，虚伪地道："妹妹，这金匣我不能留。一则是外甥的纪念物，二则妹妹求办的事尚无眉目……"她心里确实贪婪难舍。

太平公主看出韦后有意留下，忽一转念："你想留，我愈不给你，看来你是敬酒不吃，吃罚酒！"伸手把金匣接过来，要了个花腔："嫂嫂莫非嫌礼薄么？等有了厚礼时再给送来！"说毕，扭头就走。

太平公主出宫，愈想愈气，决心用计报复。

欲知采用何种手段，且听下回分解。

第十二回

皇后避邪胁帝迁都
驸马寻欢溺水殉情

太平公主临去的怒容，时刻钉在韦后的脑际，有说不出的恐惧和后悔，似同十五个吊桶打水，七上八下，又如钱塘江中秋节的海潮，汹涌澎湃，铺天盖地。自己的聪智不如她，经验没她丰富，见识没她广，办法没她多，口才没她流利，谈起事来，只有招架之力，毫无还手之功。如今得罪了她，后患莫测！

当天晚上如卧针毡，辗转反侧，直到天亮刚恍惚入睡，就做起一个噩梦：

一团祥云把她驾起，缓缓升腾，悠悠荡荡，好不自在……忽见一座灵霄宝殿，琉璃为瓦，碧玉为墙，花红柳绿，风和日丽，百鸟和鸣，雅乐盈耳，定是天堂无疑，煞是喜人！但进门一看，空空洞洞，毒蛇乱窜，豺狼成群，吓得魂不附体，高喊："宗相哪里？杨均快来！"好像是无头的苍蝇，胡跑乱奔，眼看来到二道门前，但见龙盘虎踞，天兵天将林立。门上横书"神都"两个大字，金光闪闪夺目。右联"明君才女可进"；左联"英主恶后莫入"。她扭头欲返，忽见一员天将呵斥，声如洪钟："恶后淫妇，胆敢闯入神都，莫非你要寻死，自投罗网么？"说毕手举月牙大斧，照头劈来，她吓得瘫软而倒，晕晕乎乎向下狂跌，心想快快着地，岂料又被插到狼牙山尖，似同乱箭穿心，只盼速死，哪知山峰反而向上窜动，猛扎乱刺，似同锯拉链磨，好容易停止下来，轰隆一声巨响，山崩地裂，被抛进苦海，口舌麻木，肝肠欲断，拼命用力喊出一声"救命！"始才醒来，原来是场梦。冷汗淋淋，胆战心惊，浑身抖个不住。她喘息很久，才能起床，未待早膳，便把上官昭容叫来，说明梦中情景，请她圆解。上官昭容略为思忖，便猜知底蕴，侃侃述说：“那副对联最是关键，‘神都’者，洛阳也，乃武则天女皇的定都。‘明君’者，乃相王李旦也，‘旦’者天高，天亮则明，非他则谁？‘才女’者，太平公主也，她虽缺德寡义，其才非浅，皇后可不是她的对手！当今皇上原封英王，‘英主’者非他则谁？至于‘恶后’不言自明，吾不敢讲。”

韦后问道：“为之奈何？”

上官昭容道：“武则天女皇，当初因为王皇后和肖淑妃遇害时，扬言死后变猫，让她变鼠，要咬断她的喉咙。她从此屡做噩梦，曾禁止宫中养猫，然而还是睡梦不止，无奈才迁都洛阳，定为神都。看来如今是皇天显圣，启示迁都回长安也——‘长安’者，则‘长久平安’也。”

韦后对上官昭容之解十分满意，因她早就感到相王和太平公主是其政敌，精神上的威胁很大，而且他们在神都洛阳年深月久，根深蒂固，遗老遗少多为其用，所以曾有过迁都之意，以斩其瓜葛。听此，她当机立断：“妹妹真不愧是文章魁首，精通古今百家。请协同奏请皇上迁都长安，事成之后，定有重谢！”

上官昭容：“皇后何必撇清，皇上早已被你牵着鼻子走路，任何主张，无有不允。”

其实中宗十分怯懦，也早对相王和太平公主感到威胁，有迁都之意，所以一说即成，立即筹备，仲夏时节就回銮到长安。

太平公主回到长安，仍住醴泉坊旧宅，时当中伏，酷热难耐。而家财山积，为了享受，不惜挥金如土，撒珠似沙。立即勘定在曲江头芙蓉园畔，修建山庄，役民夫五万，次年初夏即成。

但见湖山逶迤，亭台琳琅，花木繁盛，铺天盖地。峰回路转，似登天梯，泉水叮咚，移步换景，高低冥迷，不知西东……冈顶鸱吻凌空，檐牙高吸，乃三层的凤凰阁，似展翅欲飞之状。凭阁远眺，湖中三岛鼎立，板桥相连，靠南一岛较大，形似巨船，有堤可通。湖岸蜿蜒，呈葫芦形，村舍寺观，错落有致，桑麻荷塘，鸡犬鹅鸭，珍禽瑞兽，奇花异草，应有尽有，颇似陶渊明著的《桃花源记》，令人遐思神往。

刚刚落成，太平公主就携男宠崔湜、荷生，连同戏童、奴仆、侍卫等一百多人住进山庄。

武攸暨驸马本来早和太平公主生分，各寻新欢，互不干涉。怎奈今年奇热，为了避暑，也死皮赖脸蹭进了山庄。太平公主忆起以往夫妻的情分，还能勉强容忍，且他们二人有默契，互不干涉。怎奈崔湜和荷生却视他为眼中钉一般，不时地指桑骂槐，冷嘲热讽。武攸暨忍之再三，早想反抗或者离去。不料他突然迷恋上一个唱戏的童女，难割难舍。而这童女又恰是荷生的情侣，这真似到老虎头搔痒，太不自量。荷生气得咬牙切齿，真想一口把他嚼成肉酱。一天傍晚，武攸暨驸马携童女到江畔水榭中幽会，荷生发现之后，溜到廊下窃听。他们二人正在热恋当儿，淫词秽语，令人肉麻。过了许久，童女泣道："我已被荷生和驸马奸侮，不知何处是归宿。"

武攸暨："你年方十七，来日方长，着急什么？"

童女："红颜易老，色衰润减之后，冷若秋扇，不堪设想……"

武攸暨故意试探她："是荷生破了你的贞操，你就嫁他为好！"

童女："荷生那厮，似是花间狂蝶，朝三暮四，恩爱一时间。且他被太平公主专宠，我只能偷偷摸摸，万一败露，只怕生命有危……"

武攸暨："你既知如今，何必当初？"

童女："那荷生力逼利诱兼施，我既不敢喊，又跑不脱，就被他追到花丛中强奸了。"

武攸暨："荷生很美，你能沾其雨露，也算三生有幸了。只怕有人想同他苟合，还求之不得哩。"

童女："他若能娶我，当然是好，但他坏了我的名声，又不能娶我，只落得残花败柳，有谁肯怜？我可恨死他了！"

武攸暨："我欲娶你为妾，只怕你嫌我年老！"

童女："常言说'胡须亲，童娃打断筋'，只要你亲我，我是不嫌你老的。而且驸马聪俊异常，当年曾被太平公主迷恋欲狂，虽年近五旬，但善涂脂，仍不显其衰。尤其是你有权有势，财帛山积，我是求之不得。就怕是太平公主难容，为之奈何？"

武攸暨："太平公主男宠无数，我们是互不干涉的——有一次我要撞死荷生，她向我妥协，答应了这个条件的。"

童女："但不知你已有多少小妾呀？"

武攸暨："是有了几个，但都是姘居，太平公主是不允许定名分的……其实有无名分是一样的，都睁只眼闭只眼罢了！而且我们现有两处住宅，一在醴泉坊，一在翊善坊，加上这个南山庄，已成三处了。我们相互回避居住，互不干预。”

童女：“若荷生不愿你娶我，到太平公主处进谗，可该如何？”

武攸暨：“我身强力壮，荷生娇嫩若此，岂是我的对手？我用一只手就能把他撞死，他很惧怕我的！”

童女：“那就请驸马快办是了！”

武攸暨：“我已准备好了一匹双鞍骏马，今晚三更时分，就带你到翊善坊去！到时你从角门溜出，我拍手为号去接你。”

童女情不自禁，又搂他狂欢起来……

荷生听此，气不可遏，躲到水榭台阶暗处，决心害那童女。

待武攸暨携童女兴尽而出，已是星斗满天，月上柳梢，花树摇影，蛙声四起的时分。清风徐徐，令人心旷神怡，而且他还陶醉在幽会的余兴当中，未完全醒来，正迷迷糊糊前行，荷生突然从他们身后窜出，抱起童女，咬紧牙关用尽生平之力，把她抛进江中，水溅数尺，离岸有丈远。武攸暨不禁一怔，待他清醒过来，荷生已逃之夭夭。他现在同那童女热恋如狂，也顾不得考虑水的深浅，以及自己的安危，似同猴子捞月，一跃两丈，窜入水中。岂料童女只挣扎几下，就沉落水底，打捞很久，始才抓住她的头发拖出水面。怎奈他的水性欠佳，已经精疲力竭，加之水深岸陡，一泳一滑，反复再三，终于力竭，二人共溺而死。

荷生见武攸暨下水，就溜回来躲在树丛旁观，直至听不到动静，确认都死之后，才去禀告太平公主。但他除去了投童女入水的情节，说是他们二人殉情而死。

太平公主将信将疑：信的是荷生力弱，不可能推他们二人落水；疑的是武攸暨有童女无数，死了旧的换新的，唾手可得，他不可能为她殉情！但如今只能袒护活的，冤屈死者了，便稀里糊涂，按其殉情而死，草草埋葬了事。

太平公主成了孀妇，心想幽会偷欢更自由了，哪知崔湜反而时常借故不来。

欲知缘由，且听下回分解。

第十三回

公主联盟同仇碰壁
逃犯告密恩人替罪

崔湜一连半月不见踪影，太平公主思念如焚，遣荷生连请三次方才驾临。

他进门之后，仍然心事重重，虽佯为喜形于面，但皮笑肉不笑，比哭还难受。太平公主多方开导，他始露真言："武驸马在世，你我幽会，还能掩人耳目，而今你成了孀妇，明眼人一看就穿。而且你与韦后为敌，前途莫测，万一失败，我必受株连，有灭家之灾！"

太平公主："'成则为王，败则贼'，历来如是。我宁为玉碎，不为瓦全，以你我之才，岂敌不过一个庸妇？"

崔湜："敌是敌得过的，但也不敢轻敌。而你到得长安，修山庄，玩戏童，嬉戏终日，似乎忘记了前程！"崔湜所以多日不来，也是有意用计激她一番。

太平公主："崔郎所见极是，咱今后抓紧行动是了！"随即递了一个媚眼，温存一番。"崔郎"一词用得很好，他既是兵部侍郎，又是情郎。

太平公主："欲灭韦后，必先杀掉武三思，而武三思之才，也不可低估。"

崔湜道："他有才无德，得道多助，失道寡助，他必然失败！"

如今朝中才干和权势最大者只有武三思和崔湜。武三思既是崔湜的政敌，又是他的情敌。太平公主认为崔湜言之有理，连忙追问："可如何下手哩？"

崔湜似早已成竹在胸："欲灭武三思，必须三思！"

太平公主道："请问第一思？"

崔湜道："第一，必须把他诱出来。"

太平公主道："这一条好办，他是好色之徒，你的妻女都是著名的美人儿，定能把他诱出，且你先前告密张柬之等五王有功于他，定不怀疑。请问其二？"

崔湜道："必须把他抓住。"

太平公主道："既能诱到你府，还能抓他不住？"

崔湜道："他又不是傻瓜，岂能不加防备？"

太平公主道："请问第三？"

崔湜道："欲抓住他，必须用兵埋伏。"

太平公主道："如今匡复功臣驸马都尉王同皎，受武三思猜忌不被重用，约他同谋，定肯出力。"

崔湜听罢大喜："你真不愧是镇国太平公主，聪颖超群，智谋多端，定能镇国平天下。"说毕报答一吻。是晚欢愉倍增，不可言状。

次晚，崔湜诣王同皎驸马府私谒，寒暄毕，即说明来意。因他先前出卖过张柬之，媚附武三思，所以王同皎唯恐其间有诈，不敢轻信而吐露实言，一味推辞应付："贤兄美意，虽不敢受，但也绝对不泄密图赏。因小弟不才，已决意寄情山水，出家脱俗矣！"

崔湜猜知他疑己，连忙解释道："贤弟莫非认为愚兄有诈么？吾先前告密张柬之等五王，是看到他们有逆光，所以投靠了武三思；而今是看到武三思勾结韦后欲谋篡，所以背叛武三思，前来投聪明驸马都尉贤弟。吾悬崖勒马，弃暗投明，岂不可歌可赞么？"

王同皎觉得崔湜所言，只有很少一部分对，即"武三思勾结韦后欲谋篡"，而"张柬之等五王的逆兆"毫无根据，他们只是看到武三思窃权，心怀疑惧做自防举动。而且崔湜私通太平公主岂非也欲谋篡而贼喊捉贼么？而且他前日叛张柬之等，今天叛武三思，日后岂不也要叛自己么？所以仍然婉言谢绝。

崔湜遂又补充道："武三思蓄谋良久，品质极坏，数年前就说过'我不知何者谓之恶人和善人，但与我善者即为善人，与我恶者即为恶人'。"王同皎也早闻此语，听后嗤之以鼻。

崔湜仍不死心，改变策略，威诱并举："贤弟难道仍不肯信，让我发誓么？"

王同皎连忙答道："不敢！"

崔湜道："可我听说贤弟背后对武三思也有不满的议论哩……"

虽崔湜是臆测诈言，但王同皎确有此事，未免心虚，怔了一会，方道："我不曾有是言，只怕以讹传讹，有所误会？"

崔湜听此回答，既有回绝，又似有默认，于是改用利诱的口吻："师出有名，顺天应人，定可旗开得胜，厚赏功臣！"

王同皎以不变应万变，坚持对崔湜和太平公主敬而远之，乃毅然回绝："小弟不才，不求有功，但求无过，马上出家脱俗！"

崔湜彻底绝望，气急败坏地告别："后会有期！"

无行文人宋之问从贬所岭南逃归，隐藏同窗王同皎家，听说崔湜来访，因为相识，唯恐他去后院，发现自己，乃躲至马厩中，待崔湜去后，始敢走出询问他来访的情况。王同皎心想宋之问寄居篱下，有恩于他，定不会泄密，便如实相告。

宋之问听后，虽然对武三思淫乱皇后窃权不满，但觉得他才高势大，太平公主和崔湜岂是对手？而且自己寄人篱下，难见天日，岂是长久之计？所以他顿起告密邀功之念，"天赐良机，时不我待！"他立即装起病来，一天昏厥数次，请传唤他儿子前来交代遗嘱，王同皎信以为真，不敢怠慢。哪知他儿子来后，谈的却是密告太平公主和崔湜的事体。但为了伪装，也写了一份假遗嘱。字面上冠冕堂皇，不外是"忠孝仁义、修身齐家……"老生常谈之言。

此时王同皎确实正联络洛州参军张仲之和武当丞周憬密谋，伺机除掉武三思。被崔湜点出，不论是他臆测，或者是走漏了风声，都应紧急措施，事不宜迟。次日晚间就唤来张仲之和周憬于密室商讨对策。王同皎把崔湜来访的详情述后，三个人都感到应提前行动——原计划到元宵节观灯时用暗箭射杀，现议定用五百人马以巡夜追缉盗徒的名义，闯入武三思府第歼灭。不料此情恰被宋之问送他儿子返回时在窗外窃听了去。他素以缺信寡耻著称，灵机一动，又是一计，密告王同皎等三人，要比密告太平公主和崔湜有利得多。

王同皎虽为驸马都尉，但其妻安定公主非韦后所生；太平公主虽属旁系，但她权略过人，立两次大功，还有兄相王旦庇护。所以宋之问立即决定改变计划，因已让儿子明日告密，必须马上回府通知。经过千思百虑无有借口，遂于夜里翻墙潜逃，不辞而别。反正他要告密立功，也不再怕被人发现。结果恰被巡夜的羽林军捕获，他就趁机请求到武三思府中告密。

武三思这时正在揽权，招降纳叛，排除异己，获此消息，如获至宝，当即应承复宋之问原职，加朝散大会。宋之问唯恐儿子次日密告太平公主，请求立即回府："吾已离家年余，归心似箭，渴念儿女，希能马上一见！"

武三思唯恐他无意之间泄露消息，婉言谢绝道："既已离家一年，岂在此半宵，待天亮不迟。"

宋之问心急如焚，有苦难言，眉头一皱，跪下哭道："我同小妾恩爱似胶，一日不见长于三秋，值此良宵千金一刻之际，最难消受，似油煎火燎！请宰相开恩，放我回府。如防我不忠，可遣人监督！"

武三思对宋之问所言虽有所体会，但觉得也不会那么严重，仍然婉言拒绝。

宋之问百般无奈，想出一个绝招——手捂肚子，喊叫连天，跌倒地下乱滚，装起病来。开始时惨不忍闻，渐渐声嘶力竭，表演逼真。武三思这才派人抬他回府。他一到家，把实情告诉儿子之后，为掩人耳目，继续装病呻吟不迭。

武三思一边派人护送宋之问，一边调兵去捉拿王同皎。当时天已微明，仆人禀告宋之问潜逃，王同皎感到十分危急，肯定他是告密去了，既恨宋之问狼心恶毒，恩将仇报，又悔自己有眼无珠。正欲潜逃，兵已临门，束手被擒。

中宗命监察御史姚绍之按问，王同皎知无可隐瞒，大义凛然，法堂之上，破口大骂，历数武三思的种种罪行。

姚绍之问："你知罪么?"

王同皎道："你知罪么?"

姚绍之："是我问你，你怎么问起我来了?"

王同皎："是谁让你问我?"

姚绍之："是皇上让我问你。"

王同皎："是天下老百姓和我的良心要我问你！"

姚绍之："你可知'皇命如天'么?"

王同皎："你可知'民为贵，君为轻'么?"

姚绍之无言以对，要起无赖，昧着良心，硬着头皮答道："我不知道。”

王同皎：“你不知道，我现在就教育你：唐太宗说‘皇帝是舟，老百姓是水，水可载舟，亦可覆舟’。如今奸佞武三思私通皇后，招降纳叛，独揽朝纲，卖官鬻爵，贿赂公行。且纵横犯法，兼并土地，荼毒百姓，恶贯满盈，怨声载道，似纸包火中，一触即发。吾既为公卿，又是皇亲驸马，岂可听之任之，束手待毙？故铤而走险，以清君侧，事成之后，再诣阙请罪。”

姚绍之觉得王同皎所言，既句句是实，又不忍立即用刑，且他和王同皎素有旧谊，有从轻发落之意。所以沉思良久方道：“容我启奏皇上，再作道理。”

中宗觉得王同皎揭露武三思罪行几乎人人皆知，无可包庇；但对他所说“事成之后，再诣阙请罪”也不可信——只怕前门赶狼，后门进虎！他为了掩人耳目，寻找台阶，心生一计，敕曰：“命宰相杨再思、李峤和韦巨源共审，并参验武三思罪状属实否？”

此三名宰相，杨再思绰号两脚狐狸，李峤老奸巨猾，韦巨源是韦后堂兄，无一是能主持正义者。王同皎遂嚷道：“宰相中有依附武三思者！”意指韦巨源，所以他本人不便开口。李峤为了替韦巨源圆场，连忙向杨再思通了个眼色，杨再思速言：“贼子王同皎，自己谋反，反而诬人，一派捕风捉影之言，毫无实据！”

王同皎瞪他一眼，怒道：“你年过半百，白披人皮！一向趋炎附势，瞒上欺下，脚踩两只船，看风使舵——绰号两脚狐狸，羞也不羞？你枉为宰相，从未为国出一良谋；你用‘调包计’——假驸马欺突厥，招惹倾城大祸！你媚附武后男宠张昌宗兄弟一度被贬，今又拜倒武三思和韦后的脚下，狂吠乱咬。似你这般寡廉鲜耻的败类，早该戴上十层的遮羞布，钻到老鼠洞里，有何面目审问俺这顶天立地的大丈夫……”

李峤连忙救驾插言：“大胆的王同皎，你罪恶昭彰，理当立功自赎，反而庭辱宰相，罪上加罪，死有余辜！”

王同皎照样瞪他一眼，斥道：“你老奸巨猾，舞文弄墨，眼观四方，八面玲珑。只知保己，不分是非，好一个俯首帖耳，不知羞耻的御用文人！”

韦巨源见骂到他们二人的痛处，只得赤膊上阵了：“住口！你既食国爵俸禄，又身为驸马，理应赤心社稷，却忘恩负义，阴谋作乱，是可忍孰不可忍！且铁证如山，矢口否认，还血口喷人，倒打一耙，诬陷忠良，罪当诛身破家！拉下去！”

侍卫们刹那围上前来绑缚，王同皎则一边挣扎，一边破口大骂：“奸贼韦巨源听着：吕后的才大功高，图谋汉朝的江山，只落得身败名裂，家破人亡。而韦后这个泼妇，缺才少德，荒淫无度，男宠成群，似同九尾狐狸转世，不知廉耻为何物。你们韦氏鸡犬升天，但皆似跳梁小丑，男盗女娼之徒，妄想变天，似螳臂当车，定灭九族，遗臭万年！”

韦巨源自任宰相兵部尚书之后，傲视天下嚣张不可一世，从无人敢于冒犯，今日受此大辱，如何能够忍耐，只气得七窍生烟，大发雷霆：“快捕杀此贼，枭首示众！”

姚绍之为了求进，必须欺下媚上，于是向王同皎道了一声：“事不谐矣！只好委屈你了。”王同皎知已无可挽回，遂破口大骂，姚绍之为了讨好韦巨源，举杖猛抽。王同皎刹那臂折，呼天抢地，然后怒视一周，向姚绍之道：“反贼，吾臂已折，命已输汝，当诉汝于阴曹！”姚绍之遂将其下狱。李峤依、韦巨源意呈奏：“王同皎图谋杀武三思后，将拥兵入宫，废皇后，逼圣驾逊位。”中宗遂降旨斩王同皎于都亭驿前，籍没某家。武三思为报答宋之问，起为鸿胪主簿，升姚绍之为侍御使——时人鄙之为武三思“五狗”之一。

武三思经过王同皎谋逆事件后，提高了警惕。太平公主与崔湜的计谋受阻，必须改变对策。

欲知究竟如何，且听下回分解。

第十四回

屈尊官邸为才色
高攀主第图权势

武三思通过王同皎谋乱，加强了戒备，出则护道，居则壁垒，且深居简出，使得太平公主和崔湜的计划难以实行。

崔湜对于太平公主本来就不痴情，只是贪图她的权势，趋机谋篡，所以近来郁郁不乐，又常借故不出家门。

怎奈太平公主近来对崔湜迷恋如狂，片刻离他不得，行走坐卧时刻想着他的美姿雅态和荷容艳色，一日不见比秋长，茶饭懒咽寝难安，恨不能整天厮守在一起，甚至殉情投湖，永作水中鸳鸯。

按说崔湜已行至中年，姿容已不及荷生的娇嫩艳丽，可是中年的魅力，又别有一番风采：姿容英俊，形象雄伟，神态含威，举止带雅；肌肉健美，光泽喜人，丰满未足，臃肿尚无；肢体矫健而匀称，曲线分明而协调，好像盛开的玫瑰，香气正浓，比那刚刚出水淡雅清香的芙蓉更加引人，又好像熟透的橄榄，余味浓厚，比那刚刚红润的蜜桃，只是一品无余的寡甜，别有滋味。而且崔湜聪颖敏惄，知识广，修养深，才可治国。尤其是气宇轩昂，风度纯朴，举止文雅风流，动静倜傥娇媚，望之赏心悦目，有一种无形的引力四射，也如和煦的春风缓缓拂面，温柔无比；又似山间甘美的清泉，涓涓流入心田，沁人肺腑，浑身舒畅……

是日阴云暗淡，使人烦闷，更哪堪失恋的太平公主，已半个多月未见崔湜到来，遣人去邀三次皆被婉言谢绝。斯时心比油煎，欲火烧身，决意屈尊前往崔府拜会。略加修饰，即偕荷生等人乘轿而往。她一路上忐忑不安，揣测着相见的情景，既可能热情相待，也可能冷淡置之，甚或闭门拒客。是凶多吉少，抑凶少吉多，都难预见……

去得不巧，崔湜也因烦闷，到学士府同婉儿幽会去了。

这是太平公主第一次亲临崔府，崔夫人极献殷勤。让至客厅后，一边献上丰盛的茶点、水果，一边准备美酒佳肴。

寒暄之后，太平公主仔细打量崔夫人的姿容，但见她：形态俊秀，肥瘦高低适中；容颜艳丽，白里透红，深浅正好；风姿妩媚，举止文雅，魅力引人。虽然她已三十开外，其风采似同少女——娇嫩有余，而韵味十足。

太平公主看在眼里，想在心里：崔夫人似乎比自己当年还要艳丽几分！怨不得崔湜总对自己冷冷淡淡，提不起情趣……

崔夫人见太平公主失神寡言，也不敢动问，只坐一旁含笑陪着。

太平公主浮想联翩，一会儿似天马行空，一忽间又钻入牛角尖里。莫非是崔湜得知消息躲了出去？但自己是临时决定前来，任何人也无法泄此机密；莫非是老天从中作梗，使他灵感到此，提前外出？莫非是他外出途中遭遇不幸——跌伤、遇盗？但仆从应该返回……

太平公主如坐针毡，心似油煎，不是一日三秋，而成了一刻两年了。又幻想着崔湜正在往家走，也许已经进了大门，也许已到院中，也许正在推门，故不时地抬头隔窗眺望……

晚饭已经做好，崔湜仍无影踪，崔夫人试问太平公主："请用晚膳!"

太平公主一会说："待崔湜回来再用。"一会又道："先给我上一碗人参莲子汤。"但端上来之后，她又说："不饿"。精神上恍恍惚惚，语无伦次。

崔夫人也算过来的人了，对她的心情已猜到十之八九，仍只是小心含笑相陪。室内静似古刹，更漏声依稀可闻，针掉在地也能听得。太平公主心跳加快，似乎要跳出胸腔，她不禁用此卜起卦来：再跳一百次崔湜准可回来——一会儿她希望快跳，即可快点见到崔湜；一会儿希望跳慢点，恐怕跳够一百次，崔湜回不来。结果头一百次落空了，于是延长为五百；而五百又落空了，再延长到一千。至此，数数也数得心烦，数着数着脑子开了小差，越数越乱，错误百出，曾把五百六十五，数成六百五十五；把六百五十七，数成七百五十六；把八百三十七数成八百七十三；把九百八十八，数成八百八十九……到终了仍杳无音信，她再不相信卜卦了。

为了消磨时间，她灵机一动，要求参观崔湜的书房和寝室，崔夫人只好遵命而行。

他的寝室在东院北房，布置典雅华贵，床上雕龙凤，帐绣花鸟，镶嵌珠宝，琳琅夺目。两床锦被，一对鸳枕，五颜六色，闪闪烁烁，最令人神往：到得夜间，神女仙郎，被底戏鸳鸯，情谐鱼水，给人几多玄想？堪羡崔夫人有福，在此安乐窝里已度过了十几个春秋，而自己枉生帝王之家，父母二圣临朝，欲偶沾崔郎的雨露尚不可多得！恨不能和崔夫人对换一下身世……

也不知过了多长时间，太平公主下意识地坐到凤椅中，崔夫人忙给倒茶。她本来不渴，但一连饮了三杯，为的是要多品品崔湜用过的杯中的余泽。

太平公主这才似喝了清凉剂，提起精神询问崔夫人："妹妹贵庚几许?"

崔夫人："蒙公主下问，实不敢当，年方三十五岁。"

太平公主："噢，比崔湜小三岁，正好是年貌相当，天作之合!"又羡又嫉，感慨万千，恨老天为何不让自己晚生十年哩？"妹妹何时嫁到崔家?"

崔夫人："算来正好一十七年。"

太平公主："噢，妹妹正好是'女大十八变'及笄的，当时崔湜是二十一岁，刚刚弱冠，郎才女貌，不羡帝王不羡仙!"顺口而下，为了掩饰，慌忙咳嗽两声，掏出罗帕揩拭。接着又问："妹妹有几个公子和千金?"——实际上她是知道的，明知故问，没话找话，消磨时间而已。

崔夫人："一个犬子，刚十六岁，两个小女，都相继晚生三年。"

太平公主："不知可否唤来一见?"

崔夫人："这有何妨。"遂令丫鬟把他们兄妹三人叫进室来。

太平公主见此三个小兄妹，个个娇艳无比，天真活泼可爱，加之衣锦披绣，花枝招展，真疑似仙童玉女下凡，不禁搂过来，挨着亲了一遍——既有童爱，又有母爱，更有爱屋及乌之意，他们都是崔湜的骨血。

太平公主见了崔湜的子女，似同见了崔湜的影子或者替身，逐渐欢愉起来，把渴念崔湜的焦虑欲火压了下去，随手掏出一把金钱分给三个小兄妹。然后询问他们的爱好、性格和学业，问一个，吻一个，由于兴奋过度，心不在焉，有的话问重了好几遍。良久方想起去参观崔湜的书房。

书房在东厢，因他出身于世家——其祖任过太宗时的给事中(宰相)，父裔爵曾任过国子祭酒(管理国学)，所以藏书很多，满满五间，如山如林。大书库里有小库，小库里面有箱柜，箱柜里面锁秘籍。

太平公主虽在爱情上尚未征服崔湜，但对他的财物却敢任意支配，反正用自己的零头，也可赔得起。因寻不到钥匙，使用刀斧强行打开。但见里面既有善本古籍，又有钟鼎碑碣；既有美人画册，又有春图秘戏……其实这些古董，太平公主见不胜见，有不胜有，毫不稀罕。只是崔夫人尚未见过，趁机饱以眼福，其子女更感到新鲜，虽不时受其母呵斥，但也浏览到不少。

太平公主虽对此画册不以为奇，但却联想到崔湜既保管如此严密，肯定是十分喜爱的，很可能同崔夫人使用过，于是问道："你们常在一起看此图吧?"

崔夫人答道："我是从来没看过的。"

太平公主："你看这画上留有很多手印，似乎是最近还用过的。"

崔夫人："莫说最近，这两年来，他就经常和四妾亲密在一起。"

太平公主："听说他已有六个妾，一般者都是和最小的亲密，他为何同中间的最好?"

崔夫人："他不是一般的人嘛——一般的都喜新厌旧，而他是既喜新又怜旧的，就连奴婢，他还不时地光顾呢!"

太平公主："想来四妾定有特殊之处，可否请来一见?"

崔夫人："来得不巧，她回娘家去了。"

太平公主这时再无什么新鲜之处可看，又回坐到卧室，陷入苦闷的冥想当中：是他躲了吗？回来后是否热情呀……

崔湜由于自己得天独厚的美容，家里娇妻美妾成群，外面可随心拈花惹草，享尽了人间声色之乐。常言说"物极必反"，颇有道理，他如今一心向往皇帝的宝座。是日一早溜进学士府中，同婉儿幽会去了——表面上是幽会，实际是密谋前程。且因婉儿不能在外留宿，他本打算傍晚回府，但家童传告太平公主在候，心想她总不会等过半夜，所以四更时方回。岂料一进门，就吃太平公主一瞪。所好早有准备，打好应酬的腹稿："我心中苦闷，到西市饮酒浇愁，酩酊大醉，烦公主久等，不胜抱歉之至!"说毕一揖，陪个媚眼和笑靥。

太平公主明知其言不实，但也不便揭破，以免他恼羞成怒。而且一见他的媚眼，心中的气愤，便随其笑靥向四面八方消散开去。

崔湜同婉儿密谋毫无结果，她虽为三等妃子，兼管诏命，但既无实权，又乏亲属，在朝中似无根之木。他考虑再三，还得依太平公主。虽然二人年龄不当，但公主的风韵犹存，似乎还有一定的缘分，所以决定仍曲意逢迎。立即领她到四妾房中，美酒佳肴相待。

太平公主的情欲已燃烧一天，这时似乎已经有点过度了，转入了低潮，好似饿过火之后，感觉不大饥一样。而且她觉得既被领到四妾不在的空房，今夜定可痛享凤凰于飞之乐，同时也有点饿了，所以她一边品酒下菜，一边谈情说爱：“你今天精神如此焕发，莫非有了新的艳遇么?”

崔湜：“公主真猜准了，你莫非有未卜先知的本事么?”

太平公主：“请问艳遇者谁家小姐，年庚几许?”

崔湜：“我艳遇了武家小姐，年方五八—— 四十岁。”

太平公主不禁会心一笑：“我何来的新?”

崔湜：“公主今天初次光降寒舍，岂不可称为新来乍到么?”伸手在她脸上酒窝处点了一下。

太平公主原猜想可能会吃闭门羹，或者受到冷遇，不料崔湜竟然如此热情接待，还先动起了手脚，刹那畅然，兴奋不可言状：“乖乖，快过来同我喝个合欢杯吧!”

崔湜也兴奋起来，干脆好人做到底，屏退左右，倒个双杯酒，端到太平公主面前：“请干杯!”

太平公主双手接过酒杯，向崔湜瞟了一眼：“请干杯!”

二人同时饮了，相视一笑。但见崔湜酒晕桃红，倍加妩媚，融雄健、帅气、英俊、潇洒、风流、倜傥、天真、娇憨于一体。

纵有铁石的心肠，见此美男子，也难免魂销魄散，更何况太平公主?只见她头晕目眩，搂过崔湜坐在腿上，亲吻不迭，遂即熄灯入帐，畅享巫山云雨之欢。

“久别胜新婚”，太平公主入仙乡，彻夜未眠，欢怡不可言状。她幻想更漏不漏，太阳莫出，此夜无限延长；她又幻想与他作双飞蝶，无拘无束，翩恋花丛；她还幻想变做连理枝，永远攀缘在一起……她沉浸在极度的欢乐之中，如痴如醉，忘记了人间万事，只是闭目屏息，贪婪地享此良宵的温馨……

直至巳时早膳之后，方才谈起前程正题。

太平公主：“太子请大将军李多祚女婿野呼利教习箭射，深获其同情，积极筹备谋反事宜。现已转告给李多祚和魏元忠，都愿暗中助一臂之力。”

崔湜深知太平公主被自己所迷，从未说过假话，全信为真，遂喜形于色，移坐身前追问道：“他们背后怎样支持呀？”

事情刚刚开始，究竟怎样支持，尚未细谈。太平公主为了给崔湜鼓劲，便演绎起来：“李多祚密谋外合，魏元忠活动内应。先造舆论，趁机行动。”

崔湜急欲立功树威，唯恐把自己闪到一边，嬉皮笑脸问道：“我呢？”

太平公主：“你自然是美差，作为我的谋士，深为隐蔽。进可攻，退可守，以防万一。”

崔湜不以为然：“兵乃凶器，不得已而用之。”

太平公主：“请问高见？”

崔湜：“宜先用‘计’取，若是不成，再动武不迟。而且欲成大事，必须‘天时、地利、人和’三者俱备，如今公主最欠缺‘人和’，即使‘计’成，亦不能持久。”

太平公主：“愿知其详!”

崔湜：“‘得道多助，失道寡助’，公主如今霸占民田遍于京畿，结怨天下，急应散田减租，收买民心，然后肃清妖孽，方能顺天应人，旗开得胜。”

太平公主：“我好不容易买此良田，一下散去，还难忍心哩!”

崔湜：“待得事成，普天之下，莫非王土。弃眼前小利，得日后大惠，何乐而不为?”

太平公主一笑：“依你是了!”

二人又温存一番,始才告别。临行时太平公主又心生一计,遂与崔湜又商量一番，方才离去。

崔湜送走太平公主，立即伏案撰写《散田减租招贤檄文》，其要意有四：

（一）镇国太平公主体恤民情，近两年购买京畿民田悉无偿散归原主。

（二）先前购买田地减租半数。

（三）破山庄宅第花圃所占土地，增银一倍，并加迁建费两成。

（四）太平公主奉旨开官置府，仪同三司急需贤才，不分士庶，皆可破格擢用。

百姓见此檄文，无不欢欣鼓舞，朝野士子，竞投其门。太平公主的威望刹那高大起来。也使得野士子或刮目相看，或提出异议，一时之间议论纷纷，争论不休。最引人注目的是吏部侍郎岑羲与监察御史陆象先之争。争论无非围绕太平为女身，能否成大业之根本。当然各位谋权者各自为自身权势地位打算，争论的结果并不重要，欲知端底，且听下回分解。

第十五回

公主巧辩刹那败露
宰相打劫当场丢丑

陆象先后来被崔湜推荐依附太平公主就任宰相。其他在野士子受官或被救济者，不计其数。

崔湜为了借机抬高太平公主的威望，唆使佞臣胡暗，联名百姓耆老、僧侣万人，刻碑立传，并于次年春二月二十一日太平公主五十寿诞时，广邀宾客，行揭碑典礼，并借机收买侠客射杀武三思。中宗呆头呆脑，不知就里，竟率后妃王孙驾临奏趣。

碑文由崔湜代撰，极尽颂扬太平公主：方额广颐，颇类其母之聪俊；仁慈爱民，忘己济物之美德；高瞻远瞩，顺天应人之权略……

其中“顺天应人”一语，源由“汤武革命，顺乎天而应乎人”，后来多被帝王登基专用，“颇类其母”一语，意可双关：既能从容貌上去体会，也可从将为女皇上去猜想——崔湜用以暗示启发老百姓也。

中宗和韦后及其韦党，皆不通文墨，文学士李峤和宋之问等虽能看懂,但都是观潮派,谁也不肯揭露。上官昭容更是心明如镜,但她和崔湜有私，是站在同一边的。

宴会照常进行，先鸣炮三声，举行揭碑典礼。碑矗大门外，照壁前，坐北朝南，高三丈，宽十尺。碑文十二行，每行四十字。碑下一个卧龟，昂头欲爬状。碑和龟皆披彩绸。僧侣二百，八字形站开，奏乐念经，胡暗率耆老尼姑百人，上前焚香斗表叩拜，鞭炮齐鸣，甚是隆重。

之后，僧众退去，备赏银百两。

中宗率文武百官至山庄冈顶凤凰阁赴宴。浏览一番山庄四围的春色，但见仙桃火红，银杏粉白，翠柳低垂，迎风掩映，曲江蜿蜒而下，鹤翔长空北去。奇峰堆秀，异花斗艳，五彩缤纷，鸟语婉转，好一派旖旎景色！远胜御苑人工山水，宛如世外桃源！

酒过三巡，中宗即传旨命文人吟诗。一时之间，宋之问等纷纷赋诗，有表白夸耀自己者，也有伪装谦虚者，毫无实际意义。

月出要待戌时，为时还早，中宗又宣谕："现值长安八大名景之一——骊山夕照，众卿在凤凰台上一观，也很有趣呢！"

大家一涌离席，有凭栏眺望者，也有走出阁楼到岸峰观赏者。是日天气晴朗，风和日丽，绿柳红花在夕阳映衬下，愈显得鲜艳迷人。美中不足的是骊山位于东方，恰和夕阳相反。所幸者长安四周山水连绵，只是远近高低不同罢了。且是日晚霞特别壮观，红满西、南、北三面，鲜艳似锦，绚丽如梁，一会儿祥云朵朵，一会儿瑞气弥漫，缥缥缈缈，时聚时散，很是迷人！善溜须的胡暗，趋至中宗面前，煞有介事地道："这是我生平第一次见到这么美的夕阳，定是老天听说陛下观赏，特为安排的！"

中宗听后，心中自然是舒服，但今天是为皇妹庆寿而来，日后还需皇妹辅佐，于是道："今天是皇妹五十寿诞，莫非是天公特以此祝贺也未可知！"

太平公主也谦虚道："妹妹全赖兄皇的荫庇哩！"

趁机献媚者，各显其能，不胜枚举。

韦后十分爱慕崔湜的英俊姿容，今天崔湜担任总管，实际上也就是男主人的身份，显得特别热情，潇洒迷人，韦后趁此良机，大饱一番眼福。

月亮爬出了东山，不但"春江花月夜"的美景俱备，而且又添上"銮舆法驾临门，香车宝马在路，青山白云，琼楼玉宇"，真乃是"良辰美景，赏心乐事，旷古盛典，优美无比"。

众人各怀留恋之情，依依惜别。一时间人欢马叫，划破了美妙的月夜。

但銮驾刚过曲江西口，突然一声鸣镝，韦后堂弟被射死，顿时惊叫连天……

韦后堂弟被暗箭射死顿时乱了法驾护从，既不知贼众多少，也不知其企图何在。且正当咽喉地带，贼人处在凭高临下的茂林之中。所以大部分人马，把銮舆围拥得铁桶一般，疾驰回宫，只留数十骑阻击后卫，向山林乱射，但毫无反响。因系夜间，唯恐中计，都不敢搜山，遂收兵回营，待明日再作道理。

中宗回宫后，仍有后怕，韦皇后更似惊弓之鸟，哆哆嗦嗦，首先判断："必是太平公主欲加害陛下，使此暗计！"

中宗道："可内弟骑在马上，距离朕很远呢！"

只有武三思心里明白，因他紧靠韦后堂弟，肯定贼人是射自己，而误伤了替死鬼。但他岂能把屎盆子扣在自己头上，却转移目标："贼人在岗上密林中，是否射中枝丫，干扰了箭头方向，误伤了国舅，也未可知。"

韦后连忙附和："只因銮驾在前，我弟在后，而我们疾驰前行，所以贼箭虽对准陛下，必然箭落在后，造成误伤。"

中宗信以为真，遂遣羽林军三千，将曲江沿岸山林包围，捉拿凶手。

武三思补充道："只怕凶手和太平公主有关，宜把其南山庄严加封锁。"

中宗对皇妹助己复位的大恩，感之肺腑，如今尚无实据，乍然从事，心中不胜惭愧，万一不实，有何颜面相见？遂犹豫起来。

武三思催促道："当断不断，反受其乱。眼下是可能性大，不可能性小，否则事情为何这么凑巧，岂非其阴谋诡计么？若万一不实，再负荆请罪不迟。应该防而有备，不可误而不防。"

中宗被此花言巧语一激，遂传旨照办。

结果三千人马折腾一夜，上至树梢岩穴，下至曲江洞窟，毫无所获。

太平公主天亮起来，忽见山庄被封锁，怒气冲冲携宿卫家丁百名，乘轿入宫面圣，羽林大将军纪处纳阻止道："皇上有旨，不获凶手，皇亲贵戚皆不得行。"

太平公主早有准备，立即掏出两道圣旨：

一是圣历二年武则天女皇命太子显、相王旦和太平公主盟立的誓文：情同手足，不得相残，有离间者格杀勿论，铭之铁券，藏于史馆。此乃副本，每人一份。

另一是神龙元年五月中宗的圣旨：相王旦、太平公主和张柬之，各恕一死。

太平公主宣读一毕，大将军纪处纳抗言道："公主谋杀国舅，乃反逆也，不在赦恕之列。”

太平公主：“国舅死因尚未查明，说公主我谋杀，证据何在？诬陷好人，将军应该反坐！而且一个小小的国舅，作恶多端，即使是我谋杀，也算不了反逆！”

纪处纳：“因国舅紧跟皇上，舆急箭缓之间，误杀了国舅，实乃谋杀皇帝也！”

太平公主二目圆睁，气急败坏，高声嚷道：“将军莫非活够了不成？一派无稽之谈，捕风捉影，血口喷人！你正犯了离间宫廷的大罪，格杀勿论——来人，把此贼子给我捆了！”

纪处纳被吓昏了头脑，扑通跪倒地下求饶：“请太皇太公主息怒！奴才方才所言，一时糊涂，胡言乱语，确实尚无根据，只是臆测而已，恕奴才初犯，请公主饶恕奴才！”连连叩头。

太平公主向来是得理不饶人的：“要我恕你无罪，快把山庄和曲江四围的羽林军全给撤了！”

纪处纳：“因凶手尚未拿获，山庄可撤，曲江沿岸须请示皇上定夺！”

太平公主阴沉于面，斩钉截铁地道：“曲江可暂留三面，我山庄前面沿岸必撤！”

纪处纳无奈，只好遵命。

太平公主这才威风凛凛，启轿入宫。

崔湜留在南山庄，见撤去羽林军，连忙把刺客的尸体拴块石头，抛入曲江。不料石头没有拴牢，刚到水里就滑脱了，且那刺客没有死透，经冷水一激，刹那苏醒过来，他爬上了岸径往城里去告密。刚走不远，遇上了羽林军。说明情况后，大将军纪处纳即把他起解武三思审理。

太平公主见了中宗，气势汹汹大发雷霆：“母皇的陵土未干，铁券的誓文犹新，妹妹还主谋杀死昌宗兄弟，拥兄皇复位，不料却落了个恩将仇报，疑起我来了！早知如今，何必当初？”

中宗眼下只有怀疑迹象，毫无实据，所以，一味地赔情解释：“因国舅被射死皇妹山庄前，为了捕捉凶手，广为包围，并非怀疑皇妹，希能谅解！”

太平公主：“广为包围则可，但为何把皇妹的山庄，又加一层封锁？岂非疑起了皇妹，我的山庄成了刺客窝不成么？”

中宗无言答对，只好昧起良心推托：“此乃下人妄为，吾乃不知，待查出此人，严惩是了。”

太平公主初步获胜，喜形于色，正暗自庆幸自己的辩才，突然武三思押刺客进来。她不禁一怔，但既至江心，只有破釜沉舟，勇往直前，绞尽脑汁，随机应变是了。

武三思：“此刺客是被崔湜收买暗杀陛下的，因箭中树枝，误伤了国舅。崔湜为了杀人灭口，把他勒死拴石投入曲江。幸好石头脱落，他脱险复活，前来告密。”

因武三思所述，与原计谋不符，太平公主有隙可乘，所以矢口否认：“一派胡言乱语，不知宰相是从何处收买此无赖，诬陷皇妹!”

太平公主和武三思都是匡复功臣，一是皇妹，一是青兄宰相，中宗实难审问，只好对刺客喝道：“究竟如何，如实招来赦你无罪，若一言不实，诛灭九族!”

刺客权衡利弊得失：武三思恨比杀父，而太平公主仇深似海，皆不可偏向。于是跪上前去，如实奏道：“武三思夺我娇妻，我欲报仇，遇太平公主收买，取得他首级，可赏银千两。不料当时心慌，因国舅靠近武三思，而误伤了国舅。”

武三思照头一脚把刺客踢倒在地：“你方才供认是暗杀皇上，莫非你害怕太平公主，而改了口供?”

刺客又跪正辩道：“方才是受宰相逼供利诱使然。请皇上给下民做主！在皇上面前，宰相尚且动武，背后就可想而知了。”

太平公主：“由此可证宰相鱼肉百姓，恶贯满盈，如不严惩，难平民愤!”

中宗：“宰相有罪，皇妹就启奏给兄皇，不该收买刺客杀他!”

太平公主对此不置可否，却转守为攻了：“一个是罪该万死，一个是先斩后奏。兄皇不去诘问他，反来责我，岂非本末倒置了么?”

中宗被堵，转问武三思：“太宗曾说‘百姓是水，皇帝是舟，水可载舟，亦可覆舟’，你如此荼毒百姓，岂不是欲毁朕的江山么?”

武三思：“臣有家丁宿卫百名，狐假虎威为害百姓者，或许有之，待臣查出，严惩是了。”

中宗：“此事暂且不论，俟后详查；但你今日逼供刺客，诬陷皇妹弑君大罪，当场败露，可有什么话说?”

武三思也转守为攻："太平公主暗害为臣，只怕是为了孤立陛下，先剪去羽翼。如若是正大光明，为民除害，为何要杀人灭口?"

太平公主："刺客被围，逃脱不出，暂避山庄是实。但杀人灭口我完全不知，可能是刺客和崔湜口角，或他们之间有什么私怨。也未可知。"说完向刺客瞟了一眼。

刺客早闻中宗是个和事佬、窝囊废，今天这个糊涂账，他是断不清的，如把武三思和太平公主都得罪了，必定有死无活。权衡吉凶利弊，还是偏向太平公主较好，于是顺水推舟道："我躲进山庄后，太平公主热情款待，备桌美酒佳肴为我压惊，只吃得酩酊大醉。她进宫走后，我眼花缭乱，忽见一名仆女，酷似我妻，我搂住就亲。崔湜见我无礼，一棍把我打昏在地，直至我从曲江爬出，其间的情况，我就一无所知了。"

今天这个糊涂账，的确把中宗闹糊涂了，连忙唤韦后出来善后。韦后与上官昭容早在帘后听得一清二楚，她走将出来，毫无主见，让上官昭容发落。上官昭容正欲庇护崔湜，求之不得，只见她从容不迫，侃侃而谈，似快刀斩乱麻，干脆利落："今日之事全由刺客引起，太平公主若不遇刺客，就不会有同谋暗害宰相之举。所以首应杀此刺客，以祭国舅的无辜亡魂。"说毕即令侍卫推出刺客斩首。刺客大喊冤枉，无济于事。此乃杀人灭口，以免家丑外扬也。

上官昭容："太平公主与宰相乃姑表至亲，又同是匡复功臣，两度盟誓铁券，理当同舟共济，共保社稷，何必煮豆燃萁使渔翁得利，贻笑后人耶？往事已过，勿再提起，今后都重新做起，列祖列宗和则天圣后都会含笑九泉矣!"

这正合"和事佬"中宗的心意，立即上前让他们二人拉手和好。

上官昭容："宰相今后当严管家丁守法，勿害百姓；太平公主散田减租，体恤民情，堪可效法也!"

此场风波草草结束，但只是大风暴的前奏。平庸的中宗，好像瓮中之鳖，谁都想捉，终将被人捉去。智谋多端的太平公主，刹那又生一计。

欲知端底，且听下回分解。

第十六回

垂钓饵学士府讲诗
上圈套书香榭谈情

当即太平公主回到山庄，把经过详述一遍，遂道："我又想出一个好主意。"

崔湜忙问何计，太平公主笑道："我早听婉儿说过，韦后对你也很有好感，何不用个'美男计'呢！"

崔湜："你不嫉妒么？"

太平公主："逢场作戏有何妨，只要你不弄假成真就成了！"

崔湜："那也难保呢？"

太平公主："那就算了！"

崔湜："我哄逗你哩，岂能当真。"

太平公主："似你这般喜新厌旧，只怕到时身不由己，真也难保！"

崔湜立即跪下发誓："公主大恩，我终生难忘，死当衔环！我若忘义，当碎尸如泥！"

太平公主："我谅你也不敢！"实际上她深有体会，此等誓言，一文不值，届时是心不由己的。但为了实现自己的大谋，只得冒此风险，打肿脸充胖子，如此威胁他一下。

崔湜顺水推舟："我的生命是早掌握在公主手里，除非我能长一百个头颅，否则我确是不敢。"这才站起。

太平公主："你是一个三品大官，进出很惹眼，可不像御医和皇后幽会那么方便。"

崔湜："这该如何是好？"

太平公主早已胸有成竹：“可在学士府里成立个诗社，让婉儿任社主，你当助教，广收妃嫔公主，不怕韦后不去。婉儿亏你有旧，更是求之不得。”

崔湜笑道：“公主真不愧是女皇的女儿，智谋无穷！”递个媚眼。其实崔湜的智谋聪资还远胜过太平公主，他立即预想到，不但韦后将入诗社，其女安乐公主也必然随从，难以逃脱自己的魅力。他若生在帝王之家，早应登基称尊了。

诗社筹备三天，便隆重开学了。由于韦后蓄意和崔湜通奸——正中了太平公主的计谋——所以不准其他妃嫔参加，学员只有她和亲生的长宁及安乐两个公主。其实她们都是粗通文墨的，只是没有系统研读诗学罢了。

崔湜编写的诗学提纲分总论、诗体、初学蹊径、命意、句法、造句、修辞、押韵八章。每章又分八节，三天一节，半年讲完，然后辅导习作。

在讲总论时，崔湜讲解认真，态度严肃，韦后听课也很认真严肃。但讲第二章诗体时，要求必须联系实例。

诗体由诗经的“风雅颂”一变而为“离骚”；再变而为“五言”；三变而为“歌行条体”，四变而为沈佺期和宋之问倡导的“格律”。

诗经的代表为首篇《关雎》：

关关雎鸠，在河之洲。
窈窕淑女，君子好逑。
参差荇菜，左右流之。
窈窕淑女，寤寐求之。
求之不得，寤寐思服。
悠哉悠哉，辗转反侧。
参差荇菜，左右采之。
窈窕淑女，琴瑟友之。
……

崔湜讲完这首诗之后，韦后情势难支，于是提议道：“此诗是君子思慕美女，其情甚笃，可敬可赞！而美女盼望英俊的少年，也同样真挚，何不讲一首来？”

"心有灵犀一点通"的崔湜，连忙讲首《摽有梅》：

摽有梅，其实七兮。
求我庶士，迨其吉兮。
摽有梅，其实三兮，
求我庶士，迨其今兮。
摽有梅，顷筐塈之。
求我庶士，迨其谓之。

水到渠成——韦后立即遣去安乐和长宁公主，借故拖后，携崔湜到书香榭成其好事……

时逢五月十五，星月皎洁，荷香阵阵，垂柳如帘，韦后同崔湜坐在水谢廊下，并肩搭臂，甜蜜无限。

韦后："你是在用美男计吧？"

崔湜一笑："你让我如何回答呀？我若说'是'，恐怕你也不会相信——用计者岂能轻易泄密？我若说'不是'，你也仍要怀疑——否则，你就不会提出这个问题！"

韦后："你真不愧少年举进士，答得如此巧妙！"

崔湜："皇后过誉了，这只怕是你刚刚发难，还有很多难题在后，必把我难倒方休！"

韦后："进士博学多才，而我才疏学浅，要能把你难倒，只怕太阳要从西边出来了。"

崔湜："可叹我生在平民之家，博学多才要之何用？我若是姓李或者姓武，或者姓韦，只怕早可'一人之下，万人之上'了！"

韦后听他话音是嫉妒武三思，忙道："可武三思当年曾给张昌宗端唾壶哩！"

崔湜紧追不放："他如能给我提茶壶，则愿足矣！"

崔湜突然转守为攻，韦后节节败退，真难招架：既感到崔湜的确才高，又怕将来难以驾驭，但又不能不回答，考虑很久方急中生智道："我让他给你提酒壶好吗？"

此答的确很妙——提酒壶是分不出高低来的，下对上可以敬酒，而上对下可以赐酒。

崔湜不禁一怔，但刹那又是一计："你真不愧是皇后，自谦学疏尚可，而才是不浅的。"—— 给韦后戴顶高帽子，她乐以忘形，连连作吻。不料崔湜刹那流出泪来。

韦后忙道："你莫非乐极生悲了么?"

崔湜："然也。历代的男宠曾有好下场者乎？吕不韦和秦始皇的母后私通，畏罪自杀；武则天的男宠薛怀义活活杖死，张昌宗兄弟被诛。"

韦后根据自己的一知半解，信口乱诌："甄妃的男宠曹植可是寿终正寝哩!"

崔湜驳道："曹植刚活四十岁，抑郁而死，应为夭折，怎能算寿终正寝呢?"

韦后继续诌道："曹植才貌双全，甄妃宠爱二十多年，私生子魏明帝曹睿在位十几年，也够荣华富贵的了！而且二人后来升仙，变为洛神，成了人神相恋、生死与共的夫妻，风流万世!"

崔湜："甄妃是因郭后进谗被毒而死的，曹植是因受曹丕的嫉妒和猜忌以及失恋而病逝。他们生前备受棒打鸳鸯之苦，死后升仙更属无稽。你愿当甄妃，我还不愿为曹植哩！而且皇后上有武三思，下有美少年杨均和马秦客，我被夹在中间，只怕早晚会被夹死的。"

韦后恨不得长出一百张嘴来，急忙辩解道："要论才貌，武三思和你还可相比，而学和德则逊之远矣！且他比你老二十岁，我怎会喜老厌少哩？而杨均和马秦客虽比你年少嫩美，但都不通文墨，风度、气质、举止、谈吐、姿态都较俗气，和你相比，真有天地之别，只有你是普天之下空前绝后，最英俊完美无缺的'美男子'，可称得是'神出鬼没'的杰作——不，不，不，这个词不当；'神工鬼斧'的杰作——不，不，不，这个词也不雅；可称得是'巧夺天工'的杰作——不，不，不，这个词还不妥；可称得是'出类拔萃'的杰作——这个词勉强凑合了吧!"

崔湜怕难住了她，且是初次幽会，便违心地连连称好。

韦后误为已经说服了崔湜，遂携他去痛享偷情之乐……

崔湜为了避嫌，从不再提争官夺利之事，但未及一月，韦后即胁迫中宗擢崔湜为中书侍郎同平章事(宰相)，但无军权，仍位在武三思之下。

崔湜见时机成熟，开始对韦后进谗。诸如卖官鬻爵，兼并良田，强拉民女等事情。韦后此时对崔湜的情爱虽远超武三思之上，但唯恐中了美男计，只把他的谗言当作耳旁风，不予理睬。

武三思见韦后和崔湜勾搭成奸，深有后怕，急忙连夜进宫去见韦后，开门见山道：“你喜新厌旧何其快也！不到一个月就擢列崔 为相，一年之后岂堪设想么？但只怕你中了他的‘美男计’，将有国破家亡之祸！”

韦后：“我何曾没有提防哩，虽封他相位，但无兵权，何怕之有？”

武三思：“‘酒不醉人，人自醉；色不迷人，人自迷’。只怕你被他迷住，还可能干出通奸夫，害本夫，主动禅位给他的。你不见汉哀帝中了董贤的‘美男计’，曾几度欲禅位么？”

韦后：“此事甚为可疑，一个男皇帝怎么会恋上一个美男子，痴迷若此？”

武三思：“可是《汉书》上写得很清楚：汉哀帝建平四年，驸马都尉董贤得幸于帝，出则参乘，入同卧起。尝昼寝，偏籍帝袖，帝欲起，贤未觉，不欲动贤，乃断袖而起。又诏贤妻籍殿中，召贤娣(妹)为昭仪，位次皇后。并为贤起大第北阙下，重殿洞门。又为贤起冢茔义陵旁。贤二十二岁为大司马(军事大权)，位列三公。后帝置酒麒麟殿，从容观贤笑曰：‘吾欲法尧禅舜何如？’中常侍王闳进曰：‘天下乃高祖天下，非陛下之有也，当传子孙于无穷。天子无戏言。臣闻王者立三公当得贤人，今董贤为大司马，丞相孔光为司徒，贤父为司空，非其人也。昔汉文帝幸邓通不过中大夫，武帝幸韩嫣，赏赐而已。今大司马董贤无功于汉朝，位列三公鼎足，典卫禁兵，万民哗然。恐陛下有过失之讥，贤有小人不知进退之祸。’帝默然不悦，左右皆恐，于是遣王闳出归郎署。这些白纸黑字，你能不相信么？”

韦后：“即使属实，但崔湜不同于董贤——崔湜已近四十岁，而董贤正处于弱冠的妙年。所以他没有那么大的魅力，请你勿虑。”

武三思：“如果说美女是‘祸水’，只怕美男子是‘祸火’了，更加可惧！”

韦后：“只怕你是妒火中烧，失去了理智。我绝不会使其位在你上，放心是了！”

武三思：“常言说‘旧爱难抵新宠’，不可不早防！”

韦后顺阶而下：“但愿如此才好！”时已三更，遂入帐共寝。

欲知是夜悲欢，且听下回分解。

第十七回

美男计弄假成真
反奸计将真当假

武三思本来新纳一小妾，对韦后早已冷淡，是晚为了固宠，特别热情。而韦后一则对崔湜的确存有戒心，二则为了表明自己不喜新厌旧，故也特别热情。但武三思也许是心理作用，总觉韦后不如先前。可是眼前又难见分晓，只好拭目以待，静思良策。

崔湜凭借自己得天独厚的才貌和狠毒的心肠，官运亨通，位列宰相。但他的欲壑难平，胃口愈来愈大，不久他垂涎起安乐公主，幻想被招为驸马，然后谋篡登基，于是利用讲诗，暗中挑逗。特别对诗中的《野有死麇》一首反复讲读：

野有死麇，白茅包之。
有女怀春，吉士诱之。

讲到此以目示意。

林有朴樕，野有死麇。
白茅纯束，有女如玉。
舒而脱脱兮！
无感我悦兮！无使尨也吠！

安乐公主“心有灵犀一点通”，也早对崔湜有好感，虽然他年已四十，但其英俊风姿犹似弱冠。更堪羡的是他满腹经纶，远远超过武驸马之上，若成姻缘，对实现自己的女皇美梦，大有好处，所以爽然心许目成。当天晚上听诗毕，佯言回府，但未至中途，即返回学士府中，同崔湜成其好事，偿了两人的心愿，并畅谈一宿美好的前程。

这是崔湜攀龙附凤以来，头一次猎到的妙龄公主，情牵意迷，接连留宿。不久就被武崇训驸马发现马脚，禀告其父。

武三思气得五脏欲裂，私通韦后倒还罢了，你不该霸我儿媳，是可忍孰不可忍！忙把胡暗传来："崔湜那厮，原先拜我门下，似同走狗，而今卖主求荣，另飞高枝，同太平公主和太子重俊勾结成奸，居心叵测，希你侍其动静，速来告我。"

胡暗献祥瑞起家，最爱投机，先前依靠张昌宗兄弟，事败后改投武三思。其人不但心黑，而且脸皮极厚。诸皇亲贵戚家，他都常常出进。武三思授意与他，认为是最合适的人选。岂料他眼观四面，耳听八方，见崔湜近来扶摇直上，早欲攀附，只患无机，现正好以此礼物前去投靠。但他又觉得崔湜和太平公主关系深厚，他如不得公主允许，定也不敢背叛，于是次晚径赴太平公主南庄献策。恰好崔湜正同公主在山亭浅酌赏月。

太平公主素知胡暗之无品无行，时时窥机钻营，能成事也能败事，怠慢他不得，既夜间来府，必有要事，连忙让酒三杯，并示意崔湜回避。

胡暗忙道："宰相和公主情同夫妻，也如我的再生父母，何须回避？且此事正和崔大人有关哩。武三思不知何故，把崔大人恨入骨髓，特让我刺探二位和太子重俊的动静。"

太平公主："我们正密谋弑君篡位哩，很想请他同谋，希蒙不弃！"

胡暗笑道："公主真会戏言，莫非对我胡暗不相信么？"

太平公主："谁知你葫芦里装的什么药？"

胡暗这才郑重其事地道："武三思的才德都远在崔宰相之下，且鱼肉百姓，大失人望，前途可悲。我即使不替公主着想，也得为我的身家考虑，所以愿给公主效犬马之劳，且你我同舟共济三十余年矣！则天女皇的大恩我三生难忘……"说着说着泪流满面。

太平公主认为他言之有理，被打动了，但为防万一，又将他一军："你素多智计，定有良策，速讲来我听。"

胡暗深知公主会有此招，早打好腹稿，遂侃侃言道："先下手为强，后下手遭殃。中宗昏庸，全靠武三思和韦后支撑，除去此二人，则釜底抽薪，拥立太子，则前途无量。”

太平公主：“谈何容易?”

胡晤：“王同皎谋杀武三思未遂，刺客暗射武三思又败，已打草惊蛇，他深入简出，只有用武了。”

太平公主：“兵部尚书和右羽林大将军纪处纳(武三思连襟)皆武三思心腹，岂敌得过他?”

胡晤：“左羽林大将军李多祚勇猛无敌，且守玄武门要地，他未忘则天女皇的大恩，对武三思私通韦后弄权甚为不满，约他同谋，趁其不防，突然袭击，何患不胜?”

太平公主听胡晤所言，正同自己的计谋相符，既觉得胡晤聪智，又因他很狡猾，怕是放烟幕，试探自己。遂道：“我和李多祚素无来往，此重任还要拜托你哩!”

胡晤：“凭我这三寸不烂之舌，定能胜任。”

太平公主：“武三思派你为奸细，你却出卖了他，回去之后，可如何交代?”

胡晤早已成竹在胸：“我就对他说：根据谶书‘人无尾，有文武；大周兴，侄继姑’，‘尾者，乃韦氏的谐音’，则天女皇的侄子，除你则谁？所以太平公主据此正要拥你为帝，除灭韦氏哩！她还说太子重俊屡受韦后辱骂，忍无可忍，情愿让江山于武氏，也不愿被韦氏篡夺去。”

太平公主听毕，觉得此计尚可：“他若不信，奈何?”

胡晤：“我还有一计，也不知可否?”说毕向太平公主和崔湜递个媚笑。

太平公主：“说之无妨。”

胡晤：“我就说崔湜大人近来在学士府诗社和韦后私通，惹怒了太平公主，她也欲约同武宰相谋杀崔大人，同时也可列为讨伐韦后的罪状之一。”

崔湜不禁一怔，下意识地：“胡说!”

太平公主笑道：“你可真会想主意！试之无妨。他若仍不信，又将如何?”

胡晤：“我可给他写‘血书’盟誓，而且他对登基梦寐以求，早到狂痴的程度，是容易受骗的。”

太平公主又将他一军："我原无此意，这可完全是你的计谋，若万一泄露，由你承担!"

胡暗知太平公主的用意，是怕自己有诈，而推卸责任，立即跪下发誓："我若泄露天机，死无葬身之地，来生还给太平公主做牛当马!"

太平公主："那么，下一步如何?"

胡暗站起，眉飞色舞，侃侃答道："使他放松警惕后，太平公主诣府密谋，他必然设宴款待，趁其不防，一举可歼灭也。"

太平公主："不妨一试。"

胡暗这才喜形于色，谄笑而下。

太平公主向崔湜飞了个媚眼："何如?"

崔湜也认为此计可行，且考虑了下一步棋："武三思住天宫外，杀他不难，而灭诸韦只怕不易哩!"实际上他早考虑撇开太平公主，招为安乐公主驸马，自谋宝座哩!

太平公主："走一步是一步，边走边瞧是了。"

胡暗去到武府，按计而行，武三思听后，半信半疑，又惊又喜："此话当真?"

胡暗忙解释道："'酒色财气'人所难免。太子为'气'痛不欲生，故铤而走险。太平公主为'色'，历来因妒生恨而行凶或自杀者，不胜枚举。更何况崔湜乃空前绝后的美男子，而太平公主又刚愎自用，贪生好色，岂肯自杀而不杀崔湜乎？而且韦后遗弃了武宰相，崔湜抛掉太平公主，你们二人，正好同病相怜，应当同仇敌忾才是。"这一下可打动了武三思，不禁失言："崔湜那厮，不但夺走了韦后，还奸污了我的儿媳安乐公主!"

胡暗佯为吃惊："啊，有这等事，这真是仇深似海，不共戴天!"为了使武三思更加坚信，胡暗立即跪下，咬破手指，写张血书："我誓死效忠武宰相，若有一言不实，愿家灭九族。"

武三思看他神态逼真，表情憨实，彻底相信无疑，并暗自琢磨一番：若拥韦后当了女皇，自己成了张昌宗的角色，以后谋篡，名声既不雅，亦不得民心，即使成功，也难持久。如协同太平公主助太子重俊除灭韦后，身膺匡复功臣，受禅位登基，则光明磊落，何乐而不为？于是道："请问太平公主何时来议?"

胡暗见武三思上钩，心中暗喜："由武宰相定夺，愈快愈好。或者大王去公主府面议亦可。”

武三思尚未完全排除疑惧，岂敢赴太平公主府去议。且为了防备万一有诈，须严加防卫，约定半月后，即朔日的晚间，趁其黑夜无月，便于埋伏。

太平公主按时前往，只带长子薛崇训、谋士胡暗和两名卫士。预料武三思利令智昏，因要利用自己，绝对不会加害。宴中畅谈中宗的昏庸怯懦，受韦后挟持，且贪恋声色，无意奋发，前途可悲。以及诸韦狂妄自大，缺勇无谋，且欺诈百姓，不得民心，难成大器等，加强了武周必胜的信念。最后太平公主又同武三思到密室中谈一个条件：“待万岁驾崩后，必须遗诏薛崇训嗣立。”

武三思欣然应从：“他是你我的私生子，可以兼祧你我，真是一举两得。”而且对太平公主突然倒戈的契机，也彻底明白相信无疑了。但他对太子重俊仍有疑窦，于是也提出一个要求：“让太子重俊来府一叙何如?”

太平公主爽朗应道：“明晚就来是了！”

次日晚间，太平公主只携太子重俊和胡暗前来，连一个卫士也没有，武三思更加相信无疑了。

开宴之前，太子重俊首先表明心迹：“‘酒色财气’人之天性，如今韦后视我如眼中钉，恨不能一脚践踏如泥，唆使公主及侄孙，千般咒骂，万般侮辱，我忍无可忍，一想和她拼命，二欲自杀。但她入居深宫，出则千拥万护，和她拼命谈何容易；而自杀，则正合她心愿，徒死无益。幸赖姑母指教：‘与其自杀，何如禅让武氏，既可杀韦后复仇又膺美名千古。’使我顿开茅塞，请宰相不弃，同仇敌忾，待事成后，我立即禅让，则死而无憾!”

武三思对他此派肺腑之言，相信无疑，于是应道：“韦氏作恶多端，人神共嫉，你我顺天应人，定旗开得胜。定于下月朔日何如?”

胡暗为了讨好，抢言道：“何不再延迟半个月，在中秋节赏月之际突然袭击为妙。”

众人一致赞成，遂开怀畅饮，至半夜方散。

临散时，武三思为防万一，又把胡暗留下，突然厉颜厉色拍案呵斥道：“你和崔湜是一丘之貉：既然你们二人能出卖张柬之等五王归我，而崔湜也早已背叛了我。如今有人告密，你眼下也正在出卖我哩!”

胡暗十分机警，善于应变，心平气和，面不改色，侃侃答道：“崔湜出卖五王，是为了趋炎附势投机；而我投靠武宰相，是因受张易之株连，免祸保身家。大王如同我的再生父母，若负恩忘义，必受天谴雷劈。而且是则天女皇拔我于泥涂，武周的大恩，我也终生难忘，故愿保大王中兴大周，我死而无憾！只怕告密人是用的反间计，请大王明察！”说毕珠泪双颊，号啕大哭，十分伤心，颇能动人。武三思遂道：“待我详察是了，希勿介意！”把胡暗扶起。

胡暗道：“真金不怕火炼。我情愿死在大王手下，也不肯跪在韦后和崔湜面前苟安偷生。”

胡暗出得武府，快马加鞭，追上太平公主把方才经过叙述一遍，提议道：“武三思还有疑惧，但已打草惊蛇，宜火速行动！”

太平公主：“何时为宜?”

胡暗：“最迟在明天晚上。”

太平公主很以为是，让众人散去，自携两个侍卫径往相王府走去。

时逢六月十六，星月皎洁，唯恐有人盯梢，沿墙根树下急行。她和相王兄妹之间时常来往，门人皆识，不须传报，径入内宅。

相王李旦正和崔妃在月下弹唱。唱词是：

> 风已清，月朗琴复鸣。掩仰非千态，殷勤是一声。
> 歌婉转，婉转和且长。愿为双鸿鹄，比翼共翱翔。
> 日已暮，长蟾鸟应度。望君君不来，思君君不顾。
> 歌婉转，哪能异栖宿？愿为形与影，出入恒相逐。

太平公主接道：“哥哥近来好痛快呀!”

相王李旦道：“能忍者自安，知足者常乐!”

太平公主道：“光你知足，可有人不知足，也让你乐不了。”

相王李旦不以为然：“他要啥，我给啥还不行么?”

太平公主道：“先时酷吏来俊臣专权，武太后和我们的母子、母女之情，还几乎被他离间呢！如今是兄弟之情，岂会固若磐石么？中宗虽然比较仁慈，但韦后、婉儿、武三思、宗楚客和诸韦之流，日日谗不离口，视你和太子为眼中钉，是他们篡位的绊脚石。他们既已灭绝天良，残害五大复国忠臣，走了第一步，岂肯中止而不对你我下手走第二步么?

先时你当太子时，屡辞固让，来俊臣仍然欲置你于死地，把东宫上下人等屈打成招。若不是安金藏剖腹鸣冤，感动了母皇，恐怕你的下场也和太子贤无异！”

这席话只说得相王旦动容敛眉，回想起当年情景，不寒而怵。良久方道：“妹妹的意见如何呢？”

太平公主坚定果断地道：“先下手为强！”

相王旦有点吃惊：“你是要废掉中宗么？”

太平公主道：“中宗是好的，我是要清君侧——把他的奸党除掉！”

相王旦道：“你都和谁联系了呢？”

太平公主道：“太子重俊整天受安乐公主、武崇训驸马和武延秀的欺凌，冯膛欲生，要铤而走险。他已通过中郎将野呼利和其丈人左羽林大将军李多祚，中书令魏元忠之子，太仆少卿魏升等，商议多次，他们都疾恶如仇，义愤填膺，愿助太子起事。只是太子重俊太年轻，他们有些担心，希望你我从中支持。”

相王李旦心想，李多祚有勇有谋，很忠于唐室，诛灭二张废掉武周，易如反掌，一个小小的韦后定不在话下。便欣然答道：“我同妹妹暗中支持是了。”

太平公主既怕相王反悔，又怕走漏消息，次日即传崔湜和太子重俊来府密议，确定当晚到白云观中举事。那里既偏僻，道士史崇玄又系太平公主的情夫，赏赐财帛山积。他一步登天，定会誓死效劳。

欲知吉凶，且听下回分解。

第十八回

奸佞破家快人心
太子殒命痛忠臣

夕阳西下，晚霞满天，太平公主认为是好兆，欣喜异常。不料崔湜突然说肚子疼痛，不能前往。太平公主心想：武三思既是他的政敌，也是他的情敌，他肯定不会临阵背叛。遂让他留下，自扮男装，和太子重俊骑马往白云观去。

众人到齐之后，太平公主煞有介事地宣布："上官昭容、韦后和武三思密议，定于明天早朝时，逼中宗退位，建立韦家江山，诛灭大唐忠臣，你我都在劫难逃！我们是束手待毙呢，抑或铤而走险？"

太子重俊道："宁为玉碎，不为瓦全！"

李多祚问道："韦后作乱，消息可靠么？"

太平公主道："系上官昭容侍女小红泄密，禀告相王旦，让我召集众卿，商议对策。"

成王李千里系太宗之子吴王恪之子，父母被诛后，流放岭南三十多年，倍受贬谪之苦，深感今日的幸福，立即站起激昂陈词："唐祚复兴，顺天应人。淫妇韦氏丧心病狂，冒天下之大不韪，图谋社稷，岂可得逞？吾等同心协力，定挽狂澜！"

大将军李多祚，为三朝元老，既忠心耿耿，又恃功轻敌："吾灭除二张，易如反掌，此韦后爪牙，似螳臂当车。且谋反大逆，人神共嫉。我们拥立太子，师出有名，又有相王和太皇太公主为助，定能旗开得胜！"

只说得群情激昂，摩拳擦掌。

太子重俊道："蒙诸公爱戴，承天启运，肃清君侧，力挽狂澜，当给爵赏不次！"

于是盟誓发难，一边由左金吾大将军成王李千里发羽林军三千分守宫城诸门，以防敌人外逃；一边让右金吾羽林大将军李多祚、其婿将军野呼利和将军沙叱忠义率羽林军一千攻打玄武门；一边由太子重俊率胡暗、大将军李思冲、李承况和独孤伟之率羽林军三千，趋武三思府第。进得门来，胡暗忙诈称："韦后和崔湜已囚禁中宗登基，即将扑杀太子和武宰相一般宗臣。现太子已发羽林军五千围攻宫城。肃章门由你心腹太仆丞十六卫将军李俊把守，请武宰相唤开此门，放太子兵马进宫，歼灭韦党，救出后直，共立勤王之勋！"

武三思因中了胡暗的计谋，放松了防备——即使防备，他只有二百名家丁也无济于事。他这时正在同娇妻美妾夜饮作乐，忽见拥进偌多不速之客，十分惶恐。虽然半信半疑，但也无可奈何，不敢违抗。

太子重俊一边命大将军李思冲挟持武三思奔向肃章门，一边留二百人马把武府上下三百余口杀之殆尽。只有一幼女被乳母从狗洞抱出，安乐公主下落不明。因武崇训驸马系皇亲，士兵不敢动手，缚来交由太子发落。

武崇训看见太子悔恨不可言状，连忙跪下求饶："请太子高抬贵手，不咎既往，天大的条款，我都应承！"

太子重俊冷笑两声道："临时抱佛脚，为时已晚。日后你爬上岸来，要疯狂十倍哩！"

武崇训连连叩头："看在武太后的脸面上请饶我一命……"

太子道："好，看在武太后的脸面，让你死得快一些，不叫你活受罪！"一刀下去，人头落地。

肃章门守卫见武三思前来传李俊将军开门，而李俊素被人称武三思五狗之一，岂敢怠慢，立即传报。李俊闻听武三思夜半叩门，心知必有要事，飞跑而至。但他开门之后，还没摸清头脑，只咔嚓两声，他和武三思的两颗脑袋已落滚在地。守卫见主将已亡，纷纷缴械投降。太子重俊的兵马拥进宫来，打开太仆寺武库，换得精锐武器，分兵三路：由将军独孤韦之率领一路袭击守卫宫内的万骑营，一路由将军李思冲率领从宫内夹攻玄武门，另一路由大将军李承况亲领趋甘露殿和神龙殿捉拿韦后，挟持中宗。但万骑营皆韦后的心腹，由左羽林大将军刘景仁、左卫大将军纪处纳、卫尉卿韦睿和千牛中郎将韦锜统领，刹那展开激烈的阻击。

刘景仁为了护驾，率三百骑兵马，杀开一条血路，直奔寝宫神龙殿。这时中宗还正和新宠邵嫔在安乐窝中，乍闻惊变，瘫软失色，披衣跣足不知所措。恰好这时韦后和上官昭容逃躲进来。韦后见中宗模样，量也想不出任何主意来，请上官昭容代发口谕："传兵部尚书宗楚客、宰相李峤和杨再思速发巡京城六街的左右金吾卫入宫勤王！"

刘景仁奏道："他们都在宫外，而宫城诸门都被太子叛兵把守，无法出宫传告奈何？"

上官昭容怒道："养兵千日，用兵一时，刘大将军所掌之事，反问何人？"

刘景仁受此一激："臣率百骑冒死闯出宫去传告是了。"

上官昭容："且慢，玄武门坚固易守，且凌空在上，便于宣诏，你先护驾登上玄武门楼再去传告不迟。"

刘景仁刚护驾登上玄武门楼，正欲出宫求援，而兵部尚书宗楚客、宰相李峤和杨再思已闻讯，率左右金吾卫五千杀进宫来，把太子的叛兵冲得七零八落，赶上玄武门楼向皇上请安。

太子随即改变了策略，率两千人马迂回到玄武门外，与李多祚的兵马汇合。一则可集中兵力打歼灭战，二则展开宣传攻势。

这时李多祚已发动数次登城，皆因城高坚固而凭下临上，很不得势，屡遭失败，士气受挫。现见太子兵至，士气复振，又竖云梯猛攻。但城楼上的官军因援兵到来，士气也更加高涨。只见云梯林立，叛兵如云，披甲戴盔，汹涌上爬。怎奈守军凭高临下，飞箭如蝗，砖石齐下，叛兵刚至城垛，便被推翻栽地，伤亡严重。反复再三，似同八月十五大海潮，忽涨忽退，终不能胜。

于是太子在呼道："武三思通奸韦后，图谋不轨，有危父皇和社稷，皇儿已诛武三思父子。但君侧未清，韦后及三思的同党宗楚客和纪处纳辈尚在。斩草未除根，遗患无穷。请父皇诛之，皇儿立刻退兵，自归东宫请罪，虽死不恨！"

李多祚紧接补充道："韦后和上官昭容狼狈为奸私通武三思，窃权纳贿，居心叵测。若陛下不肯割爱加诛，请推下城来，由臣处置。待肃清君侧，即退兵请罪，死而无憾！"

韦后早已吓得六神无主，忽听三思被诛，又索自己，悲痛欲绝，连忙跪到中宗面前哀求道："叛臣一派胡言，臣妾实在冤枉，请陛下给臣妾做主！"

上官昭容也双颊泛红，珠泪交流，跪下申辩道："以臣妾看来，叛臣所言，全是借口。臣妾含冤而死，虽不足惜，但只怕叛臣先索皇后和婉儿，接着要索陛下了。"

中宗道："卿都起来，朕怎忍心将卿等交给叛臣，宜速商议讨贼良策才是！"

上官昭容急中生智，刹那拟一诏，请中宗至城楼门槛宣读：

"将士们，汝辈皆朕工戍之十，素来爵禄不薄，何为从李多祚反耶？若能幡然悔悟，定给奖赏不次！"

太子重俊听中宗此言，必出自上官昭容的手笔，颇能蛊惑人心，连忙上前宣告中宗："父后被淫妇韦后、上官昭容挟持，朝不保夕。强出此言，实为违心欺人。"

上官昭容唯恐中宗受骗，连忙哭诉道："臣妾侍奉陛下，毫无二心。陛下明察秋毫，岂能被奴婢挟持。叛贼名为骂奴，实乃诬蔑陛下的圣聪。"

中宗思忖一番，觉得太子重俊和上官昭容的话都有一定的道理——韦后勾结武三思窃权不无苗头，但太子重俊除灭韦后和上官昭容之后，自己真成了孤家寡人，太子重俊是否能退回东宫请罪，也无把握。所以为了眼下的安全和保住皇位，还是维持现状为好。顾盼左右，无可奈何地道："常言说'养兵千日，用兵一时'，难道将相中就无一个英杰能脱颖而出么？"

宫卫令杨思勖被中宗一激，热血沸腾起来："李多祚挟持太子，犯宫作乱，人神共嫉，天地不容。臣愿请命出击！"

中宗喜上眉梢："卿义勇敢为，精神可嘉。成则破格爵赏，败则厚给抚恤。"言毕即传谕兵部尚书宗楚客，从太极殿拨来左金吾卫一千，交由杨思勖统领，开门出击。

李多祚和太子重俊，在楼下等待中宗回答，幻想可能会把韦后和上官昭容推下楼来，所以按兵不动，失去了战机。待杨思勖率兵突然破门而出，有些措手不及。

李多祚婿野呼利任先锋，忽见城门打开，还误认为是里应外合，驸马欲入，不料杨思勖兜头一刀，因躲闪不及，跌下马来。又是一刀，丧生黄泉。

羽林军见杨思勖杀死贼兵先锋，势气大作，蜂拥而上，冲进李多祚阵中厮杀起来。

中宗又趋至楼槛俯视并呼道："叛军听着！尔等受蒙蔽作乱的，可反戈一击，扑杀李多祚。朕不但赦汝无罪，还厚给赏奖，何患不富贵呢！"

士兵们起初相信太子耸言韦后和上官昭容欲杀害中宗作变，而眼下皇后和中宗对面，相安无事，其间必定有诈。而且韦后的靠山武三思已经被杀，成了无根之木，翻不起大浪。尤其是韦后现在仍以中宗为挡箭牌，可见她不会谋乱。而谋乱的是太子和李多祚，前途凶多吉少。若反戈一击，可立即富贵。所以当中宗刚宣谕完毕，便有两个士兵照李多祚劈头砍去，虽然他武艺高强，但无所防备，"哎呀"一声倒地身亡。

将军李思冲、李承况、独孤韦之、沙叱忠义和太仆少卿都陷入重围，因寡不敌众，先后败死。

成王李千里也惨败而死。只有太子重俊在突围时，受人同情，有意放脱了。

随同太子逃窜的除百名士兵外，还有谋士胡暗。他本来十分狡猾，谋略过人，闯过了多次险境，未免有些傲固，所以预计太子必胜，叛乱中未曾隐瞒自己的身份，始终紧跟太子，妄图立奇功获赏。但智者千虑必有一失，如今竟然一败涂地，如不随逃，必死无疑。

当晚行终南山，寻一个破庙住下。太子为了稳定众心，请胡暗出谋划策，胡暗道："胜败乃兵家之常，从无常胜将军。君子报仇，十年非晚。眼下我们有个光明的出路——投奔突厥，定会待若上宾。因为太子是国家的嗣君，前途无量。而中宗皇帝已日薄西山，且受皇后的挟持，命在旦夕。韦党虽欲谋篡，但人神共嫉，必然惨败。我们暂投突厥，多则一年，少则半载，定可借兵光复。到那时我辈皆为匡复功臣，位列将相。"

但是士兵多有父老妻小，肯背井离乡者必然为数很少。所以都是霜打的烟叶，提不起精神。且因仓促出逃，都未带银两，又饥又渴，一夜之间纷纷离散。至次日晨起，只剩十五骑。太子率众到山庄一个大户人家，通令备了一席丰盛食品，饱餐一顿，策马西去。行至一片山林处，胡暗想出一个诡计，借故小解，和一个士兵密议道：“咱俩上有双亲，下有妻小，此去突厥，不知何时能回，怎能割舍得下呀？”

士兵道：“你说多则一年，少则半载嘛！”

胡暗：“我是为了勉励大家嘛，但是一夜之间逃了十之八九，这可该如何是好哩？”

士兵：“就是咱们现在返回，只怕也难活命。”

胡暗：“我有一计，不但可以活命，还能受赏哩！”

士兵连眨几下眼皮，才有所悟道：“莫非咱把太子杀掉，回去立功吗？”

胡暗道：“正是！”

士兵沉思片刻：“我跟太子多年，对我也算不薄，只怕还下不了那个狠心呢！”

胡暗道：“可他如今已成了罪魁祸首，随他而去，即叛国投敌。既无名利，又背井离乡，抛妻舍子，何去何从，岂不昭然若揭了吗？”

这席话只说得士兵心花怒放，应道：“大人之言有理。”

胡暗道：“待今晚入睡时分，咱俩先将太子首级砍下，然后告诉大家，木已成舟，不怕不弃暗投明，随我们返乡归里呢！”

士兵道：“我愿受你支使！”

此二人主意一定，便按计而行。约至三更时分，胡暗和那个士兵悄悄起床，抽出宝剑，扬手就砍。

欲知太子死活，且听下回分解。

第十九回

武延秀灵前遇艳　魏元忠格外原情

且说胡暗举起宝剑照着太子就砍，只听“咔嚓”一声，血淋淋的头颅滚落下来，众人惊醒，不知所措，有的呆若木鸡，有的哆嗦打颤，胡暗便宣告道：“如今太子欲去突厥，叛国投敌，我已把他杀死，愿随我弃暗投明献他首级立功者，请起身归里，不思者请便！”

众人见势已至此，便异口同声道：“愿随大人归里！”于是急忙起身，星夜而退。次日傍晚回到京都，立即进宫呈献太子首级。

太子重俊败退之后，韦后和安乐公主下了玄武门，也顾不得休息，急忙传侍工三百，换上素服，往武三思府中吊祭。

这里府中上下三百多口，皆尸卧血泊，许多百姓趁机打劫。武延秀义不容辞，带家仆百名，前来守卫。听说韦后和安乐公主来祭，急忙出门相迎，伸手搀扶。安乐公主本来早已垂涎武延秀的姿容，只是无机成就。在此悲之中，忽逢钟情的人儿，不啻是根救命的稻草。握住武延秀嫩软的手心，一松一紧地来回揉搓，良久不放，似有一股甜流涓涓输送过来。不知不觉来到院里，只见尸体狼藉满地，箱柜搜盗一空，满目凄凉，令人悚然。好不容易在肃章门前找到武三思的尸体，但缺头少腿，衣裤褴褛，血污斑斑，蝇蚁乱爬，目不忍睹。急忙命侍卫去寻找残尸，买棺木收殓。次日，方在玄武门外茅坑里寻到武三思和武崇训的头颅，因正值七月中伏，炎热异常，已腐烂发臭，急忙冲洗一下放在棺中，摆起香案哭祭。韦后哭道：“表兄死得好苦呀！待捉到废太子重俊，定碎尸万段，给你报仇……”她一边哭一边想——既想到他那迷人的姿容风度，再不能同枕共衾；更想到他的雄才大略，为今后谋权失去一大支柱。虽然美少年不乏其人，有谋略者也不是大有人在，但才貌兼备者，确实还不易找呢！所以愈想愈悲伤，泣不能言。

她们母女每天傍晚哭祭一次，第三天正哭祭之际，太子首级送进宫来，不胜欣慰，连忙取来，祭在武三思父子的棺前。

韦后大哭诉道："表兄呀，如今叛贼已诛，你可瞑目矣！望你在天之灵，保佑我们母女万事如意，长年平安……"

安乐公主见到太子重俊的首级，分外眼红，拧起来向棺材上猛摔。武延秀急忙上前劝阻道："祭奠堂兄之后，还要悬挂朝堂示众哩，不能摔烂了。"安乐公主把太子首级递给武延秀放置原处之后，假装地乱哭起来，实际上她已考虑着如何同武延秀成亲，如何和他恩爱一生，白头偕老等新欢的事了。她愈想愈痴，不禁失神入迷，"扑通"一声，晕倒地下。武延秀急忙上前把她扶起，劝道："人死如灯灭，不能还阳间，是哭不转来的，请表妹节哀，保重自己的身体要紧，你还得好好抚养儿子武黄台哩！你把黄台抚养成人，这是对兄武崇训最大的安慰和怀念了！"

韦后也误为安乐公主是悲痛武崇训而晕倒的，连忙起身携同回宫。临行时安乐公主深深望武延秀一眼，含情脉脉，下意识地道："请表兄多加关照！善后之后，多谢你呢！"

武延秀既聪俊，又久经风月，对安乐公主揉搓自己手心良久不放，和方才的眉目传情，已体会到她的隐私，感到十分快慰：用不了多久，将身膺皇太驸马，前途无量！到时还得好好感谢太子重俊呢！否则哪能会有今日？他想着想着不禁会心一笑，连忙捧起太子重俊的头颅，掏出手绢给他擦拭脸上的尘土。

次日早朝，太子重俊的首级悬挂朝堂，血迹模糊，臭气扑鼻，苍蝇乱飞，目不忍睹，气氛严肃。

谄媚韦后的兵部尚书宗楚客，为了抢功首先启奏："叛首李多祚和成王李千里，皆灭族、更姓蝮氏。太子兵所经肃章门沿途戍卫比坐流岭南。爵赏宫城卫杨思勖为银光禄大夫，胡暗杀太子立功赎罪，擢中书侍郎知选事。追赠武三思为太尉梁宣王，武崇训为鲁王。改玄武门为神武门，楼为制胜楼。"他话音刚落，韦后迫不及待，掀帘而出，提出异议，坐在朝堂大吼道："诸门守卫失职者，一律问斩！"从此免帘听政了。

大理卿郑惟忠道："大狱方平，人心未安，若再事起，只怕此起彼伏，走险者众矣！”

中宗认为有理，宣谕道：“天下方安定，宜宽赦缓刑。”不予更改。

宗楚客又奏道：“中书令魏元忠子太仆少卿魏升，从李多祚造反，应灭三族！”

中宗道：“魏元忠刚直有素，先时抗衡酷吏来俊臣和奸佞张昌宗，他曾三次遭贬，功莫大焉。其子魏升参入叛军，不知其详。谋反大逆，夫妇尚且保密，何况父子乎？”

魏元忠连忙跪下谢恩：“陛下圣明，真社稷明主也！臣不胜感恩戴德，愿解职散秩归里。”

中宗宣敕道：“可解魏元忠右仆射和中书令职，特进齐公，朔望日仍入朝议政。”

魏元忠感激涕零，连连叩头而下。实际上太子重俊起兵，太平公主是和他预谋过的，为了防备万一，只怂恿儿子魏升参战。如今虽然儿子惨死，但觉得元凶武三思被诛，还是得大于失，无所悔恨。心中暗道：“元恶已诛，虽鼎镬何惭？但惜太子陨没耳！”

宗楚客仍不甘心，待魏元忠下堂之后，又唆使御史中丞姚廷筠奏道：“唐太宗时开国元勋侯君集，后来同太子承乾谋反，群臣乞其命而不得，竟流涕斩之。而魏元忠功不及侯君集远矣，又非国戚，怂其子谋逆，理应灭族！美有朋党饰辞营救，以惑圣听。臣以为事关社稷，不顾安危，犯龙颜直谏，虽死不恨。”

中宗见此言恳切，深为感动，于是又宣敕贬魏元忠为渠州司马。

宗楚客嫉贤害能，必欲置魏元忠于死地而后快。又唆使给事中冉祖拥奏言：“魏元忠既犯大逆，不应出佐渠州。”两脚狐狸杨再思，见中宗似乎动摇，急忙启奏：“魏元忠昔日功劳显著，但今日罪大不可弥补。贬渠州司马，不足以平民愤，再给重处可也。”

中宗有些不耐烦了，愠形于色，诘责杨再思道：“魏元忠一贯刚直不阿，为维护大唐社稷，出力不次，朕特矜容。敕令已出，岂宜数改？轻重之权，应由朕出，卿等频奏，殊违朕意！”杨再思碰了钉子，恐慌万状，连忙跪拜求饶：“臣一时糊涂，罪该万死！”

中宗表面上是诘责杨再思，而实际上也把宗楚客等包括在内。宗楚客无计可施，以目示意韦后。

韦后觉得自己的爪牙在朝堂丢丑，实为不雅，只好亲自出马奏道：

"重俊乃陛下之子，尚悬首示众，而魏元忠虽勋非戚，岂可独漏严刑?"怒目相视，愤愤难平。

中宗无奈，只好宣敕："贬魏元忠为务州尉是了。"不久魏便死于途中，这是后话。

杨再思见韦后得势，中宗让步了，为了献媚韦后，又奏道："昔时武太后在三阳宫稍恙，狄仁杰曾奏请陛下监国，魏元忠却说不可。可见魏元忠怀逆之心久矣!"

中宗早对杨再思看风使舵、投机取巧生恶，刚碰了钉子，仍不回头，于是怒道："杨再思，你的绰号两脚狐狸实为不雅哩！你为何屡教不改，欲带进棺材去么？大臣保主，贵在一心，岂有主上偶染小疾，就请其禅位，由太子监国之理？是狄仁杰欲树私恩退留后路，献媚新君呢！魏元忠何罪之有?"

两脚狐狸杨再思，及进士第后，一直采用两面讨好、八面玲珑的伎俩，方任宰相。自以为是处世的法宝，永远不倒。不料今天当朝广众之下，接连碰壁，羞惭无以自容，疯狂跑下堂去，中风不语而亡，结束了他可耻的一生。

宗楚客等见中宗怒不可遏，个个都像遭霜打了一样，无计可施。

安乐公主趁机启奏，请以永泰公主为例，筑武崇训的墓为陵。给事中卢灿驳道："永泰公主事出特恩，崇训为主婿，岂可为比?"

中宗道："而安乐公主和永泰公主无异，他日安乐公主与崇训同穴，其义乃同。"

卢灿又道："陛下以女儿之爱，恩及其夫，岂可使上下无物议乎?"

中宗只好作罢，但安乐公主为了顾全脸面，寻卢灿短处进谗，将其贬为陈州刺史。

因正值盛夏，武三思府中三百具尸体皆腐烂生蛆，臭气熏天，以两千民夫，昼夜做棺筑墓，五日而成。满朝文武三千多人举哀追悼送殡。无耻的文人宋之问，自从告密投靠武三思之后，官运亨通，对主子感恩戴德，如丧考妣，连写三首挽词，极尽隐恶扬善献媚之能事。

太平公主和相王旦也参加送殡来了，二人共乘一辆马车，除了都担心他们支持太子重俊事被暴露外，太平公主的心情更为复杂：她情窦初开之际，首先和武三思发生幽会怀孕，急忙和薛绍驸马成亲，七个月生下此私生子。因武三思长子名武崇烈，太平公主为了具有纪念意义，不忘武三思的恩爱，取名薛崇训。可见她对武三思是有些痴情的。

本来武三思很聪俊，曾为一时的美男子，只因缺德寡义，嫉贤害能，不孚人望，失武太后宠。否则他是有可能立为太子的。尤其是他穷奢滥情，不但妻妾成群，还经常通奸狂嫖。而且为了附势，不择手段。自从私通韦后之后，把上官昭容和太平公主皆抛诸九霄云外，似同路人，丝毫不念及旧情。当太平公主为他们的私生子薛崇训求封时，他也丝毫不给支持。因此太平公主对他恨之入骨，才怂恿太子首先对他家下此毒手。

但人死之后，也往往使人联系起他的好处，做出比较客观的评价。这大概是人的恻隐之心吧。

太平公主此时就想起他们当年幽会的情景：他貌似天仙，眉目娇媚，风度翩翩，温柔体贴，甜言蜜语不绝。他说愿同她白头偕老，必要时可为她而死！她也说一日不见如三秋，愿和他寸步不离！现在回想起来，他们当时都是出于天真痴情，毫无假意。不料事物多变，恩深似海如今却成了不共戴天，他惨死在她的手段之下……想到此太平公主不禁流下泪来。

相王旦感到有点蹊跷，武三思本来是她当谋被害的，今日前来送殡，只是出于亲属礼节，应付差事，怎么会真的流出泪来。于是也顺水推舟劝道：“人死如灯灭，不能还阳间，哭是无用的，请妹妹节哀吧！”

太平公主猛醒过来，忙擦去眼泪。她抬头向外一看，有两个健妇跟在她的车后。自从她进入武三思府以后，就看见她俩鬼鬼祟祟尾随自己，心中不禁一怔，莫非是跟梢的么？遂对相王旦使了个眼色。相王旦最为胆小怕事，会意后嘀咕起来：此事本由太平公主发起，自己附和而已，即使暴露了，也自然由她负主要责任。于是问道：“莫非有人引出了你我？”

太平公主道：“不会的，那晚我召集太子、李多祚等起事的人员，已全部遇难，死无对证了。他们可能会怀疑到你我，但无实据，岂奈我何？”她态度镇静，毫无惧色。

实际上是太子重俊的杨妃泄了密。当太子重俊逃脱之后，宗楚客带领五百人马，去东宫查抄，立即把太子杨妃捆缚审问道：“太子重俊藏到何处？”

杨妃道：“自昨晚外出，至今未归。如今室内已翻箱倒柜，室外搜寻再三。他并非一颗珠子，我岂能把他藏掖起来？”

宗楚客道：“谋反大逆，你岂不知情么？”

杨妃知不可隐瞒，如实道：“我是知情的。但皇上的话他尚不听，奴婢岂能说得他转?”

宗楚客道:“你说不转,应该告密才是,知情不报,理应破家！”

杨妃深知罪不可恕，但此事系由太平公主和相王挑起。现在唯一希望是把她引出来,一则立功自赎,二则法不罚众,也许能沾太平公主的光可获减刑。于是叹道:“此谋本出于太平公主,吾死她存,岂不冤乎？”

宗楚客听此，感到事关重大，急忙给她松绑，带至密室坳问。但她只知其事，不得其详，且无证据。宗楚客带她回宫，中宗让暂囚后宫，拟后详察。

太平公主发觉被盯梢之后，佯为镇静，待武三思下葬时，回想着当年二人幽会的恩情，扶棺痛哭，涕泪交零，使局外人真假莫辨。但她当晚回府之后，探得太子重俊的杨妃被秘密囚禁的情况，的确有些心虚，彻夜失眠，考虑对策。

欲知她用何计过关，且听下回分解。

第二十回

公主巧驳中宗显
崔湜暗贬襄阳城

次日早朝，刚宣敕兵部尚书宗楚客为中书令，纪处纳为太府卿中书门下三品(宰相)之后，侍御史冉祖雍便在宗楚客的唆使下奏道："相王旦与太平公主同太子重俊通谋，人证物证俱在，请收狱治罪！"

中宗对太子重俊妃杨氏引出相王和太平公主，觉得虽无实据，但合乎情理——太子重俊若无人支持，是没如此胆量的。且他们的矛头是对武三思私通韦后窃权的，情有可原，欲待隐压下去，又无法堵塞众议，思考片刻，不妨采用欲纵先擒的策略，或许群臣中，有能为其开脱者，于是宣敕御史中丞肖至忠："速收相王和太平公主入狱听审！"

肖至忠急忙跪上前去泣道："谋反大逆岂可草率收狱？请问物证何在？"

冉祖雍吞吞吐吐答不出话来，十分尴尬。

宗楚客道："有太子杨妃为证！"

肖至忠道："可怎能证明太子杨妃不是陷人保己呢？"

宗楚客也被问住，答不出话来。

韦后反驳道："怎能证明杨妃是陷人保己呢？"

肖至忠继续泣道："陛下富有四海，岂不能容一弟一妹，而使人罗织诬陷乎？相王先为皇嗣时，屡请女皇固让陛下，曾三日不食，天下皆知。奈何轻信谗言，而忘乎旧情呢？相王若今日有意谋篡，何如先时不让呢？"

中书舍人岑羲疾恶如仇，闻宗楚客言，如鲠在喉，亦跪上前去，侃侃奏道："自文明以来，国家祚胤，不绝如缕。陛下龙兴，恩及九族，天下幸甚！而相王为同胞至亲，岂可疑哉？自古委信奸佞，猜忌骨肉，覆国仁家者不知凡几，且陛下登基未久，一子远贬外州，一子被诛，惟余一弟一妹，还不能容乎？况相王以宽厚恭谨、安恬好让著称，历经酷吏猖獗，冤狱迭起之际都免于难，难道使其亡于陛下之手乎？"痛哭流涕，泣不成声了。

中宗也被感动流下泪来，问韦后道："卿还有何言？"

韦后也略受感动，有所惭愧，且看眼下情景，不宜坚持己见，即使继续进谗，也得另寻时机。于是道："俟后详察是了。"中宗见有台阶可下，连忙宣谕："既难证明太子妃是陷人保己，又无法解除她非陷人保己——即悬案一宗，俟后详察是了。"遂宣布散朝。

中宗当天晚上微服行至太平公主府第，一则旁敲侧击注意其行迹，二则表明自己欲掩盖此事，以表功买好。

太平公主猜知中宗是为太子重俊事而来，急忙屏退左右，严阵以待。

中宗也深知自己的才智远在太皇妹之下，不是对手。可惜她不是男的，否则自己情愿让位给她。关于她支持太子重俊事，既怕她恼羞成怒，又怕她不知自己的打算，所以先暗示一下自己对太子重俊的看法："太子重俊办出此等糊涂事来，落此下场，既可恨，又可怜！"

太平公主道："请问他可恨在何处，可怜在哪里？"说毕阴沉于面，半躺在床上。

中宗道："武三思贪权，嫉贤害能，诚然当责。但为兄被废二十余年，不谙朝政，也须他鼎助呢！"

太平公主双关地道："这诚然可恨。"遂把话锋一转，"但朝中除武三思外再无贤良可用了么？武三思若是贤才，应早被武太后重用立为皇嗣了，岂还能等待兄皇？"

中宗不禁一怔，无从回答，只好暂作回避，仍接续前面的话题："太子重俊既聪且俊，德才兼备，不负众望，是如今我三个儿子中最为拔萃者，遭此惨手，实在可怜！"

太平公主道："可是他在东宫中，整天遭受武崇训、安乐公主和武延秀的凌辱，那苟安偷生的滋味，就不可怜么？"把脸俯向藻井，故作冷淡中宗的姿态。

中宗仍无从回答，默思了片刻，不妨旁敲侧击一下太平公主："太子重俊表面聪俊，但心里也有些糊涂，此等叛乱大事，不寻找得力谋士支持，徒死何益?”

太平公主把嘴一咧，虚晃一枪：“他曾找过我呢!”

中宗吃惊道：“你支持他了?”

太平公主哼了一声：“我没那么傻!”

中宗又是一怔，不知所措了。

太平公主道：“我当时让他把武三思通韦后，窃权害贤，以及武崇训欺凌他等情，奏给皇上处理，他不肯听。”

中宗道：“他怎么讲呀?”

太平公主道：“他说皇上被韦后挟持，懦弱无能。”

中宗道：“他还说了什么?”

太平公主道：“他说韦后和武三思私通，皇上绝不可能除灭武三思，更不可能诛杀武驸马。”

中宗又追问道：“他还说什么了呢?”

太平公主道：“他还说曾经给兄皇奏过，毫无效果。”

中宗沉默了片刻问道：“妹妹怎么说的?”

太平公主道：“我说武三思权倾朝野，你欲灭武三思，何异以卵击石?”

中宗问了半天，公主是滴水不漏，既无法表示自己宽容恩惠，又难以下台，只得拿出自己的一张王牌：“可重俊太子的杨妃，却说是‘太子岂会有那么大的胆量，全是太平公主和相王支持使然’。”

太平公主早预料到这一步，胸有成竹：“你怎能断她不是陷人保己呢？一则她只知太子求助于我，但并未听到我对太子的劝阻；二则她已垂死，必然挣扎，不择手段，除了诬陷我和相王，无之能救；三则我擒薛怀义、杀二张易如反掌，若支持太子，定会精密筹划，既杀了韦后的支柱武三思，岂会降不了小小的韦后；四则我素不贪权，只图安乐过活，我与其今日谋篡，何如当初不支持兄皇回朝自登宝座，而弃易就难耶?”

中宗对皇妹之言感到句句有理可信，于是搭讪道：“兄得登皇位，皇妹为我费尽心机，悌爱之情我终生难忘！对太子杨妃谗言，我根本不信，才来诉于皇妹。只怕韦后和宗楚客抓而不放，特来商议对策耳!”

太平公主道：“如今你虽被韦后挟持，但毕竟你还是皇帝，是谁听于谁，不言而喻。且还有其他朝臣，忠直者不会全无。尤希兄皇从速奋起，只怕如此下去，家国都会有危呢!”

中宗连连称是，随即告别。

但太平公主仍有后怕，遂命崔湜和胡暗矫旨逼死杨妃，佯称畏罪自尽，以杀人灭口。

杨妃死后，宗楚客认为可疑，又在早朝中奏道：“杨妃自缢，十分可疑。她既引出相王和太平公主，即有立功赎罪之意，就不可能寻死；人常说‘人之将死，其言也善，马之将亡，其鸣也哀’，她若有意寻死，又何必引出相王和太平公主，而得罪他人，多留骂名哩?”

宗楚客的确言之有理，而且实际上也就是可疑，只说得众口难驳。中宗心中也明白很可能出自皇妹的毒手，虽有意掩盖，也无所借口，遂宣旨“详察”。

那宗楚客早存有逆志，眼下对他最大的威胁只有太平公主与相王，所以他千方百计要顺藤摸瓜，挖出杀人灭口的祸首，经过一个多月的逼诱兼施，终于通过狱吏之口，引出胡暗和崔湜。

但胡暗既是杀太子的功臣，他又觉得韦后一党难成大器，心留退路，不肯咬出太平公主而自负全责。佯称他先前曾依附过太子重俊，怕杨妃引出自已，所以要逼杀她灭口。

崔湜虽被引出，但他自恃同韦后和安乐公主有私，矢口否认。

中宗唯恐引出皇妹，不愿深究，佯称崔湜和胡暗在考功铨选中受贿，发配胡暗岭外，贬崔湜为江州司马。

崔湜当晚去学士府约会安乐公主，请其求情。安乐公主已闻崔湜被贬，猜知其用意，本欲拿腔作势，摆摆架子，但一见崔湜那倜傥的风度，满面春风的魅力，刹那魂不守舍，投入崔湜的怀抱……温存正浓，崔湜方启口相求。安乐公主也顾不得骄矜拿势，只道：“你将实情告我，毫不隐瞒，天大事儿，我也敢保你无事。”

崔湜也和胡暗同样，脚踩两船，预留退路，不肯引出太平公主，只道：“我也因嫉妒武三思父子，参与太子重俊谋逆，恐怕杨妃引出，故协同胡暗逼死杨妃。”

安乐公主：“所言不实，你既不相信我，我也不管你事。”

崔湜立即跪下发誓：“若有一言不实，天打雷击，碎尸如泥!”安乐公主仍不肯信，佯称“即刻离去”。

崔湜这才拿出最后一张王牌：“你可知我曾救你一命么——杀武三

思父子那晚，是我预知此事，托故腹痛，溜进学士府同你幽会；否则，你岂不和你前夫一起做了刀下鬼么？”其实他也怕太子失败而预留此退路。

安乐公主对崔湜不肯引出太平公主仍然有疑，但对他救命之恩，确实感之肺腑，于是道：“待我替你求情是了，但你今后必须俯首帖耳听我使唤！”

崔湜如获大赦，乐以忘形，刹那同安乐公主痛享一番凤凰于飞之欢……

经安乐公主和韦后的婉转求情，中宗只好从轻发落，改授崔湜襄州刺史，胡暗也沾光改任江州司马。

崔湜出于仕宦之家，又凭其得天独厚的才貌，少年及第，艳遇后妃公主，官运亨通，一帆风顺。这次迁调外任，是首次坎坷，不胜悲苦。先后同太平公主、上官昭容、韦后和安乐公主告别。

前来送行的只有安乐公主，因她天真幼稚，顾虑较少，一再地安慰崔湜：“皇帝口中无戏言，圣旨已出，无法更改，不得不对君薄遣。但多则一年，少则半载，即可召回官复原职……”

崔湜这才减轻许多不安，踏上征途。一路上饱览了大好的河山，参观了许多名胜，心情略为舒展，认真地回顾过去，展望未来！

他因系暂遣，只身而往，不曾携眷。来到襄城，十分寂寞，日日游山逛水。先访隆中，后登武当，再游三峡、亚山、江陵、赤壁、江汉……

但未及一年，乡愁日增，写出许多哀怨诗歌，以抒发个人情怀。

他对太平公主、上官昭容和韦后母女，虽无痴情，但在异乡，极度悲苦当中，念及旧欢，也是常情，俗话说“一夜夫妻百日恩”，更何况他们有过无数的幽会佳期。尤其是他对安乐公主较为有情：一则她比他年幼，她比他俊美；二则她是无名有实的皇太女，通过她谋篡可能比太平公主容易。但安乐公主嫌他年龄较大，早有了替身。

欲知端底，且听下回分解。

第二十一回

武延秀撩拨娇识爱
韦皇后离间父女情

安乐公主自在武崇训灵前，着目武延秀之后，就拴不住她那意马心猿，坐卧不宁，茶饭懒咽。众人皆误为是怀念武崇训使然，不曾理会。待下葬归来，她再不能忍受了，心生一计，向韦后道："人说'悲莫悲兮，生别离'，岂知道这死别滋味更甚于生别离！白日里形单影只，到夜晚被冷灯残，孤独无依，好不凄凉煞人也！这度一刻似三秋的煎熬，教儿如何受得了哩……"哭出声来。

韦后道："为母不会让你守寡哩，待武崇训死过一周年，给你另选驸马是了。"

安乐公主道："这滋味度一刻似三秋，如何能等待一年呀？"

韦后道："这可如何是好哩？"

安乐公主道："请武延秀先来给做个伴儿好么？"

韦后听罢悲喜交集：悲的是自己也很钟情武延秀，将母女共夫，实为不雅；喜的是，若招武延秀为女婿，也便于寻找机会同他偷情。沉思一会，还是以便于偷情为重，于是答道："我今晚传武延秀入宫是了。"

武延秀自安乐公主在武崇训灵前，眉目传情之后，就乐以忘形，日夜静待佳音。武延秀今年已经二十五岁，自突厥和亲归来，虽然依仗自己得天独厚的美貌偷情无数，但高不成低不就，尚未成婚，颇有孤独寂寞之感，乐以忘形，是合乎情理的。

武延秀听到韦后传唤，十分高兴，立即穿戴整齐进宫，身披绖纱，手持宫扇，洋洋得意，满面春风，好一个倜傥公子，风流翩翩的美少年。

他也知道韦后也很钟情于他，但他想自己被招为安乐公主的驸马之后，她总不会调戏女婿了吧？岂料他一进门就被韦后迎着，拉进她的寝室，说明安乐公主求他前来做伴的用意之后，立即就表明自己的心曲：“我平生见到美少年无数，却没一个能赶上你的聪俊，使我神魂颠倒，如痴若迷……”觑视一下他的表情，虽然冷淡，但尚无慢色，于是又道：“今天把我的金枝玉叶安乐公主许配给你，既不要你谢礼，又不靠你孝敬养老，只希望你舍点余爱，安慰安慰我这颗如饥似渴的心！”又看了一下他的表情，依然如故，心中的激情也愈来愈大：“你莫觉得我将是你的丈母，不好意思。其实这些伦理道德，都是庸人自缚，愚弄百姓，应该打破。太平公主也曾和张昌宗偷情，同武太后母女共夫呢！”说毕紧搂住武延秀亲吻不迭，温存了一番，方送他去安乐公主房中。

安乐公主一见日思夜想的美人儿来到，心急如火，何待踟蹰。而且武延秀也是巴望不得，两个人温存再三，方才冷静下来。细聊成婚事宜，互诉爱慕之情。情至深时，二人已难自持。武延秀趁热将安乐公主抱到床上，了结了他们多日来的相思债。

武延秀十分机灵，为了趁热打铁，随即唆使安乐公主在金城坊兴建新驸马府，并把公产昆明池改为私沼。尤其是请速封她为皇太女，以便图谋帝位登基。

安乐公主正在热恋的当儿,求无不应。而中宗皇帝虽然昏庸怯懦,但非白痴,认为事关重大,除在金城坊修新驸马府外,其余皆不许可,遂婉言答道:“这昆明池本是汉武帝为练水兵开凿,周围十余里,工程浩大,费用无算。历观前代,都不曾赏人,朕也不敢违背列祖列宗故例。且池鱼每年可得十万贯,供宫中妃嫔脂粉之资。若赏池给你,岂不使妃嫔脸上失色了么？请封皇太女也非同小可,你祖母登基为女皇十五年,曾封太平公主为皇太公主监国,结果仍以失败告终。而朕之功绩威望不及高宗,你母的才能远不及武太后，你的聪智更不及太平公主，岂可昏昧从事耶？”

安乐公主满心的不高兴，怒容于面，噘起小嘴：“太平公主修南山庄，曾占去公产曲江芙蓉园的一角哩，我也要占去昆明池的一角，向北拆迁民宅，扩建一池，取名定昆池！”这是她事先已考虑到的退步打算，接着又道：“父皇向来胆小怕事，多亏母后保你，我也须求母后封我为皇太女哩！”说毕哼了一声，瞪着眼离去。

韦后见安乐公主脸色不悦，连忙拉手坐下劝道：“又是那老而不死的惹皇女生气了么?”

安乐公主把请赏经过叙述一遍，韦后劝道：“母后给你拿二十万贯体已钱，在西郊右金吾卫故营旧址扩建一池是了。范围虽小，但修建豪华些，要胜过昆明池，可取名‘定昆池’，气死那老儿!”

安乐公主转忧为笑：“范围也不能小，可再迁走几个村庄是了!”

韦后：“好，好，就依皇女是了！只是你请封皇太女的事，现在可是不能提。这江山是李家的，古来是传男不传女，要以女夺男就是谋反大逆。他传给小狗奴温王重茂，也不能给你。”

安乐公主：“我祖母曾当了十五年的女皇帝哩!”

韦后：“可你祖母最终还是失败了。不过为母有前车之鉴，待妥善安排，谨慎从事，定可成功。待为母当了女皇，你就是当然的皇太女，何须用请?”

安乐公主撒娇道：“请母后快当女皇呀!”

韦后：“那老而不死的挡道，我怎能当呀!”意即挑拨其父女关系。

安乐公主忽然想起一个疑问:“男太子是幼不夺长,可我也有姐姐哩!”

韦后：“你是我亲自扶养大的，我最亲你呀……”

刚说至此，恰好长宁公主入室，韦后连忙打住，问她有何事。

长宁公主：“女儿看罢太平公主的山庄，十分眼馋，既可避暑，还可消遣，请母后赐钱修建一座好吗?”

韦后想把她连忙支走，于是爽答道：“赏你二十万贯体已钱，把城东原魏王泰旧宅，连同沼潭十顷，一并建造是了!”

长宁公主得到预想不到的顺利，乐以忘形，立即回家报喜去了。

安乐公主：“母皇刚才说罢亲我，不亲姐姐，可是你赏钱怎么都是一样多?”

韦后：“好，我再给你增添十万贯好了。”

安乐公主：“你真是我的好母后!”搂着脖子撒起娇来。

安乐公主天真至此，尚也未能全解母后的全部用心。韦后对安乐公主如此偏爱，一则，确是亲自扶养，感情较厚；二则，嫡生子已死，将来欲立她为皇太女；三则，新女婿聪俊可人，欲附骥绰趣；四则，她年幼天真，易于驱使，作为心腹，将有大用处。

崔湜怀念的韦后母女荒淫如此，太平公主也在所难免。

欲知端底，且听下回分解。

第二十二回

公主屈尊求爱碰壁
皇后施计谋权获荣

太平公主从江南采买来三十名戏童，住进南山庄里，命荷生教习歌舞弹唱。

这些小戏子均为百里挑一，十四五的年纪，艳丽伶俐无比。不到两个月的光景，太平公主就把十五个男戏童玩弄一遍，然时日一久，便有些乏味。如今崔湜被贬，太平公主又思念起崔湜的三弟崔涤，遣荷生去召唤。怎奈连去数趟，皆未遇上。原来临淄王李隆基和他十分友爱，常留他在府中习诗作画，有时晚间也留宿不归。太平公主打听仔细，便想出一计，到中宗跟前进谗道："临淄王李隆基英俊有才略，相王旦也颇有人望。使他长住京师，即使他父子忠直，只怕有居心叵测的小人，挑拨离间，趋炎拥戴，不如迁往他州为妥。"

中宗只为防患于未然，又为排除太平公主和相王旦结谋的顾虑，便欣然答道："如今潞州缺中，勒李隆基为潞州别驾（军事小官）是了。"太平公主应诺，乘兴而返。

李隆基闻旨，不知就里，然为前程计划，亦想去外州立些汗马功劳。只是与崔涤友情正浓，难以割舍，又难同行。只得将崔涤留于府中，对榻而眠，畅谈别情与前程大计。翌日启程，崔涤深情相送，黯然销魂，悲不可言，自不多说。他们这里友情难割，岂知太平公主那里思念崔涤的心情更切。

太平公主给侄儿李隆基送行那日，见他和崔涤二人亲昵惜别的样子，十分垂涎，恨不能自己立刻变成李隆基。而且心中也不胜狐疑：李隆基是男的，崔涤为何对他那么热情？而自己是个女的，反而受到冷遇？虽然自己的年龄大几岁，但姿容不衰，艳色风韵未减。尤其是我的财帛山积，又建成一座豪华的庄园，有这么多的优点，若引诱拉拢不过来，岂不太笨了么？人常说“酒色财气，人不易戒”，他崔涤也是人，岂能不为色财所动？只不过我的年龄大几岁罢了……对，对，对，有了——我不妨给他物色个妙龄美女，藏在南山庄里，使他常来幽会，自己定能附骥，得些残羹冷炙。想到此处，她不禁会心一笑。

荷生连忙问道：“公主又做什么好梦啦？”

太平公主把他的打算述说一遍。荷生灵机一动道：“干脆把你的二小姐武艳，许给崔涤好了！”

太平公主连连叫绝：“这要算最好不过了，若被其他的美女占有，实在可惜！”

荷生道：“只是把崔涤招为你的女婿之后，你还怎能染指——母女共夫，乱伦违理，多么不雅？”

太平公主道：“什么伦理道德，都是人为的自找苦吃！我的母皇原为祖皇的才人，后来嫁给我父皇，而且当了开天辟地的女皇帝，将相权贵们照样顶礼膜拜，口呼万岁！”

荷生连忙搭讪道：“对，事在人为！若崔涤拒宠，为之奈何？”

太平公主道：“当不勉强，只要能时常见面，也就足矣！”随即传辇，携荷生回南庄和女儿商议。

武艳是太平公主和武攸暨生女，年当二八，比崔涤小一岁。因太平公主和武攸暨都聪俊异常，所以此女也十分艳丽，取名武艳。

武艳正和妹妹武丽在玉泉湖畔扑蝶，太平公主把她唤至玉泉亭中，给他说合崔涤。武艳听过母亲绘形绘色的描述，且崔湜如此英俊，可想其弟定会更好，便乐意应从，羞涩地道了一声：“任凭母亲是了。”遂飞也似的跑出去，仍同妹妹去扑蝶玩耍。然毕竟已多浮想，遂心绪难宁，与妹妹嬉闹片刻，就转回自己房中了。

武艳回房心情愈来愈不平静，本来荷生的姿容风度就够迷人的了，而崔涤又远远超过了他！苍天真是善解人意，生出一些奇色宝体，供人享用。“苍天呀，苍天！你若真有成人意，教俺马上与他相见何妨？”于是根据母亲所说崔涤比荷生的聪俊有过之而无不及，便遐想起来：如果说荷生有什么美中不足之处，似乎是嘴唇略薄了点，那么崔涤的嘴唇一定会略厚一点，和自己的嘴唇正相吻合；如果说荷生的桃腮略艳了点，那么崔涤的双颊一定似在一杯粉红色的胭脂中，又掺进了一羹匙白粉；如果说荷生的身材略矮三分，那么崔涤一定比他高出两个一分半；如果说荷生语言略嫌平淡，那么崔涤的辞藻一定丰富多彩……

当她把崔涤的形象模拟定型以后，继而幻想成婚盛典的情景：崔涤身穿锦绣，披红戴花，骑着雕鞍宝马，在傧相簇拥中，踏着雅乐，前来迎娶。自己被梳成高髻，满头翡翠，任人涂脂、妆扮、披锦戴绣。最后头顶红纱，辞别母亲，搀入轿中。宾客如云，观者如山。道设锦帐，雅乐悠扬，似同腾云驾雾，飘飘然抬到崔府。拜过天地和高堂，送入洞房。到得晚间，宾客散去，红烛高燃，照得满室摆饰璀璨，锦帐夺目，似入仙境。崔涤换上翠绿轻衫，和颜悦色，妩媚倍增，揭开自己的头纱，道了声“娘子辛苦了”，就携手入帐，痛享鱼水之欢……

她愈想愈多，几乎把白头偕老、修筑坟穴和撰写墓诗铭的事都想到了。但却万万没有想到母亲要和自己雨露共沾的事体。

太平公主心想崔涤送李隆基不过到灞桥罢了——在那里折柳枝相赠告别，已成惯例。所以当晚就让荷生去崔府传唤。她从一更等至二更，又由二更等到三更，一直不见踪影，心中既悲苦莫名，如卧针毡，又唯恐好事难成，遂胡思乱想：崔涤呀崔涤，你长得漂亮，又晚生几年，就有理不饶人了么？你也太高傲自大，目空一切了！你不愿同我亲热，年龄悬殊，情有可原；但我把比你小一岁的女儿许你为妻，你怎能拒绝呢？且我女儿的聪俊比你有过之而无不及，我府的财富超过你家百倍；我的权势可同皇帝和皇后攀比，你也望尘莫及！难道我们有这么多优点，还打不动你一颗冷酷的心么？你莫非要敬酒不吃，吃罚酒？你惹怒了我，不怕我下毒手呢！

她盼月亮，盼星星盼到四更，荷生驸马返回，报告了崔涤还未曾归来的消息。太平公主又从悲恨中化为喜和惧了：喜的是尚未确定崔涤拒绝招亲，惧的是怕崔涤途中发生意外，灞桥离城三十里路，怎能一天未归呢？但愿是他又继续前送，可千万莫同李隆基一起去潞州——否则的话，那才是偷鸡不成反蚀一把米呢！本来是想拆散他俩的友谊，结果倒更方便成全了他们！

她连等三天不见崔涤归来，愈来愈感到绝望了，便强打精神，传荷生前来陪寝。虽说他赶不上崔涤的情趣，但毕竟他俩年貌相仿。

第五天傍晚，荷生终于把崔涤传来。太平公主真是喜出望外，连忙传来酒肴。三杯过后，太平公主问崔涤道：“你怎么今天才归来？”

崔涤为了使太平公主高兴，扯起谎来：“我本来是准备送李隆基到潞州的，前天晚上忽然做了一个好梦，月中老人告诉我‘你快回长安去，有人给你说亲’，所以我只把他送到华州就日夜兼程赶了回来！”

太平公主实在太怜爱他了，听说他日夜兼程，不禁仍有后怕，失声道：“啊！你连夜赶回来的，路上没遇上什么吧？”

崔涤干脆说谎到底：“那一夜我遇上两次狼，头一次两只，第二次八只。”

太平公主又失声道：“哎呀，你害怕了吗？”

崔涤装作害怕的样子：“怎么不怕？头一次还好，就两只狼，我照着狼头连甩两鞭，飞马而奔！但第二次狼多，气势汹汹，堵住道路，龇牙咧嘴，嚎叫连天，飞也似的向我扑来……”

太平公主又失声道：“啊哟，真吓死人了！”

崔涤愈说愈来劲，手舞足蹈地比画着：“我有心举鞭抽打，一则狼多鞭少，二则我还怕鞭子被夺了去，把我吓得头发都竖立起来。忽生一计，往马屁股上狠抽三鞭。马头向天空一扬，大叫三声，一跃三丈，从狼头顶飞越过去。狼好像没听见过马叫，都吓傻了。当我飞驰半里路程，回头一看，呀，不好了！又追上来一只恶狼，把马尾巴咬掉了好多根……”

荷生问道：“马还会有几根尾巴的？”

崔涤更正道：“把马尾毛咬掉好多根！我又连抽三鞭，飞奔好几里路，我往脸上一摸，流出血来。”

太平公主问道：“是狼咬的吗？”

崔涤又更正道：“不，把我吓傻了，原来是汗不是血！”

太平公主大出一口气：“喔！”

崔涤又道：“可我刚到家躺床上休息会儿，那八只狼破门而入，一起向我疯狂地扑来！”

太平公主因疼爱入迷，全信为真，不禁一惊：“啊！你没关门？”

崔涤道：“原来是个噩梦！但常言说‘颠倒梦，梦颠倒，栗子树上结核桃；歪心人没好处，出门就叫狼咬住’。我做了一个坏梦，必定有好事到。刚一睁眼，荷生来到我跟前，说太皇太公主的二小姐为我得了相思病，命在旦夕。见死不救，大罪一条！我连忙换上衣服，跃马扬鞭赶来。”

太平公主灵机一动，将他一军：“若是我为你命在旦夕，你可如何呢?”

崔涤不禁一怔，但他十分机灵，一眨眼，就爽朗答道：“你我年龄悬殊，绝无可能。”

太平公主对此早已胸有成竹：“武太后和张昌宗兄弟相差四十多岁，比你我还悬殊呢!”

崔涤也将他一军：“太皇太公主拟纳我为婿，岂有丈母娘调戏女婿之理？否则，我立刻离去！而且武太后也没纳张昌宗为女婿呀?”

武太后虽未纳张昌宗为婿，而实际上太平公主是和他偷过情的，但此话怎好开口？只有哑巴吃黄连，沉默难言。

荷生为了打破僵局，忙帮衬道：“快唤二小姐出来见礼吧。”

太平公主顺阶而下，把二小姐武艳传将出来。

武艳自从母亲向她说合崔涤之后，就时刻幻想崔涤的姿容和温情，整天若有所失，盼望刹那相见。忽听说崔涤来到，心中反而趑趄起来，既羞涩胆怯，又怕无缘，不被垂爱。似同断线的风筝，恍恍惚惚来到崔涤跟前。斜眼一看，月光正对着崔涤的面孔，光彩照人，风流四射，似雾中观花，比原先想象的还要艳丽十倍！刹那目乱心摇，不能自已，落坐椅中。

崔涤定睛一看武艳，美似天仙，柔若无骨，娇姿雅态，妩媚动人。她正顺着月光走来，心想莫非是嫦娥降临到人间?

两个人都一见钟情，有些失神。太平公主给荷生使了个眼色，一同悄悄离去。

崔涤与武艳二人相互端详，愈看愈爱，言来语往，也愈加亲密。神迷之中武艳已大胆向崔涤飞媚眼，崔涤见她心许目成，待太平公主、荷生等离开，便大胆上前爱抚。武艳早欲如此，不推而就。

韦皇后谋篡的心很切。她丧失男宠武三思之后，又结纳宗楚客为谋士和私情支柱。宗楚客虽不及武三思容貌出众，但他身高六尺八寸，白皙美髯，眉目清秀，也很魁梧雄伟。且他的谋略野心，比武三思还有过之而无不及。他和韦后狼狈为奸，韦后不排除中宗，当不了女皇；宗楚客不依靠韦后，也难以谋篡。于是乎他们日夜勾结，诡计层出不穷。

三月三日禊游节到了，韦后为了多在百姓中露面，扩大影响，怂恿中宗携皇亲国戚赴曲江游乐园修禊。是日天朗气清，朝霞似锦，一派升平景象。满路香车宝马，喜气洋洋。韦后为了树立私恩，取悦庶民，让两名侍女在车前抛撒珠玉，使百姓们争抢，煞是好看。

韦后一行来到曲江头，祭把水神，除灾求福之后，正欲登高，那献媚起家的宰相宗楚客，连忙跪向前去，手扯韦后的裙带，惊讶地嚷道："皇后裙子上升起五朵彩云，大家快来看呀！大家快来看呀！"

他话音刚落，便有一名宫娥走上前去，煞有介事地嚷道："真的！真的！"连忙用手指着数起来："一朵，两朵，三朵，四朵，五朵。"她刚数完，宗楚客又接着嚷道："呀，呀，升起了，升起了，向北方下去了……"又有个宫娥连忙接应道："就是，就是，向北方飞去了！"手指北方仰望。不明真相的人群，都信以为真，先是一起俯视韦后的裙子，接着又向天空仰望，但是谁也没有看见什么。就连在跟前的中宗，因为事出突然，又一现而逝，也没见个踪影。

常言说"三人成虎"，中宗也全信为真，令宗宰相立即到太平公主山庄里去描绘图形，以示百官。

因事先已经约定，禊游之后去太平公主的山庄稍事休息，所以太平公主正在庄里忙于准备酒肴，未到曲江头迎驾。待宗宰相提前进入山庄，有些惊疑。

宗宰相说明来意之后，太平公主引他至东院桃花树下去作画。

太平公主十分机灵，猜知是韦后为抓紧谋篡制造舆论、迷惑百姓的把戏。

其实中宗也想到了这一步，但他推测至多不过效法武太后，待自己晏驾之后，才能以太后的身份临朝；至于傀儡是温王茂，还是安乐公主，以及她是否能当上女皇，尚难以预料。

中宗和韦后一行，络绎向乐游原顶峰凤凰阁攀登。此原只不过是个山丘，仅三十多丈高，因有曲江的逶迤，才显得错落有致。且眼下正逢鸟语花香的季节，所以特别迷人。

此阁建于汉朝，历经翻修和装饰，富丽堂皇。凭栏可观京城全景，眼下最吸引人的是满山的花和曲江沿岸如帘的垂柳，还有那飘坠的银杏，以及含苞欲放的梨花，点缀得整个乐游原上的亭台馆树，似同人间天堂。

阁上设宴五席，只供中宗、韦后和王公驸马陪坐。其余官员在东西两廊。阁下有一平坦场地，供演杂耍百戏。特别需要记叙的是一个英俊少年，秀丽而不文弱，健壮而不粗俗，风华正茂，仙姿荷色，潇洒倜傥，技艺超群。他在马上舞剑，千姿百态，忽而柔若无骨，忽而矫健如鹰，蹲蹦跳跃，如走平川。赢来掌声阵阵，喝彩不绝！

谁知引起了韦后芳心萌动，立即唤他到阁中赏酒。

韦后仔细近觑一番，只见他容光焕发，嫩艳妩媚，英姿飒爽，宛若仙人，连忙问道："少年是何处人氏，贵庚几许？"

少年答道："小生乃雍州人氏，名叫叶静能，自幼在终南山学艺，今春出师，闻得皇帝和皇后禊游，特来献技，今天又恰好是我二十三岁的生日！"

韦后听他言语乖巧，更加喜悦，以很肯定的口吻向中宗道："似他这般武艺，入宫充作侍卫，是最好不过的了！"

中宗只好顺水推舟，问叶静能道："你可愿进宫当侍卫么？"

叶静能忙叩头谢恩："小生当尽死相报，愿神龙皇帝万岁！皇后千岁！"

韦后怜惜疚心，唯恐跪伤叶静能的嫩膝，伸手把他拉起："快来舞剑，助皇帝饮宴。"于是乐起开宴。

酒过三巡，恰逢宗宰相把韦后裙起五色祥云图绘好呈上。叶静能停止舞剑，坐韦后一侧。

韦后连连赞道："很好，很好！"把那两个宫娥叫来问道："你俩刚才看到的祥云图是否这样？"

那两个宫娥齐声应道："是，一点不错！"

韦后以目示意中宗。中宗立即传谕遍示百官。

宗宰相为了献媚求荣，又奏道："太宗皇帝未受命前，天下歌秦王破阵歌；则天皇帝未受命，天下歌武媚娘；神龙皇帝未受命，天下歌周王石州；顺天后未受命，天下歌桑条韦。臣方才绘云图之际，福至心灵，撰得桑条韦歌十二篇，请编入乐府！桑条韦者，乃皇后宜为国母，主蚕桑之事也。"

在宗宰相的带动启示下，其他阿谀小人纷纷效尤……

欲知其详，且听下回分解。

第二十三回

娇公主再醮荣耀减
韦皇后失恋权欲增

爱献媚求荣的右补阙赵延禧，连忙趁机引而申之曰：“周店一统，符命同归。故高宗封陛下为周王。孔子曰：‘其或继周者，虽百代可知也。’陛下又继则天大周，子孙当百代王天下！”

侍中韦巨源也连忙奏道：“此乃千载难逢的祥瑞盛事，应布告天下！”并即率百官给中宗上尊号“应天神龙皇帝”，给韦后上尊号“顺天翊圣皇后”。

中宗甚悦，遂布告天下，并大赦。既取悦百姓，又树立韦后的威望，并赏赐宗宰相、宫娥和韦巨源锦缎各百匹。擢补赵延禧为谏议大夫。

欢宴至日夕方罢，到太平公主南庄略事休息，随即回銮。

安乐公主新寡之后，与崔湜很投缘，但因年龄悬殊，只能逢场作戏，作为情夫绰趣而已。当崔湜暗贬之后，她立即和武延秀姘居了，不久就有了身孕。因而确定在前夫武崇训丧过一周年，就立即在定昆池新居成婚，所以督促工匠日夜赶修，民夫伤亡不可胜记，历经一年落成，花钱数亿，国库为之空虚。

掘土为池，深丈许，四周九里。池中以土石累山，高二百尺，肖似华山。山下亭台馆榭，依势就形，参差错落，有桥堤可通。山中有寺塔宝炉，镂刻怪兽珍禽，镶嵌珊瑚珍贝，极尽豪奢。

安乐公主以山前的鸳鸯馆为外第，洞房设于此处，于中秋节成婚。

是日，以皇后仪仗车辇，送公主自宫中至其外第，并遣羽林军五百为卫。命学士为傧，相王障车，雍州长史窦怀贞为礼会使，以虚张声势。

皇帝和皇后御安福门临视。

次日在太极殿宴会群臣。安乐公主和武延秀先拜天子、皇后，后拜公卿，公卿皆伏地稽首。赏赐数十万，并宣敕大赦。内外官赐勋爵一阶，授武延秀为太常卿。赐民酺三日(开禁酒)。其盛况虽比她初嫁时稍减，未能空前，但似乎是绝后的。

燕尔新婚，本来是人生四美之一，而安乐公主和武延秀既已姘居，又皆系再婚，所以并无多少新鲜之感。只是这定昆池，增添了许多雅趣。又逢仲秋，月朗气清，遂秉烛夜游以补其不足。

他们二人游至山半坎的谐趣亭中，凭栏望月，想起广寒宫中的嫦娥，虽然谁也没有见过嫦娥，但关于嫦娥的图画是很多的。武延秀不禁仔细端详一下安乐公主，暗中作个对比，觉得安乐公主略显清瘦，不够丰满，容色也不够鲜艳，似有美中不足。

安乐公主十分机灵，见武延秀沉默不语，问道："你想什么呢?"送了一个秋波。

武延秀也十分机灵："你猜一猜!"

安乐公主很有把握地答道："你在想嫦娥!"

武延秀忙亲她一口，笑道："你真聪明！我是想你我恩深似海，若能化仙，奔上月宫，长生不老，该有多好!"

安乐公主亦笑道："只怕不是你的真心实话。你们男子都爱喜新厌旧的，若咱俩升仙去了，你就得和我从一而终呀!"

武延秀道："男子喜新厌旧，都是因为女子年老色衰。若是公主成了仙，就永远年轻，色艳不衰，我怎能会厌旧呢?"

安乐公主道："如此说来，待我色衰之后，你一定要厌弃我的。"

武延秀笑道："待你色衰时，我也要色衰的，你也会厌弃我的。咱可以效法父皇和母后嘛，各寻所好，互不干涉!"

安乐公主道："如今父皇有妃嫔一百多名，都光明正大，而母后只有五个，还偷偷摸摸，这太不公平了!"

武延秀道："哪五个?"

安乐公主道："武三思、杨均、马秦客、宗楚客和叶静能。"

武延秀道："你还漏掉一个!"

安乐公主道："谁?"

武延秀用右手食指点着自己的鼻子道："我!"他故意告诉给她，以便共同抵制。

安乐公主先是一怔，继而相信，后是嫉妒。她对武延秀已爱恋入迷，哪怕是自己的母亲，也不能让她染指，今后定加严防。但家丑不可外扬，连忙掩饰道："你我成婚之后，母亲是不会调戏你了。"

武延秀道："但愿如此才好！"

哪知武延秀第一次随安乐公主归宁之日，韦后就缠住不放，时刻趁机绰趣。武延秀虽很快觉察到了，但安乐公主毫无理会。她不时去同姊姊长宁公主和安定公主谈心闲聊。每当安乐公主出门，武延秀不敢一人在屋内，便到院里信步观花。那天晚膳后，安乐公主叫两个侍女帮她沐浴，让武延秀回避。武延秀踱到后花园去消遣，刚在翰墨轩落座，韦后就赶来了，原来她让宫娥监督武延秀的行动，时刻禀报。

武延秀已躲闪不及，只好笑脸相迎："母后安好！"

韦后阴沉满面："你是真心问我好么？"

武延秀既明白她话中的含意，也确实有点内疚，一时不知如何回答，感到十分尴尬。

韦后又道："只怕你是盼望我早点死了才好！"

武延秀道："岂敢！"连忙借词掩饰道："母后对我的好处，我终生难忘！只是如今我是你的女婿，乱伦的名声实在不雅呢！"

韦后道："那是愚弄老百姓的。武太后乱伦后还当上了女皇帝，文武百官竞相叩头献媚求荣呢！"

武延秀被堵到绝处，欲待迁就她一次，只怕今后使她挂心渴念，拖泥带水，似零刀剜肉，更为痛苦，还不如眼下使她绝望的好——这样虽然痛苦一时，但可使她死心，另觅新欢，很快恢复创伤。于是说道："你我相差二十多岁，悬若母子，若让你同八十老翁睡觉，其痛苦何如？你若真心爱我，就不该使我痛苦才是！"说毕拔腿欲走。

韦后心急眼快，似饿狼猛扑上前，拽住武延秀衣领，照腮上亲了一口。

武延秀被逼无奈，用尽全身解数挣破衣领而逃。

韦后因用力过大，摔了个马趴，膝盖被划破，鲜血直流。只因她心中又悲又恨，苦辣酸甜，痛苦莫名，既未感到膝痛，也没看见流血，便踉跄回宫。

进得门来，宫娥见状，有点吃惊，连忙问道："皇后腿上怎么流血了！”

韦后掀起裙脚一看，右膝划破半寸长的一道口子，连忙找布包扎。一伸手把她撕破的武延秀的衣领滑落地下，原来她下意识地欲把此衣领保存下来，留为纪念，因此死抓住不放。

宫娥们愈感到蹊跷，谁也不敢启问。韦后急忙进入内室，把此衣领暂压枕下，找来汗巾把伤口包上。她长叹一声躺上床去，竟似患了重病，浑身瘫软，有气无力，处于半死难活的昏迷状态：“这莫非是梦么？请快让我醒了吧！武延秀是和我有缘的，绝不可能是这样。他那次同我幽会时，疯狂如痴，无情的人是假装不出来的。而今我把公主许给了他，还赐他十车金银财宝，本应加倍对我亲热才是，怎能恩将仇报，凶似虎狼，毒于蛇蝎？这一定是梦，否则就是有所误会，受了伊人的拨弄，我要赶快找他问个清楚，解释明白！”于是抬身欲起，怎奈头晕眼花，挣扎再三，动弹不得。“哎呀，我病啦，我确实病啦……”

她一直睡到次日中午，才恢复正常。但一想起昨天傍晚在翰墨轩里发生的事情，泪就哗哗直流。吃饭时节，仍不见安乐公主和武延秀驸马的踪影，欲待打听，又不敢打听，既怕揭旧疮疤的疼痛，还怕再生出新的创伤来。

原来武延秀从翰墨轩挣脱之后，急忙回房去告诉安乐公主。

安乐公主既嫉恨母后，又怜悯母后，也不知跌伤否。于是指责武驸马道：“你也太狠心了些，不会婉言拒绝吗？”

武驸马把慢刀杀人不如快刀杀人的道理解说一遍，取得了安乐公主的谅解。

人总是有这样的心理：某种东西越是渴望的人多，占有心就越强。安乐公主今晚对武延秀倍加迷恋，似乎唯恐被人抢走了，爱不释手，情话连绵：“你对母后如此无情，是嫌她年老；若是遇上个貌似西施的少女，只怕是另一种风情了！”

武延秀反问道：“若是你遇上个仙童，将对我如何呢？”

安乐公主自恃为受宠的公主，毫无忌讳，直爽答道：“若是能二者兼得的话，我对你和仙童一般看待。若是只让选择其一，那么我只好弃你就他了。”

武延秀接道：“我遇上貌似西施的少女，若不能二者兼得，我也只好弃你就她了。”

安乐公主道：“你怎能和我相比？我是当朝皇帝的公主！”

武延秀道：“我是当朝皇帝的驸马，且是你们母女逼我成婚，而不是我求你嫁我。如其不然，咱们两便好么？”

安乐公主爱他在火头上，两便是不可能的。本想以势压他，怎奈压而不服，心中进退两难，无得主意。

其实安乐公主也比较聪俊，武延秀既贪她的貌，更贪她的权。所提出的“两便”，只不过是威吓她而已。且他既善看眼色行事，又能大能小，立即嬉皮笑脸，对着安乐公主一揖：“请公主息怒，驸马这里有礼了！”随后飞了一个媚眼，“我方才是跟公主开玩笑哩，可别生我的气呀！公主貌似天仙，权倾天下，不久就能当上皇太女，俺就是皇太驸马。你就是把我杀了，我也不敢和你两便呀！”实际上他已屡经风月，知道自己的才貌，可称当今天下第一，能使任何的美女迷恋。崔湜虽很俊美，但没自己年少。安乐公主连打他也舍不得，绝对不会杀他，所以他才敢说出这样的话来。

安乐公主也知武延秀是在哄她，便顺水推舟，自我安慰地道：“谅你也不敢！”

武延秀遂携她入寝，是夜的欢爱，无可复加。为了逃脱韦后的麻烦，次日早膳毕，二人即去同韦后告别。因韦后卧床未起，未敢打扰，就回府了。

实际上韦后彻夜失眠，天亮后略有些迷糊，处于半睡半醒的状态。因怕见了武延秀，更引起悲痛，装作熟睡不醒。

韦后考虑了一昼夜，悟出一个道理：“权中自有色，贪色先谋权。”次日晚上传中书令宗楚客入宫，策划加速篡权的步骤。

这宗楚客早欲谋篡，心有灵犀一点通，侃侃开言：“欲谋权首应树立私恩；欲树私恩，宜先卖官鬻爵。此等斜封滥官，既不学，又无术，最易驱使效力，且能奉献大量银钱，一举数得。”

韦后敛一下眉头：“只是我也不便着手哩。”

宗楚客早已成竹在胸：“皇后嫡女长宁公主和安乐公主早已开府置官，使其招徕，最合适不过。且对安乐公主谋皇太女，也大有裨益！”

韦后又道：“太平公主也蒙许开府置官，她若效法如何？”

宗楚客道：“斜封官正品以上亦须奏请皇上降敕，太平公主总有许多不便吧？只可让她拾些残剩罢了。”

韦后认为可行，立即让长宁公主和安乐公主去办。但远水难解情欲之渴，于是韦后思念起旧宠崔湜，遂胁迫中宗复其原职。而崔湜复职之后，却对韦后冷若冰霜。一则他历观前代当男宠的都不得民心，很难篡位，下场无不悲惨；二则他自认为和武延秀相比，除年龄外，聪俊和才德都远超其上，所以仍对安乐公主存有幻想；三则他觉得太平公主还有成功希望，且其旧情远超过韦后。

韦后无奈，又垂涎起武延秀来，当安乐公主产期，她去到驸马府绰趣，直至三更不肯离去。武延秀料定她晚上是不会走了，连忙熏帐展床，安排一张凉席，两个竹枕，二人含情脉脉……

恰在这时，一个书童猛闯进来，边喘边道："大事不好，老奶奶下床时栽了个跟头，已昏迷不醒……"

武延秀似吃惊不小，"啊"了一声，向韦后做个抱歉姿势："请母后歇息，我到后院关照一下老母去。"未待韦后做答，已拔腿出门。韦后似遇晴天霹雳，目瞪口呆良久，仍说不出话来，只觉得头晕眼花，天旋地转，"扑通"一声倒在地下。两个侍女在院中乘凉，听到响声，急忙入室，把韦后抬到床上。因系气迷心窍，并非真病，韦后很快就苏醒过来。侍女忙问道："皇后怎么了？"

韦后掩饰道："因天气闷热，头热脑涨，我急步上床，失脚而倒。"侍女急忙打开全部门窗，各取一把蒲扇为韦后扇凉。

韦后愈思愈悲，涌出泪来，挥手让两个侍女离去。她辗转反侧，思绪如麻：若说和武延秀无缘，为何让我遇上他？若说有缘，又为何每次会面总生魔障？实际上，方才是武延秀用的计谋。初时似很热情，乃故意使的假象，给她一点安慰和幻想。

也不知何时，泪水湿透了枕头，又湿又热又粘。她忽然灵机一动，想到此枕上也许留有武延秀的汗渍，于是抱到胸前吻个不停，获得一些安慰。

但没过多久，又感到乏味，仔细思量起武延秀今晚的一切举动：是他骗自己吗？但为何又那么逼真，不像是在骗她。是他老母真有病吗？为何又这么凑巧？可疑！

她愈思愈乱，不得其解，心似油煎。

武延秀临走时，曾吩咐书童，观察韦后的动静，时刻禀报。当书童报告说韦后连吻枕头时，武延秀急忙前来，欲施些余爱。

韦后忽见武延秀回来，猛站起来，抱住不放，唯恐他会插翅飞掉。

武延秀趁机提出了立他为皇太驸马的请求。韦后乐以忘形，当即满口答应，遂携他入寝。经过此番曲折，其欢愉程度要比顺利到手强之多矣。其实这都是武延秀的手段。

且说安乐公主获允卖官鬻爵之后，行动最快，并唆使姨母郕国夫人韦氏、上官昭容母沛国夫人郑氏、陇西夫人赵氏，广为招徕，不论是富商豪贾，还是屠夫沽户，只要捐钱三十万，皆可授官员外、试摄、检校、判官等职，一年之间达三千多人。安乐公主还广为经营佛寺，欲度为僧侣，亦须捐钱三万。

这些斜封官和僧侣，依仗权势，苛剥百姓，为非作歹，民愤极大。

左拾遗辛替否曾上疏云："臣闻古之设官，员不必备，士有完行，家有廉节，朝廷有余俸，百姓有余食。如今陛下百倍行赏，十倍增官，使商贾屠沽，尽居缨冕之流。安乐公主乃陛下爱女，然用不合于古义，行不副人心，将恐变爱成憎，翻福为祸。因其竭人之力，费人之财，夺人之家，而取三怨。致使边疆将士不尽力，朝臣不尽忠。君以人为本，本固则邦宁，邦宁方使陛下夫妇母子长相守也。"又曰："商周以前无佛，但年代不谓不长；汉魏以还寺塔林立，而传代不谓不短矣！僧侣不可操干戈，寺塔不足以充饥饿，臣窃惜之！"

中宗览毕，认为有理，赏辛替否彩缎十匹，但却无法阻止安乐公主卖官鬻爵，且愈演愈炽，两年之间，斜封官达万人。这些官是掏钱买的，对百姓的压榨疯狂百倍，连本带利一起捞回。

尤其是那安乐公主的家奴，依仗权势强奸妇女，胡作非为。还经常以逼迁威吓百姓，进行敲诈勒索。民愤最大的是掠夺民间童男女为奴，使许多父母痛不欲生，有的投井上吊，有的精神失常，也有的上衙门告状。但衙吏们多是趋炎附势的，竞相推脱搁延。只有个侍御使袁从一，曾遣衙役察访民情。一天傍晚，袁从一在西城墙外发现三个恶奴强夺幼女，父母左拉右拽，哭叫连天。只见一个恶奴拳打其母，一个恶奴脚踢其父，十分凄惨。衙役们一拥而上，把幼女夺回，交其父母，抓住一个恶奴回衙。此奴有恃无恐，直言不讳地宣称是安乐公主宫中之人。侍御使袁从一喝令重打八十大板，关进死牢。安乐公主立即进宫，请中宗下诏命袁从一释放家奴，并削贬其官。

欲知袁从一是否受旨，且听下回分解。

第二十四回

以卵击石血染殿庭 打草惊蛇祸起萧墙

这袁从一一不做，二不休，不但拒诏不受，而且奏谏中宗道："安乐公主纵容恶奴掠夺幼女，将惹起民怨。若不严惩，将何以治天下？臣为民除害，即使惹怒公主，亦死而无憾！"中宗无奈，只好准奏。袁从一回到衙门，立即把那恶奴押解到抢拉幼女处枭首示众。中宗为了给公主留点脸面，把袁从一调出京师，任外州长使。

李隆基到任潞州别驾，虽为知州刺史的佐官，但系皇室藩王，又英俊异常，所以人们对他都另眼看待。他所有的建议，刺史无不采用。他又爱骑射、畋猎、蹴鞠，交游甚广。四邻州郡名士趋之若鹜，其中良莠不齐，阿谀献媚者也不乏其人。先后献祥瑞者达一十九起，屡禁不止。有一次他出畋至许州，从者妄言有紫云在其上。他反诘道："我怎么看不见，莫非我成了瞎子么?"又问众人："还有看见者否?"皆相顾不语。

献媚者既想认错，又怕认错，狡辩道："确实有紫云从东往西，经殿下头顶高空而过。因一现即逝，故不易见。"

李隆基道："我急需的是英才君子，而非阿谀小人。而你分明是献媚邀宠，又不肯认错，乃错上加错，宜加严惩，以儆效尤。"遂令侍卫杖罚三十并除名。此后再没有敢献祥瑞者，且李隆基留此佳话，博得许多美名，英才吉士竞相依附。

定州司军郎岌和许州参军燕钦融，皆热血青年，愿为国出力，建功立业，和李隆基情投意合，效桃园刘、关、张三结义，结拜金兰。李隆基遂把太子重俊谋杀武三思等宫中内幕，向他们二人详为透露。并预言韦后已淫荡成性，欲壑难平；中宗懦怯无能，只知嬉戏，不知治国，除去武三思，还可能会有“文三思”出现，社稷有危，天下堪忧！

他们三人互相砥砺，确定从地处中原的潞、定、许三州自身做起，修水利，治农桑，兴学校，倡风化，除暴安良。两年以来，颇有起色，传至长安，毁誉不一。有认为李隆基欲树私恩，居心叵测的；有说李隆基才略卓著，堪为大任的……

恰遇这时宰相宗楚客和其弟宗晋卿野心勃勃，私通韦后，揽权纳贿，卖官鬻爵，不论市井无赖，纳钱三十万，即可得官。一则中饱私囊，二则收买党羽，图谋不轨。且他先时因贪污受女皇贬谪，一股怨气，欲向太平公主发泄报复，遂限制其子薛崇简的兵权。

太平公主顿起杀机，欲协同相王肃清君侧。无奈相王过于恬淡仁柔，其五子只有李隆基英俊有才略，余下四人皆系中庸之辈。所以她写封密札，约李隆基通谋。

李隆基见信，详加思谋：一则韦后勾结宗楚客图谋不轨，早在预料之中；二则太平公主原先嫉己，排出京师，如今化仇为友，约为同谋，只怕是权宜之计和借刀杀人；三则藩王在外，不经奉旨，不得回京。于是想出一计，让好友定州郎芨和许州燕钦融代己赴京，拜会太平公主，研究对策。

太平公主把韦后和宗楚客的罪状，加枝添叶向郎岌和燕钦融详为介绍，唆使他们上疏中宗。郎岌有些张飞性格，立草数纸，直奔承天门呈递。值门丞全是宗楚客的心腹，很快传到他的手中，拆阅不到一半，即令侍卫把郎岌拘押，然后去奏报韦后，连夜矫旨杖死，掩埋荒郊。

燕钦融见郎岌一去三天未归，心知凶多吉少，心生一计，于次日早朝时，诣阙告变，佯称李隆基谋反，此乃大逆，臣下不得问，必须面圣。宗楚客不知是计，且是密告政敌相王之子，欣喜异常，立即引他到太极殿御案前。

但见燕钦融叩拜毕，对告变之事，只字不提，却从从容容掏出十张状纸，上面密密麻麻，详列了宗楚客、韦后和安乐公主的罪状。

中宗览毕，心乱如麻，既震惊，又气愤；既悔恨，又钦佩。震惊的是宗楚客和韦后的罪行昭著；气愤的是宗楚客和韦后毒于蛇蝎；悔恨的是自己太麻痹，不知杜渐防微，已养痈为患；钦佩的是燕钦融以一个七品的小官，竟敢上殿当面指控皇后和宰相。他沉思片刻，灵机一动，决定要借燕钦融之口，敲一敲这帮狐群狗党：“燕钦融，你说皇后淫乱，勾结宰相宗楚客揽权纳贿，挟天子以令诸侯，有何证据？若其不实，可要反遭灭族的！”

燕钦融赴京前已安排家眷备了棺材，置生死于度外，所以态度非常沉着冷静，侃侃奏道：“皇后先时私通武三思，迫使太子铤而走险……”

中宗对皇后私通武三思是默认并同情的，所以不愿燕钦融再提起：“过去的事莫提了，只说如今吧！”

燕钦融道：“宰相宗楚客有何德能？他本是武则天圣后从姊之子，只因赃奸严重，贬至岭南。而韦后却把他捧上了天，其原因有三：一是他身材魁梧，七尺有余；二是他貌俊髯美，人称‘美髯公’；三是他心毒手狠，臭味相投，狼狈为奸，图谋社稷……”

宗楚客听至此，暴跳如雷，窜上前去拉着燕钦融的衣领大吼道：“他是个疯子，一派胡言乱语，上辱皇后，下诬大臣，诽谤朝政，罪大恶极，应处极刑！”

韦后连忙喝道：“快扑杀此贼！”

中宗向宗楚客和韦后扫了一眼，“应让他把话说完，若其不实，再杀他不迟。”宗楚客无奈，只好退下。

燕钦融继续道：“韦后私通宗楚客，他们互赠有信物——韦后赠他一绺秀发，他赠韦后一束美髯，外人称他们为‘须发夫妻’。韦后还私通御厨杨均和御医马秦客，宫中不避，路人皆知。曾传有一首《回波词》：‘回波尔如栲栳，怕溲却是大好。外头只有裴谈，内面无过李老。’其中李老，即暗指皇帝陛下。”

“人怕输理，狗怕夹尾”，韦后虽然羞容满面，但全是事实，且一时气极败坏，找不出合适的词来，只好暂且忍耐。

燕钦融继续道：“宗楚客、韦后和安乐公主竞相卖官，不论市井无赖，只要出钱三十万，皆可得官，外面称为‘斜封官’。如今已有三千多名，外面嘲笑宰相、御史和员外为‘三无坐处’，实为不雅！此乃有唐以来，滥官空前，绝无仅有。陛下若不独揽朝政，整饬弊端，则必蚀国害民，有危社稷！”

事实俱在，韦后和宗楚客无言以对。

燕饮融又道：“宗楚客尤其野心包天，曾曰‘吾始在卑位，尤爱宰相；及居之，又思帝位，听政一日足矣！’他早就有谋篡之心。”

宗楚客被揭到痛处，举起牙笏照燕饮融脸颊劈去，刹那血流满面。燕饮融怒道：“贼子在陛下面前，竟敢如此无礼，背后所为就可想而知！”

宗楚客忽然闻到有股酒气，似乎捞到一把救命稻草：“我只当他是个疯子胡言，却原来是个醉鬼乱语！”

燕饮融道：“我身入虎穴，虽然置生死于度外，曾在家中备好了棺材，但只恐一人难敌众口，所以事前喝了些酒，以提神壮胆。可是我丝毫不醉，谏言条理分明，指控证据确凿——请看宰相的右腮下，正好短下去一绺胡须，岂不是给韦后作了信物的铁证么？”

宗楚客恼羞成怒，气急败坏，又举起牙笏要打。中宗实在气愤不过，瞪宗楚客一眼，拍案而起，厉声喝道：“放肆！按照朝规臣宰受劾，应该退到殿下，立于廊庑，俯首躬听；你不但破例不退，还在朕躬面前张牙舞爪，行凶报复，放肆如此，成何体统？背后所为，还堪设想么？燕钦融所言，若其有诬，可当面对质，若其属实，就当俯首认罪，洗心革面，争取宽刑才是！”中宗虽然气得失态，须发皆立，音颤手抖，但他所言，还是留有余地的。他觉得燕钦融所言，句句属实，无一不真，否则一个七品小官怎敢冒死入谏哩？而且对宗楚客和韦后的所为，也早有些发觉，只是缺乏实据。今天算是彻底看透了他们的狼心狗肺，不但是一对狗男女，而且是阴谋篡位的野心家。必须采取紧急措施，斩草除根！但已冰冻三尺，宗韦 的爪牙满朝，尾大不掉，必须谨慎从事，以免打草惊蛇。于是向燕钦融道：“汝言真假莫辨，容朕详查，如有一句不实，定加严惩。速回许州待罪！”这既给宗韦留点脸面，有台阶可下，也暗示燕钦融快逃脱虎口，以免受害。岂料宗楚客从中宗的表情上已预感到大祸临头，对燕钦融恨入骨髓，且早已飞扬跋扈惯了的，对于卿相都不放在眼里，岂能容得一个小小的参军，立即尾随燕钦融至太极门，命卫士把他捆了，用乱杖猛击，刹那喊叫连天，脑浆崩裂而死。惨不忍闻！

当时中宗韦后已经回宫，刚退朝走下丹墀，遂闻声赶去。中宗见状，气不可遏训斥宗楚客道：“卿在光天化日之下，矫旨杀人，成何体统？你目中莫只有皇后，没有朕了么？你背后所为还堪设想么？”

宗楚客头一次见中宗发怒，但有韦后为恃，毫无惧色。反问中宗：“事已至此，为之奈何？”

中宗更怒：“民为邦本，草菅人命，动摇众心，有危社稷。莫非卿唯恐天下不乱，欲趁火打劫么？本来早有密奏，指控你奸赃不法，居心叵测。朕隐忍已久，希你回心转意，收敛行迹，岂料你变本加厉，返其道而行，不予严惩，何平民愤……”

宗楚客看中宗那气势，欲宣敕罚罪，而皇帝口中无戏言，岂可吃此眼前亏？只有赔罪一条路，“扑通”一声跪下，叩头求情道：“臣一时糊涂，为了讨好皇后，做此尴尬事，后悔莫及。请陛下开恩，下不为例，定当立功赎罪，效忠陛下！”说完声泪俱下，连连叩头。

早有宗楚客的心腹报给韦后，她立即赶来，见宗楚客跪在地下痛哭，被侍卫们围观，实为不雅。且杀鸡给猴看，自己脸上也无光。立即把宗楚客拉起，威胁中宗道：“不就因为误伤一个谣言惑众的刁民燕钦融么？难道要为此杀个宰相给他抵命么？如欲杀宗楚客，请先杀臣妾是了！”双手叉腰，二目圆睁，逼视中宗。

宗楚客本来比韦后狡诈百倍，只因事出突然，紧张失措，不曾想出“误伤”一词。于是似同抓住一根救命稻草，连忙胡诌道：“只因燕钦融过大门时，昂首阔步，盛气凌人，不可一世，实在不雅，臣让侍卫用棍压他脖子，低下头来。不料他猛一抬头，碰在棍上，恰中要害身亡。实为误伤，赐金厚葬是了！”

中宗明知他是说谎，若再揭破，一则把他堵到绝处，怕他恼羞成怒，无理取闹；二则散布于外，将有民怨，不如顺阶而下，大事化小，掩饰而过。于是双关而含糊地道：“既然如 此，卿何不早言?”拂袖而下。

韦后领宗楚客去到西厢密室，询问经过。

宗楚客详述一遍，但隐去了他叩头求饶的狼狈情景。当然也添枝加叶，拨弄许多唇舌：“他骂臣狐假虎威，把我比做狐狸，把你比做母老虎。还说我淫乱宫廷，将为逆乱，把你我的私事，散布于广众之下。还说我眼中只有皇后，而没有皇帝，‘难道我奈何不了你么?’看那气势，他即要对你我下毒手了。且他从来没如此嚣张过，想他背后必定有人指使!”

韦后：“受谁指使呢?”

宗楚客：“除了太平公主还有谁！而且你我的私事许州参军燕钦融竟了如指掌，肯定也是太平公主唆使的!”

韦后：“太平公主又怎么勾结燕钦融的呢?”

宗楚客：“李隆基任潞州别驾，和许州紧邻，只怕太平公主是通过他牵线搭桥。”

韦后：“你言之有理，宜速遣使到潞州观察李隆基的作为。”

宗楚客：“我以为李隆基那边暂且不忙，现在燃眉之急是，恐怕皇上要对你我下手。否则他一向惧怕皇后，岂敢出此恶言？应先下手为强，庶免遭殃为好！”

韦后很以为是，点头赞成。

欲知他们下场如何，且听下回分解。

第二十五回

中宗泄愤丧命毒饵
韦后临朝淫威天下

韦后一向对宗楚客的机敏善断十分佩服，对他的分析卓见十分赞成。遂携他回寝宫百福殿中，一面传备午膳，一面遣心腹传告男宠杨均、马秦客和叶静能，以及安乐公主和驸马武延秀，于晚间酉时来会。

宗楚客早有成竹在胸，为了给韦后开心鼓气，午膳中极尽畅饮调情之能事，直至日夕方酒酣携入内室，昏昏睡去。

三更时分，众人陆续到齐，始把他们二人唤起。

室小人多，拥挤不堪。韦后坐在安乐公主和武延秀之间的床沿上。宗楚客和杨均分坐小桌旁，马秦客和叶静能站立于门后。韦后说明欲马上举事之后，个个精神抖擞，兴奋异常。他们都是韦后的心腹，都愿韦后登基，趁机沾光。

韦后提出谋篡的方案：一是逼退，二是毒杀。

宗楚客先发表己见："逼退似斩草未除根，不久还可发芽，后患无穷！毒杀既可泯灭无迹，且佯称暴病身亡，不会惹起民怨。"

众人交口赞成。只有安乐公主还多少有点父女之情，不太忍心，提出异议："逼退之后，囚禁冷宫，与外面隔离，由侍卫把守，他岂能飞了不成？"

武延秀驳道："一则侍卫是否完全可靠？二则相王旦和太平公主，出于同胞之情和野心的需要，也可能设法搭救；三也可能会有侠客出于义气，飞檐窃狱。若万一得逞，不但我们前功尽弃，而且都有灭族之灾！"众人立即叹服。

韦后自从私通武三思之后，对中宗就已厌为欲呕，弃如敝屣，毫无感情。在民间“通奸夫害本夫者”历来不鲜见，更何况是皇后。且眼下的五个男人，都是她的奸夫，一个赛一个聪智，一个赛一个英俊，留此老厌物，如鲠在喉，实在不便，于是毅然决定：“杨均速找来毒药，明天早上交由马秦客掺入人参汤中。宗楚客速做调兵准备。”宣布以后，分头行动。

韦后留叶静能陪宿于密室中，遣安乐公主和武驸马到自己宫中安寝。

韦后由于心情激动，毫无睡意，和叶静能欢乐一番，精神愈增，便考虑起毒死中宗之后的事来：先调兵遣将，然后再宣布遗诏发丧。但遗诏应如何写呢？因伪称暴病而亡，是不可能长篇大论的，只能是简短的口嘱。既是口嘱，就须有几个人作证。都找谁呢？全是亲信，只怕别人不信。若找外人，又怕失密，这还是个难题呢……唉，反正是假戏真做，伪装得再好，也会有破绽，谁也无法把假的弄成真的，而把真的当成假的。干脆就不找外人作证了，他们爱信不信，我掌了大权，岂奈我何？但遗诏该如何写呢？我是太后临朝呢，还是直接登基？武则天才略非凡，又通文墨经史，她还是分两步走呢，我自愧不如，岂敢一步登天！也只好暂以太后临朝为妥。

次日巳时，中宗正在上朝，安乐公主飞奔而至，连呼带喘地道：“父皇，不好了，我母后夜间得了邪症，一会儿哭，一会儿闹，不吃不喝，跪在床上胡说乱道，说什么‘皇帝陛下，为妾不贤惠，给你增许多烦恼，妾如今要归天去了，请僧侣给我祈祷，免下地狱，保佑陛下和安乐公主永享荣华富贵……’方才自床上摔到地下，昏迷不醒，请父皇速速回宫。”

宗楚客立即帮衬道：“常言说‘死之将至，其心必善’，是很有道理的。看来皇后必是疾病不轻，请陛下赶快启驾回宫是了。”

中宗早对韦后淫乱擅权心怀不满，且又无可奈何，恨不得她早死了才好。但为了不使家丑外扬，蒙蔽群臣，装作很关心的样子，道了声“散朝”，匆匆忙忙地跟着安乐公主回寝宫去了。

中宗边走边想，待韦后死后，可册立上官婉儿为皇后。她既通文墨，又温良恭顺，还无家族，似无根之木，便于驾驭，可谓最理想的内助。当然她已徐娘半老，是为美中不足，但后宫中的妙龄美女随时可得……

安乐公主也在盘算后事，梦寐以求的“皇太女”马上即可到手。但肯定是先由母后临朝的，她若像武则天一样当起女皇帝来，活到八十二岁，还有三十多年呢！希望她能够少当几年，提前禅位给我。我既可巩固和武延秀的恩爱关系，也可以再纳些妙龄的男宠……

两个人都在畅想美梦，不知不觉走错了路径，被宫娥唤转过来。

当他俩进入寝宫时，韦后佯为气绝的样儿，微微呻吟，似是奄奄一息，驸马右卫将军武延秀陪侍一旁。

中宗上前摸脉搏道："脉搏浮而急，似是经受什么刺激，速去煎些参汤来，顷刻就会好的。"

她听了中宗的话，心中好笑："我受什么刺激呢？是欲毒害你，事到临头，心情十分紧张。怕看见你临死的惨状，大概要喊叫的。又怕害死你之后，朝中骚动，有人怀疑，有人不听指使，或者有人趁机作乱！你这头笨猪，死在眼前尚不自知。似你这般窝囊，若稍微自觉点，早该死去，活着讨人厌恶，有何意思。你不自觉，只得我费点手段了。"

御厨杨均早已备好参汤的"佐料"，刹那而就，一起端上来两碗。将一碗递给安乐公主，另一碗双手捧起对着中宗躬身道："陛下连日操劳，面容憔悴，故奴多做一碗，侍奉陛下！"

中宗早朝前很少进食，正有些饥意，很高兴地接了过来。未待安乐公主喂给韦后，他已一饮而尽。不料参汤刚刚落肚，便腹如刀绞，扑通倒在地下翻滚，口吐鲜血哭骂不绝："你、你、你……你们母女好狠心哪！我、我、我、我要到阎王殿上去告你们！"

韦后也难免有点负疚，走下床来，喃喃地道："不是为妾心狠，是你要唆使燕钦融谋害为妾。"

中宗有气无力地道："你、你、你、你血口喷人！"

韦后反唇相讥："你才血口喷人哩，看你满嘴的血！"

中宗气急败坏地用尽生平之力，憋一口血照韦后吐去："呸！"喷到韦后的裙子上。

韦后恼羞成怒，照中宗腹部连踹三脚："快死去吧！"

中宗痛不欲生，呻吟道："好，好，好，快踩死我吧！"

韦后想起他包庇燕钦融和吐在她裙上的一口血，愤恨难平，他愈要快死，愈不让他快死，叫他多受会儿罪，慢慢死去。

中宗实在疼痛难忍，要求安乐公主："你快、快、快、快拿刀把我杀了吧！"

安乐公主看着中宗痛苦的模样，落下泪来，以目示意，征求韦后的意见。

韦后恶狠狠地道："不能心软，咱母女差一点没死在他的手里。"

中宗实在忍受不住了，转向杨均和武延秀："快拿刀把我杀了吧，……我，我死了不告你们行吗？"说完连连点头，以示哀求。

韦后看着那惨状，也多少有点恻隐之心，不忍观看，命令安乐公主和杨均："走，咱到外室去，不理他！"四人去后把门掩上。

中宗只想速死，求外力已经绝望，拼命翻滚碰撞，一连翻了一百多滚才逐渐衰竭死去。

韦后在外室细听，没了动静，推门进来，见中宗已经死去，只是二目未瞑，知他是怀恨自己，伸手猛捏狠掐，方才合上。然后让杨均把尸体暂停放旮旯里，密不发丧。

韦后立即传来从兄礼部尚书韦温、驸马都尉武延秀、男宠杨均和马秦客，前来密议善后。他们都是一批庸才，谁也未经办过皇帝大丧，对于谋杀皇帝的大丧，更是闻所未闻，议来议去，都束手无策，毫无主张。

较机灵的马秦客心生一计："传上官昭容来定策可好？"

韦后："那贱婢是有些谋略，但不太可靠，必须隐去真情，佯称皇上是暴疾猝死。尤其是对太平公主、相王旦及其他外人，应严加保密！"

众人齐应称："是！"

欲知上官昭容有何谋略，怎样处置，以及能否保密，且听下回分解。

第二十六回

假遗诏越改越丑
真漏洞愈揭愈深

太平公主的心腹满朝野，中宗驾崩虽然密不发表，当天傍晚她就得到确报，立即入宫去探听底细。

韦后虽然在中宗皇帝面前威猛如虎，而怕太平公主却似鼠见猫。但丑媳妇难免见公婆，只有硬起头皮笑脸相迎。

太平公主神色严肃："我有要事，谒见兄皇！"

韦后嗫嚅道："他今日暴疾而亡……因无遗诏，我正准备请公主和相王来善后，所以尚未敢发丧，以免引起朝中不安。"

太平公主猜知兄皇命丧无常，为了敲击韦后，厉颜厉色问道："兄皇身患何病，停尸何处？"

韦后心虚，更加嗫喘："他、他……不，我素有昏厥之症，昨日发作，下朝回来，前来探视。恰有抢救我的参汤，剩下半碗，他因空腹早朝，肚内正饥，顺便喝了。哪知他回到神龙殿中，不多时就命归西天。据御医马秦客称，皇上素有疝症，常服五灵脂，行血化瘀。而五灵脂是和人参相反的两味药物。他先前曾多次告诉过皇上，不巧皇上给忘了，就发生此事故。且御医马秦客当时不在跟前，我们又都不知道。"

韦后这派胡言，分明是"此地无银三百两"的伎俩，事情为何这么巧？太平公主推断，一则昨天宗楚客杖杀燕钦融，中宗动怒，引起了他们的警惕，先下手为强；二则她隐去了安乐公主上殿请中宗探视韦后的情节，这原本是她们下的圈套；三则人参和五灵脂二药相反，能否置人于死地，可用此药喂狗试验一番，即能揭穿；四则兄皇事前是否服过五灵脂药物，也可调查出来。但人已归天，无可挽回——即使挽回，如此窝囊的皇帝于家国何益，终将被害。所以当前急需操办的是迅速善后，趁机揽权，然后揭出韦后的罪证，殄灭其奸党，这样既顺天应人，又师出有名，无疑是韦后给她自己掘好了坟墓。她于是以讥讽的口吻道："事情就这么巧?"

韦后无可反驳："请到神龙殿一看便知。"

太平公主旁敲侧击道："表面上能看出什么破绽?"她不屑一顾，立即切入正题："国家不可一日无君，快传上官昭容来写遗诏，以宣告天下。"

韦后："我已嘱托上官昭容草诏去了。"

正说之间，上官昭容带两名宫女进来，未待坐下，太平公主就问道："遗诏可曾写好?"

上官昭容："草诏已就，只是有个问题要请皇后和镇国太平公主定夺。即立温王重茂为皇太子，由韦皇太后训政和相王辅政，不知可否?"

上官昭容入宫三十多年，对宫廷多变深有体会，且她聪敏异常，善于投机，在夹缝中闯过了多次艰险。如今她又审时度势，觉得韦后现虽行势，但才疏学浅，只知窃权，不会收买民心，又非正统，违天不祥，似坐火山口上，危在旦夕。所以她采用了脚踩两只船的手段，既让韦后训政，又使相王旦辅政，两面讨好。

太平公主听后，觉得上官昭容的确善于遣词。"训政"和"辅政"很为恰当，无从挑剔，但对"立温王重茂为皇太子"提出了异议："只有太子没有皇帝，仍是国家无君，怎么能行?兄皇也绝不会出此遗诏，岂非画虎不成，反类其犬了?"

这本是韦后的拙计，因温王重茂非自己亲生，乃后宫庶出，所以不欲他称帝，唆使上官昭容如此办理。现经太平公主一驳，韦后无言可对。而且她觉得温王现只十六岁，即使让他即皇帝位，也无关宏旨。于是连忙寻台阶让步，并推卸责任道："昭容内掌诏令已久，怎么对此不懂?速改之好了!"

上官昭容也善于应变："因皇帝即位须选择吉日，立温王为太子只是暂时过渡些时。"

太平公主对此关键问题加以纠正后，急于去相王府商议对策，连忙措辞告别："因兄皇乍然归天，我速回府购备祭品，前去吊丧。"匆匆离去。

太平公主跟相王报过中宗暴亡的噩耗，立即提出自己的意见：

其一，兄皇恰在燕钦融事件后而死，肯定是命丧毒手。

其二，我们李家江山是太宗和高祖皇帝南征北战打下的，决不能被韦氏寒门小族夺去。

其三，母后篡唐立周时，李唐宗室杀之殆尽。如今让你辅政，定是权宜之计，他们必定斩草除根，清灭你我。

其四，宫廷政变，历来如是，胜者为王，先下手为强。

其五，速把你三子李隆基从潞州召回，击杀韦后及其奸党。

其六，急速查出兄皇被害真情，我们才可师出有名，旗开得胜。

相王旦既不贪权，又无主张，一心逍遥混日子。如今是"树欲静而风不止"，逍遥不得，对太平公主的意见丝毫提不出异议，点头完全照办。

太平公主出宫后，韦后立即传中书令宗楚客来研究下步谋略。

宗楚客听韦后述罢太平公主的意见和表情，立即提出异议："绝对不能让相王辅政，否则我们将家无遗类了！"

韦后："这是上官昭容起草，经过老皇姑议定的，她可不是省油的灯，岂可改得。"

宗楚客："必须得改！"

韦后："怎么改法？"

宗楚客："第一，以'叔嫂不能通问'为由，免去'相王辅政'；第二，加封相王为太子太师，空有荣誉，而无实权，明升实降；第三，皇太后'训政'应改为'临朝听政'；第四，明日早朝当众宣布遗诏，生米做成熟饭。因太平公主参与伪造遗诏，她定不敢揭露遗诏的篡改，只有苦忍了；第五，老皇姑精明过人，对先帝猝死，岂肯信得，很可能借机发难，应速监视其行动，暗围其府。"

韦后很以为是，完全照办。

次日韦后召诸宰相韦安石、韦巨源、韦温、肖至忠、岑羲、崔湜、宗楚客、纪处纳、李峤、韦嗣立、唐休璟、苏环、太平公主及相王旦等十九人入宫中宣布中宗暴崩，及其拟就的伪遗诏。未及念毕，太平公主便暴跳起来吼道："本公主昨日曾目睹遗诏，内有'相王辅政'一语，今何无耶？原为'太后训政'，今何成了'太后临朝听政'？"

疾恶如仇的尚书右仆射苏环，未待公主说完，便插言道："遗诏是先帝意愿，岂可更改耶?"

韦后从兄、礼部尚书韦温大怒，二目圆睁，冷对太平公主和苏环，拍案而起，欲以势压人，宣布退朝。宗楚客诡计多端，连忙圆场道："先帝摔死，神志昏迷，语言不清，遗诏难免有失当之处。若命相王辅政，置太后与相王'叔嫂不通问'之地，于理不合，难为仪注。"他喘一口气，扫苏环一眼，继续道："按常规遗诏是不可改，但于此特殊情况，不得不改。"又扫太平公主一眼，旁敲侧击道："往昔不但有篡改遗诏者，甚至因皇上猝死，未有遗诏，而其奸党合谋伪造遗诏者亦不乏其人!"

太平公主心直口快，向来得理不饶人，没理强三分，谅宗楚客和韦党也不敢披露中宗的"遗诏"是由她参与伪造的，于是声色俱厉，追逼反击道："不知宗尚书此言是含沙射影指韦后，抑或'欲盖弥彰'? 莫非中宗的遗诏是你们合谋伪造的么?"

宗楚客搬石头砸了自己，哑口无言，他们一帮人都面面相觑，恨宗楚客失言，于是冷起场来，尴尬莫名。还是老奸巨猾的韦巨源醒悟较快，示意韦太后宣谕退朝。

这次朝会不欢而散，不但使人们感觉到遗诏不可靠，而且更对中宗暴病而崩，起了疑团。

韦太后及其奸党，预感到中宗猝死的真相可能很快暴露，将惹起民怨，大祸临头。待太平公主的心腹去后，立即传唤韦党，商议紧急措施。命韦温总领内外兵马，征诸府兵十万屯亲城。又使驸马都尉韦捷(韦温侄，尚安成公主)及韦灌(韦后族弟，尚安定公主)，分领左右羽林军及飞骑营，严守宫廷禁地；长安令韦播(韦后族侄)及卫尉卿韦璿(韦后族弟)领兵五千巡行六街(东西和南北各三条主要街道)。又命内侍左监门大将军薛思简领兵三千，驰驿均州，以备庶子谯王重福反叛。

宗楚客本拟浑水摸鱼谋篡，忽见军权全被韦氏霸占，自己虽为中书令和兵部尚书，却被架空了，心中老大不快，于是奏道："常言说'过激则生变'，眼下天下变为韦家天下，太平公主和相王岂能甘心?"

韦后："贤卿意下如何?"

宗楚客："臣以为镇国太平公主有光复大唐之功，安国相王乃皇太弟，又一度登基，威望颇高，皆宜进迁加号。太平公主心腹崔湜、岑羲

璿

等，亦应加爵晋级，以从人望，收取民心。”

韦后然之：“卿言可嘉，赐爵秦国公，赏绢五百匹，钱千缗。”

岂知宗楚客是醉翁之意不在酒，因对韦党揽权怀恨而发泄不满，拿太平公主和相王相威胁，所以对此封赏根本不屑一顾。

仅只一个金銮宝座，欲夺之人竟有以韦后为首的安乐公主、驸马武延秀、宰相韦温和宗楚客帮派，以及以太平公主为首的相王李旦、临淄王李隆基和宋王李成器等十余人。而且不论哪派取胜，都还会发生内讧。历观前代，无不在外患和内乱的交替中曲折发展，似乎唐朝的骨肉相残最烈，上自唐太宗的弑兄屠弟，武则天的大杀宗室，直至韦后的害夫。且眼下还危机四伏，大有一触即发之势。“家贫出孝子，国难识忠臣”，似乎是有些道理的。

三日后，迁中宗梓宫于太极殿，集百官发丧。殇帝重茂即位，立妃陆氏为皇后，韦太后临朝摄政，大赦天下，改元唐隆。安国相王旦进迁太子太师，镇国太平公主加号大长镇国太平公主，雍王守礼(武则天长孙)为豳王，寿春王成器为宋王，韦温总知内外兵马。中书侍郎岑羲及吏部侍郎崔湜并同平章事，以从人望。

岂料刚宣效毕，太平公主却大嚷道：“殇帝年方十六，刚刚成婚，尚无太子，何须设太子太师?”

原来是伪造的遗诏，改来改去，发生了差错，露出了马脚。韦太后刹那怒容满面，瞪视上官昭容。上官昭容急中生智，立即宣改“相王旦进迁太子太师”为“安国相王旦进迁太尉(三公之一)”。在登基改朝大典中发生如此差错，实为不祥!

野心勃勃的中书令宗楚客，在谋害中宗的政变中，一则揽权不多，二则做贼心虚，时刻害怕相王旦和太平公主拨乱反正，时刻唆使韦太后革唐命，谋害殇帝，改国号。太常卿驸马都尉武延秀，韦太后男宠叶静能、杨均、马秦客及诸韦，也终日共劝其效法武则天女皇登基的故事。

韦氏奸党正在积极谋篡，忽闻相王第三子李隆基已从潞州携眷潜回京师，不知隐居何处，形迹可疑，因而又加速了行动。斯时双方都剑拔弩张，大有一触即发之势。

欲知险情，且听下回分解。

第二十七回

美人巧定连环计
医童动情泄天机

太平公主虽对中宗暴疾驾崩十分怀疑，但实情封锁极严，当场宫娥全部赐死，只有韦后家族和心腹们了解内幕，但谁也不肯泄露。

一天崔湜来府，太平公主忽生一计："你快到上官昭容那里去打听一番!"

崔湜有点迟疑，"我自从结好太皇太公主之后，就没有会过她，只怕她恨我入骨哩，岂肯给我泄露如此重大的机密?"

太平公主给他鼓气道："荡妇从来是忘不了姘夫的。你亲她一口，不但忘掉一切旧怨，而且为你死也会乐意的。"说罢连忙亲他一口，"在必要时，我也是可以为你而死的!"——在她痴情入迷的当儿，的确会有这个念头，并非虚夸。太平公主所言令崔湜顷刻飘飘然起来。他胆子壮了，勇气足了，便决定立即赶往学士府。

崔湜赶到学士府藏书楼，侍女春红正待砚让秋菊作画。崔湜上前搭讪，却不料遭到春红、秋菊二人讥讽奚落，不肯传报上官婉儿。崔湜无奈，只得苦苦哀求，声泪俱下……秋菊见他表情逼真，欣然应道："你在此稍等，待俺去来。"遂整容而往。

上官婉儿闻讯，虽猜知崔湜欲打听宫中秘密，但因旧情未尽，遂立即前来。

崔湜先飞了一个媚眼，祈求婉儿赏脸容情。婉儿刹那销魂，二人携手上楼，温存良久，方喃喃地问道："你今天一定有要事相求吧?"

崔湜撒娇地"扑哧"一笑："是的，但能容我先向你道歉吗?"

上官婉儿道："不用你道歉，我也知道是啥话头——太平公主狠毒，你不敢得罪她，所以不敢前来。但是你时刻惦记着我，度日如年，似坐针毡……"

崔湜不待她说完，就用一个长吻把她的嘴堵上了。既温柔，又热烈，又甜蜜，使上官婉儿忘掉一切，沉浸在如痴似迷的幸福中。

良久，崔湜方问道："你原谅我了吗？"

上官婉儿道："她逼你爱她，你回报她，我是可以原谅的，但是我不能原谅你的是，不该怕得那么厉害。"

崔湜分辩道："她既有权，又有势和才，连皇帝和皇后还怕她三分哩，更何况小侍郎我呀？且你我年貌相当，太皇太公主比我大十岁！"

上官婉儿道："常言说因爱生惧，是她先爱你，她怕你才合道理呢！"

实际上的确如此，若崔湜采取强硬态度，太平公主是一定怕他的。只因他为了趋炎附势，死心投靠，故意不见婉儿，以表示忠心。

崔湜理屈词穷，一边以色相媚谄婉儿，一边婉言巧辩："即使我不怕她，她也不会怕我的。年轻美貌，愿给她当男宠者大有人在。你想我既非皇亲，又非国戚，在朝中似无根之木，欲媚附她找个靠山，岂不也情有可原么？"说完递一个媚笑。

因为婉儿也极滥情，两人是半斤八两，自知理屈，便刹那原谅了他，转入正题："你今天是来打听皇帝暴疾的真情吧？"

崔湜笑道："然也！"

上官婉儿道："对不起，我同你知道的一般多。"

崔湜道："既然你以为我打听'暴疾的真情'，可见暴疾不是真情！而且我也没有告诉你我知道多少，你又怎能说'咱们俩知道的一般多'呢？"

上官婉儿道："因为我也对皇帝的暴疾有怀疑，既然咱们都有怀疑，那么'怀疑'和'怀疑'岂不是相等的么？"

崔湜道："近水楼台先得月，你住宫内，我住宫外，因而咱们的怀疑是不相等的。"边说边送她一个蜜吻，边吻边问："皇帝到底是怎么死的？"

上官婉儿答道："不知道，我真不知道！"

崔湜极尽温柔体贴之能事，婉儿亦报以无限的恩爱。但对所求之事，毫无收获。他想婉儿也确实不知，于是退一步询问道：“你对中宗暴疾而亡，也很怀疑，请问根据何在？”

上官婉儿道：“一则事出突然，那日皇帝正上朝，安乐公主扬言韦后有暴疾，立即离朝回宫。结果韦后健在，反而皇帝暴崩了；二则事出燕钦融被杀之后，皇帝跟韦后及宗楚客反目失和；三则韦后身旁有两个宫娥失踪。”

崔湜认为言之有理，忽生一计：“听说你和韦后男宠马秦客要好，通过他岂不会探到内情么？”

上官婉儿皱一下眉头道：“此等大事，只怕他也不肯说的！”

崔湜又吻她一下道：“人被情丝所迷，什么荒唐的事都会做出来的。且你比韦后年轻十岁，又多才多艺，他定会爱你嫌她的！”

上官婉儿忽然反应过来，反问道：“你今天对我如此温柔，莫非也是让我做荒唐的事儿么？”

崔湜“扑哧”一笑：“韦后弑夫谋篡，人神共嫉，能够成功么？若不早留退路，何能自全？你眼前有三条出路：一是助纣为虐；二是悬崖勒马；三是脚踩两只船。”

上官婉儿的确被打动了，审时度势，眼下韦后虽然权大势重，但不得民心，似火包纸中，一触即发；而相王旦以淳厚著称，人心所向，且有才略，又有太平公主相助，似可旗开得胜！所以她决定要留后路。于是道：“我愿一试，但成效如何，很难预卜！且我撰遗诏时，曾写有相王辅政，被宗楚客等强行删掉。请在太平公主面前，多为我美言才好！”

崔湜取得初步成效，喜形于色，忙道：“我的观音菩萨，我誓死给你效劳！”

当晚，上官婉儿遣侍女春红去传马秦客。因他是经上官婉儿荐枕于韦后的，十分感恩戴德，而且婉儿的姿容和艳情又远胜于韦后，所以他立即前来。

上官婉儿既阴沉满面，又含情脉脉，似冷似热。马秦客不知就里，岂敢造次？自寻座位，严阵以待。

上官婉儿似嗔非嗔地道：“你过河拆桥，好狠的心哪！”

马秦客连忙解释道：“昭容比韦后，既年轻又多才多艺，我何曾一时忘过你哩？只是一则韦后奇嫉，二则昭容不曾召唤，我岂敢鲁莽轻薄？”

上官婉儿道："韦后常喜新厌旧，她结纳叶静能之后，定对你有些冷落。只怕你是权势熏心，不肯低就我罢了！"

马秦客"扑通"跪倒地下，指天发誓道："我若恩将仇报，欺骗昭容，有一言不实，定不得好死，碎尸如泥！"

上官昭容见是火候，顺势亲他一口："我同韦后相比，谁好？"

马秦客边喘边道："昭容在天，韦后在地。"

上官婉儿又道："你在何处？"

马秦客道："我在床上，铺地盖天。"

上官婉儿道："天要塌，地要陷，为之奈何？"

马秦客道："我要同归于尽。"

上官婉儿道："不对，地有十八层，天有九重，你当飞到九重天上去。"

马秦客道："小生不灵，请昭容指点！"

上官婉儿道："皇帝暴崩，民怨沸腾，万一不测，何以自全？似韦后年过半百，死而无憾；而你妙龄如仙，实在可惜！"

马秦客做贼心虚："我受胁迫而为，何罪之有？"

上官婉儿道："人命关天，何况是皇帝？"

马秦客道："米已成饭，为之奈何？"

上官婉儿道："讳疾忌医，后悔莫及！狡兔三窟，反戈一击！"

马秦客天真幼稚，易感情冲动，当即坦白道："事出韦后的主意，我买的药，杨均烹调的参汤，安乐公主主持而成！"

上官婉儿道："似你这般买药杀人，若不自首，死有余辜！"

马秦客感激涕零："蒙昭容娘娘活命，死当结草衔环！"

上官婉儿道："此生尚吉凶难保，岂能管得来生？只希望你能数日会我一次，则愿足矣！"

马秦客激动地道："蒙娘娘盛情，当舍命奉陪。"说毕倍加温存……

崔湜获得中宗被害真情之后，同太平公主议定，立即暗中散布，煽动民心，以求一逞。

崔湜和兵部侍郎崔日用亲密，首先在万骑营中煽动："皇帝死于非命，天下将乱……"

此等机密，最引人注意，散布极快，数日之间，满城风雨。

长安令韦播，对安定民心，义不容辞，首先从万骑营中开刀立威，捉拿两个私议此事的士兵，吊在树上毒打，罪名是谤毁朝政，蛊惑军心，借以杀一儆百。

怎奈欲盖弥彰，适得其反，烈火愈烧愈旺，刹那万民皆怨。

临淄王李隆基在潞州接到太平公主的密书，得知中宗暴崩，死因不明等情，立即携两个贴身侍役王毛仲和李守德起身回京。

王毛仲系高丽人，因父坐罪，没为宫奴。其人聪明勇敢，深获临淄王好感，用为侍从。李守德矫健善射，系李隆基在潞州以五万钱所买，视为左膀右臂，寸步不离。

他们日夜兼程，三天到京。时值黄昏，恐发生意外，不敢回府，溜至崔涤府中。李隆基与崔涤二人相见，乐以忘忧，搂着脖颈，不胜哽咽。

良久，临淄王方抚着崔涤的脸庞道："小弟似乎瘦了！"

崔涤道："朝中多难，殿下又远在外任，吉凶莫测，焉能不瘦？"

临淄王道："我也很挂念你呢，每个月都要梦见你几次。"

崔涤道："我也时常梦见殿下。"

临淄王道："我走后，太平公主唤过你么？"

崔涤道："不但唤过，还把她女儿武艳嫁我为妻。"

临淄王道："你同武艳感情如何？以后我再给你寻个聪俊的公主好吗？"

崔涤道："任凭殿下！"说完含羞一笑，酒窝双生，十分迷人。临淄王不禁用手指在他酒窝上点了一下，这才问起朝中大事："皇帝是什么暴疾驾崩的？"

崔涤道："因为许州司兵参军燕钦融参了韦后的本章，被宗楚客矫旨杖杀于殿庭。皇帝震怒，引起韦后疑惧，下毒参汤中，皇帝惨遭杀害。"

临淄王早有预料，所以并不感到震惊，遂问道："难道朝中没有骚动么？"

崔涤道："因兵权都掌握在韦温、韦播、韦捷、韦灌等人手中，朝臣都敢怒而不敢言。且韦后软硬兼施，加封相王、太平公主和吾兄崔湜，希求侥幸！"

临淄王听罢，拍案而起："真乃欺人太甚！难道我们李家的江山，就轻而易举被韦氏夺去了么？"

崔涤道："但中宗已养痈为患，死于非命，眼下收之亦难，须小心从事！”

临淄王道：“是，可速把太平公主请来！”

崔涤道：“今夜已晚，待明日好吗?”

临淄王道：“趁敌人阵脚未稳，宜火速行动！”

崔涤一边遣人去请太平公主，一边备酒肴为临淄王洗尘。

太平公主闻讯，立即乘轿赶来，为了显示自己灭韦的高见，不待他人启齿就侃侃而谈：“天不厌唐，人心所向，母后易唐为周，一十五年，犹重立大唐。韦后不学无术，欲夺我李家江山，螳臂当车，太不自量！且弑君淫妇，人神共嫉，万骑营士兵皆怒，义旗一举，定可得胜！只是我乃女流，不便从中鼓动。且汝父过于仁柔，汝兄等亦懦弱无成，唯你英俊多谋，善结豪杰，特发密书，唤你回来，可火速行动！”

临淄王早就考虑着灭韦振唐的大业，所以立即决定联络万骑营中正义之士举事，于是道：“表弟薛崇简和崇训现任何职?”

太平公主道：“皆名为羽林将军，而薛崇训只监守无关紧要的玄德门。”

临淄王道：“使其为内应，则正好避重就轻，出其不意。”

太平公主问：“不知你打算如何行动?”

临淄王道：“内苑总监钟绍京，爱好书画，和我志趣相投，交情较深。我想隐居苑中，既僻静，又便于召集英豪义士，商讨谋略。”

太平公主道：“你都联络何人呀?”

临淄王道：“阆中尉刘幽求应制举，才学兼优，授阆中尉，因刺史失礼，弃官而归，现闲居京师。他先前曾对醒彦范和敬晖曰‘只诛张昌宗兄弟，而不杀武三思，汝辈将无葬身之所矣！若不早图，恐噬脐莫及’。结果恰如所言，可见他很有远见。我先把他唤来，再商定联络人员。”

太平公主认为有理：“你悄然归来，崔府人杂极易泄密，马上到内苑去吧！”

临淄王用似委屈似抱怨的口吻道：“我千里迢迢，星夜赶回，还没用晚膳呢！”

太平公主毫无愧色，立即命令似地向崔涤道：“快备膳呀！”

崔涤道：“早已备好。方才你们一直交谈，故未敢打扰。”

刹那酒肴上齐，三人围桌而坐。

崔涤道："一桌薄酒淡饭，比起宫中实为寒酸，请公主和亲王殿下聊为果腹，多为包涵是幸！"

实际上虽难比宫中，但山珍海味荤素俱全，也堪称是美酒佳肴了。且太平公主已享尽了人间的荣华宝贵，吃腻了珍馐佳酿，所以她立即爽快地答道："我已吃腻了荤腥，正想吃些粗淡的酒食哩！"因为她过于兴奋，劝酒就饮，敬肴就食，边吃边赞，狼吞虎咽，似乎真是香甜可口无比。太平公主不但乐以忘形，连饥饱也不知道了，只吃得连连打嗝，才放下碗筷。

崔湜忽然闯了进来，对太平公主道："兵部侍郎崔日用，方才遣宝昌寺和尚普润告密：宗楚客妄言图谶，韦氏宜革唐命。定于中宗下葬之日谋害殇帝、相王、太平公主和临淄王，请速应变。"

这崔日用系应举人仕，才学兼优，被宗楚客收买利用，而他善投机取巧，恐祸及己，提前反戈抽身。因他和崔湜同在兵部，又知崔湜和太平公主有私，故请他转告。

临淄王忽闻此变，咬牙切齿："韦氏小儿，欺人太甚！我们大唐将相辈出，武功文治，威震四海。武太后窃据一十五年，仍然完璧归赵。这几个跳梁小丑，妄想变天，太不自量！定杀他个鸡犬不留！"

太平公主正欲支他离去，趁机道："事已燃眉，你快到苑中召集人马去吧！"

临淄王心想太平公主可能是欲赶快和崔涤调情。但也无可如何，只好悻悻离去。

欲知太平公主和崔涤谈论何事，且听下回分解。

第二十八回

许氏为夫排险事
公主助子揽重任

其实太平公主自纳崔涤为婿之后，迫于习俗，早已克制住自己，再无邪念，只同崔涤谈些美好的前程。“韦后……”她本想说“韦后淫荡成性”，忽然意识到自己也较风流，由此言不妥，连忙打住改口道：“韦后缺才少德，妄想当国，竟不择手段，毒害亲夫皇帝，人神共嫉，必定惨败！当今天下皆寄希望于相王，而相王仁柔无能，才德都在吾下，必依赖我辅佐，也许会由我摄政。到得那时，我保你升官发财！”说毕望望崔涤，见他表情木然，叹了一声，接续道：“老天实在不公，男的再笨，也可当继位人；女的再有才，也继统无份！我若是男的，不用争夺，相王旦也会主动让位与我的！”

崔涤对她的感慨，也有同感，但如此根深蒂固的传统，岂可奈何？只好点点头，递她一个爱莫能助的眼色，算是表示同情——这也是太平公主难得获他好感的一次，心里受到无限的安慰。

临淄王携王毛仲来到御苑，时至夜半，园门已锁，跳下马背，翻墙而过。所幸屋内灯火闪烁，尚有人声，他身贴窗前窃听，原来是钟绍京的好友万骑营的校尉陈玄礼在同他密谈：“万骑营中哄传中宗是被韦后暗害。弑君淫妇，毒于蛇枭，岂可保哩？”

钟绍京道：“中宗四子，已亡两名，三子贬谪于外，幼子年方十六，谁能和韦后匹敌？”

陈玄礼道：“相王颇有人望，只是过于仁柔。他若有太平公主的才略，可称一代英主！”

钟绍京忽然灵机一动："相王三子李隆基英俊多才，若能揭竿而起，定可力挽狂澜，只可惜他不在京中……"

常言说"掏钱难买背后言"，是很有道理的。临淄王听到此处，兴奋异常，连忙敲门。

陈玄礼和钟绍京吓得慌作一团，怀疑有人跟梢窃听，不知所措。临淄王听着屋里脚步杂乱，连忙放声道："是李隆基我来了！"

钟绍京似乎有些不相信自己的耳朵，连忙追问道："你是谁？"

临淄王答道："我是临淄王李隆基！"

钟绍京听出了确是李隆基的声音，急步上前把门拉开："这真是说到曹操，曹操就到！"

临淄王道："二位仁兄的谈话，我都听见了，真是天助我也！"

说毕向他俩一揖。

钟绍京道："知己相见，何必客气。"把他让入上座，"殿下何时回京的？"

临淄王道："刚到京两个时辰。为了保密，家都未进。因贵府比较僻静，拟落脚于此，联络英豪，以清妖孽，不知尊意如何？"

陈玄礼帮衬道："拨乱反正，必有神助。"

钟绍京心想方才刚谈到临淄王，他就忽然来到，真是有天神相助。但是万一失败了，必有灭族之灾，所以有点犹豫不决。

陈玄礼又道："事成之后，此乃发祥之地，功莫大焉！定爵赏不次！"

钟绍京这才下定决心："愿效忠殿下，任凭驱使！"

临淄王心情激奋，又是一揖。本来他们平时交情较深，是用不着如此多礼的，只因事关重大，非同小可，遂道："事成之后，当拜仁兄为相，万一失败，吾则一身担当，为汝开脱——系我强迫入苑。"

钟绍京也受了感动，侃侃回道："'士可为知己者死'，殿下放心是了。"

临淄王道："我星夜回京，已三夜未睡，十分疲劳，待明天再计议是了。"陈玄礼连忙告辞。钟绍京给他们安排歇息之后，也回内室就寝去了。

他的妻子许氏，是高丽人，罪人之后，十分胆小怕事，方才在帘后窃听了一切，不禁胆战心惊。当钟绍京回房，立即大吵大闹："你领进来了一个瘟神，要把咱家老幼十八口都送到鬼门关去！你个老而不死的，也该死了，难道让孙男甥女，都给你陪葬不成？”

钟绍京道：“韦皇后弑夫篡位，谋害忠良，势难得逞！临淄王既是我好友，又援举义旗、吊民伐罪，定能得胜！岂可坐昧先机？”

许氏道：“你个工匠头儿，谁来给谁做工？信他谁胜谁负的，即使临淄王胜了，也不会推你当宰相；万一败了，家灭九族。放着两条阳关大道，你偏偏走一条死巷子，莫不是老糊涂变成傻瓜了？”

钟绍京道：“临淄王已许诺，待成功后拜我为宰相哩！到时候，你就成了宰相夫人，还可能封你个诰命哩！”

许氏道：“你就是当皇帝，我也不稀罕，能过这样的太平日子就行了！”

二人愈吵愈凶，不可开交。钟绍京冷不防被推了个大马趴,并把茶壶茶碗碰翻,稀里哗啦,破烂满地。

王毛仲被惊醒了，连忙起身到他们窗外窃听。

许氏道：“天明就把他们三个轰走，不然，我就去告密！”

钟绍京这才坐下，认真考虑起来：夫妻二人已成婚二十三年，从未见她发过如此大的脾气。许氏聪明美貌，勤俭耐劳，温柔体贴，庄重痴情，堪称贤妻良母。只因此事的确太危险了，真不如安分守己，不求有功、但求无过地过活。于是为难地说道：“言已出口，似覆水难收，为之奈何？”

许氏道：“现在告密也不晚，还可以立功哩！”

王毛仲听此，气不可遏，连忙敲门闯了进去，他俩心中都有些害怕，频传眼色，忐忑不定，静等事态的发展。

王毛仲便直截了当对许氏道:“咱们高丽人从来是见义勇为,不损人利己,你可不能给咱高丽人丢脸！”说完抽出宝剑砍掉一个桌子角。

许氏吓得浑身打战，说不出话来。

王毛仲义正词严：“韦皇后弑夫谋篡，毒于蛇蝎，穷奢极欲，荼毒百姓，岂可依附？临淄王不顾安危，拯国救民，人心所向，大事必成，岂可背叛？”

钟绍京连连点头称是，许氏仍说不出话来。

王毛仲继续斥道：“你们既然害怕受累，何必答应？既已答应就不该反悔！即便反悔，也可婉言谢绝，而不该丧心病狂，去告密图赏！”说罢举起宝剑，朝许氏脸上晃了晃，“咔嚓”一声，又一个桌子角被砍下来。

许氏本能地跪倒地下，连连叩头求饶，痛哭流涕……

钟绍京忽生一计："请临淄王到内苑东北角假山洞中集议是了。可在洞里修一地道通于苑外。如发生万一，我可托言不知，推掉干系！"

王毛仲道："此计使得，但我必派人巡逻，如发现你们告密，我必先灭掉你们全家。有言在先，莫说我无情！"

许氏磕头如捣蒜，连连称道："是，是，不敢，不敢……"

王毛仲去后，钟绍京冷静了一会，劝许氏道："如今已踏上临淄王的船，只有跟他乘风向前一条路。若打退堂鼓，临淄王胜了，定不会饶了咱；临淄王败了咱也跑不了！"

许氏无可奈何地道："阿弥陀佛，咱就听天由命吧！"

临淄王睡得很熟，至次日晨起，王毛仲才把昨晚钟绍京家发生的情况禀告给他。临淄王设身处地想了一番，情有可原：从来是安于现状的人多，铤而走险的人少，何况一个夫人？于是向钟绍京夫妇表示致谢后，立即搬进山洞里去了。

王毛仲和李守德打扫一天，安排了床铺桌椅，傍晚时分，把刘幽求、崔日用、太平公主、薛崇简和陈玄礼约来。陈玄礼还携带三个心腹麻嗣宗、葛福顺和李仙凫。此三人都是都尉。

先由崔日用介绍了韦后和宗楚客筹划谋篡的情况："定于六月二十日给中宗出殡之际，以第三声丧钟为号，先射杀殇帝重茂，继而诈称相王和太平公主谋乱，罪及三族，然后拥韦后登基。交我的任务是严守四外城门，不许放跑相王府和公主宅的一兵一卒。"

临淄王怒道："一箭双雕，何其毒也！"

太平公主接道："岂止双雕，实三雕也！"

刘幽求道："岂止三雕，乃千万雕也！覆巢之下无完卵，只怕我们正义之士都难幸免！"——此言煽动性很大，果毅都尉陈玄礼猛然站起来道："请殿下火速举事，吾等愿赴汤蹈火效忠殿下！"

折冲都尉麻嗣宗道："羽林大将军兼长安令韦播，以查'谣言'为名，树立私威，鞭捶士兵逾百人，众怒难平，皆欲倒戈，义旗一举，众人来归，定可得胜！"

果毅都尉葛福顺道："我弟弟曾被打断一条腿，连我的情面也不给留了……"

果毅都尉李仙凫道："他还亲自动手打我两个耳光！常言说'打人不打

脸，揭人不揭短’，使我在兵士面前丢尽颜面。此辱不报，我死不瞑目！”

刘幽求道：“现在看来，我们举义定能成功。欲成功速，损失小，必须里应外合。外合已毫无问题。不知薛崇简和葛福顺将军内应如何？”

薛崇简道：“我虽为三尉卿，但无实权，只是可在羽林营出入罢了。”

太平公主忽生一计道：“明天晚上，吾儿把长安名妓小牡丹携进羽林营和韦捷、韦播、韦璿侑酒作乐，把他们都灌醉，闻到三更鼓响，一起杀掉。使群龙无首，反正倒戈。”

葛福顺道：“只要你能把他三人灌醉，我即可把他们一刀两断！”

刘幽求道：“如今已万事俱备，请殿下发令吧！”

临淄王站起道：“承各位将军伤国忧民，愿为保唐效力，小王代列祖列宗在天之灵，向诸位致敬！”向大家一揖。

陈玄礼道：“殿下身为亲王，能礼贤下士，拯救我们免受诸韦鞭捶之苦，实感恩不尽，赴汤蹈火，在所不辞！”

刘幽求已为临淄王拟好方案，临淄王立即宣布道：“明晚以三更鼓为号举事。我和陈玄礼将军列阵于玄武门外，葛福顺将军先潜入羽林营配合薛崇简斩除韦播、韦捷、韦璿三个色迷醉鬼，随即分率羽林军打开玄武门两侧的玄德门和白兽门，迎进麻嗣宗和李仙凫将军，然后里外夹攻玄武门。此门一破，则如入无人之境。崔日用侍郎仍把守四外城门，不让韦氏余孽逃掉一个。”

临淄王宣布已毕，众人齐应：“遵令！定要马到成功，旗开得胜！”

刘幽求又补充道：“明晚二更时分，除薛崇简、葛福顺二将军和崔侍郎外，其余各将军率众将士由禁苑东北门入苑，来此集合。”

众人齐应：“听令！”遂即散去。

李仙凫临行问道：“禀告相王否？”

临淄王答道：“未曾。我辈为拯国救民，请以死效。事成归功相王，事败亦不累相王。且相王过于仁懦，若予禀告，很可能不从，反败大计，不如不告。”

刘幽求当晚陪临淄王住山洞中，又谈了许多细节和胜利之后的打算。

王毛仲和李守德轮流监视钟绍京夫妇：万一走漏消息，后果将不堪设想。

欲知胜负，且听下回分解。

第二十九回

小牡丹狐媚诱二奸
临淄王举义杀诸韦

次日下午，薛崇简觑机对韦播道：“小牡丹很想你哩……”

韦播正和小牡丹火热，几乎每天都想相见。但自从中宗猝死之后，宫中戒严，昼夜巡逻，忙得不可开交，已半个月未会，淫心似火，的确难熬。乍闻薛崇简此言，如同万根钢针拨动了神经，不禁一怔，良久方道：“你怎么得知？”

薛崇简一笑：“今天上午我同夫人生气，到三春院去寻欢，一见小牡丹，魂飞天外，连忙拜倒她石榴裙前。岂料她眉头紧皱，莺啼一般道：‘你若能请来长安令韦播一见，一切任凭郎君！’我一听小牡丹是表兄的心肝宝贝，吓得我出了一身冷汗，欲火全消，答应代她传言之后，即刻返家。”

韦播无可奈何地答道：“怎奈防务繁忙，实在抽不出身来，请表弟转告她，再耐心等待几日，一有闲暇，我马上就去会她。”

薛崇简道：“我有一计，能让你俩今晚相见，不知是否可行？”

韦播急忙问道：“什么好计？快说来我听！”

薛崇简道：“让小牡丹女扮男装，我把她领进羽林管中，和表兄欢会岂不好么？”

韦播双手一拍：“妙！”但他也很狡猾，冷静一想：“小牡丹对他并不十分热情，如此说法，似有矛盾，莫非是美人计吗？”于是从侧面问道：“不知表弟有何事相请，如何感谢你呢？”

薛崇简也曾考虑到这一步，立即回答：“我母打算扩大醴泉坊的住宅，正在表兄长安令的管辖之地，请给关照，别无他求。”

韦播记得先前太平公主曾侧面提过此事，且小牡丹也曾提过要珠宝的请求，所以对薛崇简此言便相信了，于是慷慨道：“此区区小事，何足挂齿，待明天就传办是了。”

薛崇简立即到二春院去带小牡丹。

小牡丹的确对韦播感情一般，只是贪图他的权势，暂且相随而已。所以上午薛崇简来劝她设美人计时，就爽朗答应了。如今已水到渠成，并见薛崇简温和持重，在纨绔中罕见，遂有委身之意。且时间尚早，传来一席酒肴，欢饮起来。

薛崇简恐怕醉了误事，三杯过后便道：“进宫后还要畅饮呢，就此打住吧！”

小牡丹道：“无妨！”说毕，同他喝了个双杯：“待事成之后，不知如何谢我？”

薛崇简道：“我还没顾上考虑，不知你有何要求？”

小牡丹年已十八，虽然身为名妓，结识了不少美貌的纨绔和达官显要，积攒了不少金银财宝，但对此卖笑承欢的暂时夫妻，早已生厌，急于从良，所以立即答道：“不知郎君有几妾？”

薛崇简道：“我已有三个。”

小牡丹紧追不放：“大娘子可温顺么？”

薛崇简这才意会到小牡丹有钟情自己的意图，刹那双颊绯红，喃喃良久，方才说出“不够温顺”四个字来。

小牡丹愈见他腼腆羞怯，愈觉得他天真淳朴可爱，痴情愈深，只要能嫁他为妾，即使给大娘子为奴，提水端饭，铺床叠被，也甘心情愿。于是道：“常言说‘三妻四妾’，郎君正好短缺一个，留给奴好么？我已接客无数，从未像对君这般钟情。我情愿对大娘子低三下四，任凭她铁石心肠，终究也能把她感化的。”说毕一头扑到床上，抽泣起来，堪怜堪哀已极。

薛崇简望着她的姿容，似雨打荷花，倍加娇艳动人；听着她的甜言，感受良深。立即爬上床去，一边给她拭泪，一边劝慰道：“你的痴情我领下了，待今晚大事告成，明天咱就成婚好了！”

小牡丹似乎实现了平生夙愿，又唯恐捉到的鸟儿飞掉，搂着薛崇简温存起来……不知不觉到了黄昏时分，急忙化妆骑马入宫。韦播一见小牡丹就魂销骨酥，也顾不得回避韦捷、韦璿和葛福顺，就欲动手脚。

小牡丹边拒边道：“快让我换了装吧！”

韦播道：“我的娘娘，快想死我了。常言说‘一日不见，如隔三秋’，咱已隔离半个多月了，真好似几十年呀！你穿此男装更为英俊，莫要换了。我看小牡丹你似花木兰，女扮男装更好看呀！”

薛崇简连忙督促道：“酒是色媒人，快备酒吧！”

韦播道：“酒肴早已备好，快传进来是了。”他又冷静一想，众将军都留在此，既不方便，又怕外面出事，于是吩咐道：“韦璿和韦捷进去卫戍玄武门……”

葛福顺唯恐把他支到远处，连忙请命：“我卫戍羽林营大门口吧！”

韦播顺口应道：“使得！”

小牡丹根据薛崇简事先谋划，要把韦捷也消灭于此，削弱玄武门的守备，连忙要求道：“把他们都支走，岂不太冷清了？请把小哥哥韦捷留下陪酒好么？”

韦播不禁一怔：“你俩认识？”

小牡丹故意使他吃醋：“我们娼门是流水夫妻，我认识的人可多呢！”

韦播又仔细一想，薛崇简像个木头疙瘩，留下活泼的韦捷，在饮酒中插科打诨也有风趣。且他在自己的手下，他岂敢把小牡丹霸占了去？只有使他嫉妒生气而已。这样还给小牡丹留了脸面，不致扫兴。于是慷慨应道：“使得！”

宫娥上完酒肴，都知趣离去，只剩他们四人畅饮。

酒过三巡，活跃的韦捷，为了讨好韦播，提议花样敬酒。先让他们二人喝双杯，继而嘴对嘴饮“皮杯”。

接着叫他们二人给“媒人”薛崇简敬酒：让薛崇简站到椅子上，小牡丹双手举杯，由韦播把小牡丹高高抱起往薛崇简口里送酒。

随后韦捷站到椅子上又让他们二人照样给自己敬酒。且故意把头高仰，难为他们，将韦播累得大汗淋淋，似同雨下。而心中却是乐陶陶的，忘乎所以。

休息一会，韦捷又提议小牡丹唱曲敬酒。

小牡丹亦不扭捏，顺口溜出一套小曲，曲调缠绵婉转，浓情蜜意，直听得韦播两眼发直。

韦播听到此处，深为感动：得遇小牡丹，真是三生有幸，可喜可庆。他乐以忘形，照她脸上亲一口："我的亲娘！"提起酒壶，咕咕咚咚，灌水似地喝得一滴不剩。喝完就头晕眼花，天晃地摇，"扑通"一声跌倒地下，烂醉如泥。

韦捷本来早已被小牡丹的姿容和她唱的小曲醉倒，神魂飘荡，只因被韦播独占，无法染指。今见韦播大醉不醒，就迫不及待上前搂吻……

恰在这时鼓打三更，薛崇简抽出宝剑，杀鸡似地把韦捷和韦播的头颅割掉。

葛福顺刹那奔进营来，同薛崇简分别提上两个人头，马上召集士兵，宣告道："韦后毒害中宗，图谋社稷，杀夫的泼妇，岂可久保？临淄王奉殇帝之命和相王吩咐，今夜诛灭诸韦，匡扶唐室。现已割掉韦播和韦捷的头颅，拔除爪牙了。卫士们，报国时机已到，请奋力立功搏名！有二心助逆者，灭族！"

士兵早已风闻中宗死于非命，恨惧韦后，且诸韦施威，虐待士兵，怨声载道。今见两个恶棍已死，大势已就，齐声应诺。葛福顺和薛崇简分点两营羽林军，赴玄德门和白兽门接应外合人马。薛崇简深感小牡丹机智协助，时刻留护在身边。

陈玄礼、麻嗣宗和李仙凫将军都按时率骑士绕北门进入御苑，听到三更鼓响，在临淄王和刘幽求的指挥下，冲出苑南门，分东西中三路攻城。东西两路恰好与葛福顺和薛崇简的人马同时会合，打开城门，齐向玄武门夹击。

这时，兵部尚书韦温和卫尉卿韦璿正在玄武门戍卫，忽见内外夹攻，喊声震天，飞箭如蝗，军心大乱。但他们二人自知罪恶严重，只有死守一条路，没其他选择。为了压住阵脚，持剑督战，接连砍死三个士兵立威。哪知士气一落，收之极难，且城内外齐声宣读讨伐诸韦的诏令，反戈立功之念，顿时在士兵心中点燃起来。冷不防一支领箭刺破了韦温的胸膛，两把长矛夹斩了韦璿。两颗血淋淋的头顿被扔下城去，刹那间，城上的人偃旗息鼓，打开城门，迎进了临淄王的人马，齐向太极殿奔去，捉拿韦后，肃清宫闱。

不料脚踩两只船的苑总监钟绍京为了投机争功，当陈玄礼将军攻开白兽门后，他立即召集苑中工匠二百多人，手持锹、镐、锛、斧，已乘虚赶到太极殿。这时以守灵为名的韦后，正同男宠杨均欢寝，闻得人声杂乱，猜知不妙。忙唤人询缘由，知玄武门受攻，慌忙中只穿得内衣逃窜。但她刚走到殿下，就遇上了钟绍京率领的工匠，还未看到兵马，心中安稳许多，强打精神，摆起威风，呵斥道：“钟卿，半夜三更，率工匠闯进宫闱，可是罪不容诛呀!”

钟绍京原想陈玄礼将军等早已攻进宫来，没料到他们都去夹攻玄武门去了，自己却乘虚而入，提前赶到太极殿前。乍见韦后，还有点抹不开情面，尴尬地跪了下去，语无伦次起来：“臣听到宫中哗乱，助威来了……”

韦后见已压倒钟绍京的气焰，怒气冲冲大嚷道：“你助谁的威?”

钟绍京道：“助……助太后的威!”

韦后大声斥道：“本后安然无恙，快领工匠们到玄武门去杀敌!”

钟绍京连连点头：“是是是……”他刚爬起来，韦后正欲溜走，陈玄礼飞马而至。

韦后又装腔作势道：“陈将军忠心可嘉，快来护卫本后!”

陈玄礼道：“弑君的恶后，你还没有活够么?”

狡猾的韦后，又媚笑一声：“陈将军你怎么也信起谣言来了？这可是我天大的冤屈，要赶快给我辟谣呀!”

陈玄礼咬牙切齿地道：“好，我今晚上就是拿大刀给你‘劈’谣来了!”正抬手欲砍，那善于投机的钟绍京，一镬头把韦后击毙。

杨均虽已预感到在劫难逃，但还本能地跪爬了十几步，也被一个工匠砍掉了脑袋。

陈玄礼即命士兵挑起韦后的首级献给临淄王。

临淄王甚喜，遂传令搜宫，诸韦党羽，凡高于马鞭者，格杀勿论。

那上官婉儿十分机灵，听到宫里哗乱，便猜知是临淄王举事，连忙翻箱倒柜，把先时草诏中宗遗诏“命相王辅政”的底稿找出来，表白自己主张兴唐，而遭到诸韦的抵制，今借此立功赎罪。她似乎有把握得到原谅，从容不迫地整容梳妆一番，点起灯笼，玉立门前恭候。当然她也有万一遭受不幸的考虑和回忆：自从十四岁入宫中为奴，既蒙女皇垂青重用二十多年，写过数百篇诏令和诗文，有过多次的艳遇，下自宫奴，上至太子、宠臣、女皇的禁脔和皇帝，享尽了人间荣华富贵，比一般的公主、妃嫔，还强之多矣，也算没有虚过此生了。但人生只有一次，谁能不怕死？虽然吃腻了山珍海味，穿厌了绫罗绸缎，而英俊的美色还没享够，尤其是那风流倜傥的崔湜被太平公主霸占，心似刀剜。若能再让俺相见一面，也死而无憾……

婉儿正沉思入神的当儿，陈玄礼和临淄王飞驰而至。她连忙把草诏呈上请求恕罪。临淄王数年来伤国忧民的夙愿得偿，心情十分激动，且韦党尚未完全肃清，急于追捕，所以对上官婉儿的陈情，未予细思，便驳道："淫婢秽乱宫闱，助桀为虐，些微功劳，岂可抵罪？"举刀将上官婉儿砍于马下，红颜绿鬓变成一个血淋淋的泥球，滚了好远。

至五更时分，临淄王已将宫中的韦党亲信马秦客、叶静能及其心腹杂役，尽皆枭首。遂分兵宫外捉杀宰相韦巨源、宗楚客、纪处纳以及安乐公主等党羽。

安乐公主已起床画眉，准备进宫。忽从镜子里望见翻墙而入的士兵，不禁大惊，只听"啊哟"一声，已头随刀落。

武延秀和侍女偷情，还同床共枕未起。士兵为了省事，一刀砍下两个头颅。

宗楚客翻墙溜出，头顶布巾，骑驴而逃。不料越城门时，被崔日用认了出来，走上前去揶揄道："宗丞相为何这般打扮？"

宗楚客哀求道："我昔日对你有大恩，请高抬贵手，放我去吧！"

欲知后事如何，且听下回分解。

第三十回

睿宗复位委曲求全
崔湜二贬撒娇调情

崔日用郑重地道："昔日你贼心未露，咱虽然一度同流，但不曾合污。"说毕举刀挑掉他头巾，拽下驴来，砍死地下。

秘书监王邕系韦后妹子的夫婿，为了免受株连，杀妻自首。

再娶的鳏夫御使大夫窦怀贞与韦后的老乳母刚新婚未久，亦枭妻首来献。

韦后九族三尺以上尽诛，三尺以下尽流放岭南。

内外既定，临淄王方协同太平公主去禀告相王。他们来到相王府后，立即伏拜地下，为未事先禀告表示致歉。相王旦也极恨韦后，见大事告成，心中十分欢喜。且暗自庆幸临淄王未事先禀告，否则自己很可能阻拦，有碍于事，膺受指责。所以他连忙把他们二人扶起含笑道："大唐江山赖你们扶起，功莫大焉，列祖列宗也含笑于九泉，我还有什么可责备的呢!"

临淄王道："如今内外已定，请父王立即登基，以应民愿!"

相王旦道："少帝茂系吾兄幼子，怎肯将他罢去?"

太平公主道："少帝乃被韦后当傀儡利用，兄岂可接受她的遗志么?"

相王旦被此一激，略有所动，不禁一怔。

太平公主又道："少帝系无知小儿，由他当国，终要被人篡夺。与其被人夺去，何如吾兄防患于未然?"

相王旦认为有理，于是默认道："你们二人酌情料理是了!"

太平公主立即去少帝宫中，少帝正对今天宫中发生的动乱摸不着头脑，焦急不安，忽见太平公主来到，似同迎来了救世观音，慌忙热情地款待。

太平公主很理解他的心情，坐定后连忙告诉他："是我协同临淄王杀掉了诸韦，你以为如何？"

少帝心想韦后似有篡夺江山意图，但尚未暴露。且有扶立自己之功，所以有些怜惜——如留下不杀，只把她废掉就更好了。可这个话是不敢讲出来的，便违心地道："诸韦图谋不轨，死有余辜！"

太平公主又追问道："可你欲如何封赏临淄王呢？"

少帝道："我拜他为相好吗？"

太平公主道："对姑姑我呢？"

少帝道："封你为太太皇太公主，享实封两万户好吗？"

太平公主道："相王呢？"

少帝道："我封他为太尉好吗？"

太平公主冷笑了两声："你未免想得太天真了吧！"

少帝道："请姑姑指教！"

太平公主道："你还妄想当皇帝，太不自量了！"

少帝道："韦后那么坏，还让我当皇帝哩，难道临淄王和姑姑就不让我当了——让我再当几年好吗？"

太平公主道："韦后是暂时拿你当招牌，准备为你父皇出殡时，把你杀掉。我们保了你的性命，就是万幸了！"

少帝不禁一怔，思索了一会，又有点半信半疑："要是她篡位，我就让给她，她还会杀我吗？"

太平公主道："斩草从来是要除根的，她怕你再被别人利用嘛。她不但要杀你，连相王、临淄王和我也要杀掉的。"

少帝有点相信了，但他觉得刚登基半个月就退位，真不好意思呢！于是哀求道："你们也拿我先当当招牌好吗？"

太平公主道："如今天下皆倾心于相王，为了大唐的江山，相王登基名正言顺，何须用你来当招牌。"

少帝道："再让我当两个月好吗？"

太平公主有点不耐烦了："你要是敬酒不吃吃罚酒，那就怪不得我了。"说完把脸一沉。

少帝试探问道："姑母的意思是……"

太平公主道："是让你马上退位！"

少帝道："我还有点不好意思呢，这还不如我压根儿没登基好哩！"

太平公主忽生一计："这很好办，你可写个禅位让贤的诏令，公诸天下，还能流芳千古呢！"

少帝无言可说了，只好就范道："任凭姑母是了！"

太平公主道："你先写个草诏'愿禅位相王'，待我回府，找人详撰是了。"

少帝无奈，含泪疾书，写毕悲不自胜，投笔于地，爬上床去痛哭："这明明是篡位，还要装扮贤良，美名曰禅让……"

太平公主心肠似铁，毫无所动，拿起少帝草诏扭头就走。到府中，即交崔湜巧为撰词，写了一份冠冕堂皇的禅让诏。

临淄王回府，虽已离家年余，也顾不上和家人言欢，连忙把刘幽求叫去，筹措相王登基事宜。

这刘幽求怀才知遇，激情昂扬，一昼夜间拟定诏令一百多道。

次日在太极殿早朝，少帝心想虽已草诏禅让，但尚未发布，且还侥幸万一有所变化，故仍坐在龙墩上。相王立于右隅。

太平公主急忙趋前宣告道："少帝欲效名贤，禅让叔父相王，众卿以为何如？"

相王固辞道："吾既让位兄长，安肯代兄之子耶？"

中书舍人刘幽求立即跪上前去高呼："国家受难，相王慈爱仁厚，岂可惜守小节，高居独善，而不顾天下耶？众心已归，岂可违耶？"

接着钟绍京、陈玄礼、薛崇简等齐呼"相王万岁"。

少帝被弄得心慌意乱，在御座中如坐针毡，不知如何是好。

太平公主赶紧上前道："天下之心已归相王，此非侄座！"伸手把他拉了出来。

少帝本来不是贪位耍赖，只是一时失措，所以对太平公主的举动，又羞又恨，但也无之奈何，只好哑巴吃黄连，站立一旁，泪珠滚滚，流个不停……

少帝的确年幼无知，难胜大任。不过要按正统来说中宗第三子重福，还稍具才略，是可以继承的。

相王旦曾两次让位，似已看破红尘，与名利决绝了。但七情六欲，岂可尽免？实乃被宫廷残酷的斗争吓破了胆，采取清静独善，只图声色之娱也！如今他见水到渠成，便顺水推舟道："蒙先帝垂沐，唐祚中兴，众卿推心，朕实难违。愿顺天应人，荣登大宝，改元景云……"

群臣闻此，山呼海应，响彻云霄。随即拥睿宗复位，登承天门楼诏告天下。并颁布大赦，赐内外官爵，免天下岁租之半。复封重茂为温王，召拜常州刺史姚崇为中书令、洛州长史宋璟为吏部尚书，睿宗长子成器(后更名为宁王，让皇帝宪）为左卫大将军，次子衡阳王成义(后更名为宁王㧑）为右卫大将军，四子巴陵王隆范(后更名为岐王范）为左羽林大将军，五子彭城王隆业(后更名为薛王业）为右羽林大将军。进封三子临淄王隆基为殿中监同中书门下三品，兼知内外兵马。拜受太平公主在朝堂听政，其子薛崇训为右千牛卫将军，薛崇简为立节王。武崇敏为卫王，武崇行为国子祭酒，皆爵秩三品。以刘幽求为中书舍人，同中书门下三品。以麻嗣宗为右卫中郎将，以葛福顺、陈玄礼、李仙凫为大将军。王毛仲、李守德皆困拜将军。钟绍京虽举事不决，一度动摇，但投机率工匠打死韦后，亦拜中书侍郎。

追废韦后为庶人，追削武三思父子爵谥，劈棺暴尸，平踏坟墓。越州长史宋之问、饶州刺史冉祖雍因谄附韦武，皆流放岭南。贬刑部尚书裴谈为许州刺史，工部尚书张锡为疑州刺史。贬侍中萧至忠为许州刺史。御使大夫窦怀贞和吏部侍郎岑羲流放岭南。

追复太子重俊位号，为敬晖、醒彦范、崔玄玮、张东之、彭恕已五王及成王千里和李多祚等平反，复其官爵。追赠郎岌和燕钦融为谏议大夫。

朝中大事已定，唯有对原吏部侍郎崔湜不易处置。他虽受韦后青睐，拜为同平章事(宰相)，但系太平公主的男宠，且探察中宗被弑详情有功。中书令姚崇疾恶如仇，坚决主张迁他出朝。

睿宗无奈，想出一个欲进先退之计，请太平公主入宫商议："韦党旧属皆贬，唯余崔湜，众人注目，朕拟先贬崔湜为华州刺史，不久便召还可好？"

太平公主把脸一沉，嗔道："我为兄复位，冒灭族之险，连一个男宠也保留不住，请把我和他一起贬到岭南好了！"

睿宗没了主意，连忙诉道："我是左右为难，万不得已，才想此下策，请皇妹格外容情才好……"

太平公主深知睿宗仁柔，不忍太使他为难，有意让步，追问道："如若召还，但不知是多长的时间？"

睿宗道："一个月之内！"

太平公主道："回朝后如何派遣？"

睿宗道："定超擢不次！"

太平公主道："皇帝口中无戏言！"

睿宗道："是，青天为证！"太平公主相信他不会说谎，这才放下心来，自己回府。

崔湜这些天为了避难，一直躲在公主府中，未待太平公主坐定，就急忙询问召见情况。

太平公主为了慑服他，故意夸张其事："有人告你和韦后私通，并献许多谋害相王的诡计！"

崔湜做贼心虚，连忙避重就轻道："我和韦后私通是实，而说我为她献计谋害相正是凭空诬告，请太皇太公主给我做主！"只见他已被吓得魂飞魄散，"扑通"一声跪在地下，痛哭流涕。

太平公主继续唬他："我给你做主是可以，但是你必须向我如实交代罪过，你和韦后究竟私通过几次？"

这崔湜从来是见利忘义，过河拆桥，不择手段。他对韦后和太平公主之间的斗争是脚踩两只船的，为了讨好韦后，近来和韦后幽会不计其数。但韦后已死，无法对证，便佯作镇静，斩钉截铁地道："就只一次，若果不实，死无葬身之地！"

太平公主心想韦后淫荡无度，得了甜头，决不肯一次罢休，于是诈唬他道："可别人告发你不是一次，而是一百零一次！"

崔湜道："那可太冤枉我了！最多不过二十来次，究竟是多少，我也记不清了。"

太平公主责备他："你方才发誓只一次，可该如何算？"

崔湜委屈地分辩道："我一则怕你嫉妒，气坏了身子；二则我是使了破法的——发誓时用脚尖在地上勾画了的。"

太平公主道："你可真狡猾！"

崔湜道："我再狡猾，也逃不过你如来佛的手心去。你叫我三更里来，我不敢超过半夜；你让我五更里来，我不敢等到天明。"

这一下可说到太平公主的心坎里，充满胜利后的喜悦："你可真会说话，站起来吧！”

太平公主然后才把实情告诉给他：“我替你好说一阵，最后决定暂贬你到华州，虚掩一下众人的耳目，一月之内召你还朝，超擢不次。”

崔湜破涕为笑：“你真是我的好公主，救命的菩萨！”

太平公主把双眼一瞪，嗔道：“呸！”

崔湜不禁一怔，连眨两下眼皮，悟出缘由，连忙赔情笑道：“你真是我的小心肝，小宝贝，小娘子……”

太平公主“扑哧”一笑：“你真是我的听话的小八哥！”

崔湜向来是见缝就钻，得寸进尺，于是又道：“一个月的时间，路途往返就得半个月，还值当这样折腾？干脆就别让我去了。还可以更显得太皇太公主有脸面。”

太平公主心想：“可也是，既然是为了掩人的耳目，即使真去了，也难以掩得住——谁也看得穿，还何必多此一举呢？”于是道：“我就再厚着脸皮，替你说说看。说得成是你我的造化，说不成是你我的缘分浅。”

崔湜又将她一军：“太皇太公主对我的事，从来是没有办不成的！”紧接着递过去一个媚笑。

太平公主被迷惑了，刹那神魂颠倒，不能自持，还他一个媚眼道：“还不是由于你的风流倜傥勾引住了我，为了你，什么荒唐的事儿我都能做出来，什么条款我都能答应？”

崔湜道：“未必吧，请把实封一万户给我好么？”

太平公主爽朗地道：“可以！”

崔湜心想实封不便于马上兑现，于是又道：“请问实封一万户和你的头发孰重要？”

太平公主道：“实封一万户重要。”

崔湜道：“那么，我不要你的实封一万户，我要你的头发！”

太平公主道：“可以。”立即拿把剪刀扑到他的怀里，“请你剪吧！”

崔湜右手接过剪子，左手握着太平公主满把的头发，只听“咔嚓”一声……

欲知是否剪掉，且听下回分解。

第三十一回

贬官事急易投新主
公主趁机压制旧宠

崔湜右手接过剪子，左手握着太平公主满把的头发，只听“咔嚓”一声响，仅剪下了一小绺儿。

太平公主谅他也不敢将满把头发剪下。但是万一全给他剪掉，也只能是哑巴吃黄连，不便发作的。

崔湜既聪俊超群，又风华正茂，所以他对徐娘半老的太平公主只是逢场作戏，专为贪图她的权势和财富，毫无痴情可言。他剪下太平公主一绺青丝，佯为十分珍贵，用汗巾包了，只为温暖太平公主的心。

太平公主虽然半信半疑，但也不便揭破。

御史大夫窦怀贞和吏部侍郎岑羲被贬以后，同病相怜，一起去到被贬的侍中萧至忠家发泄不满。

这萧至忠出身于望族，少年仕畿辅尉，清廉恭谨。后来依附武三思，擢升中书侍郎。太子重俊谋反失败后，中宗受谗，欲株连相王和太平公主。萧至忠颇有正义感，与吏部侍郎岑羲密为申诉：“陛下富有四海，贵为天子，岂不能保一弟一妹，受人罗织乎？尺布尚可缝，斗粟尚可舂，而兄弟二人怎能不相容呢？且陛下被贬房州时，相王禅让太子位，请迎陛下，曾三日不食，传为佳话，足可证明相王从没野心！陛下岂可轻信谗言耶？”中宗很受感动，不但纳谏止问，还擢他为黄门侍郎同平章事(宰相)。

怎奈他职位愈高，欲壑愈大，竟然投到韦后的裙下，先将一女许给韦后舅父之子，又将一女儿的尸骨和韦后的亡弟合葬冥婚。

如今萧至忠已堕落到寡廉鲜耻的地步。窦怀贞虽曾娶韦后的乳母为续弦，但系被逼，且韦后事败，即杀妻表明心迹。由此可见，他也比较胆小。岑羲正当中年，较为清正，曾刚直奏过武三思恶迹，从未受过挫折，最为脸薄。

萧至忠老于世故，见他俩进门，就猜知来意，略为寒暄，便诙谐地道："二位莫非推戴我当头目来了?"

岑羲不言，独窦怀贞与萧至忠言语往来，尽诉来意，不觉中便提及太平公主思宠崔湜被贬一事。窦怀贞道："太平公主的男宠崔湜也贬了……"

萧至忠又抢着道："既如此，咱们受贬就理所应该，即使杀头也不屈了。"

岑羲这才插言："怎知不是故意做样子给我们看哩?崔湜可能是假贬、暂贬，而我们可是真贬，长期回不来了。"

窦怀贞不以为然："'塞翁失马，焉知非福'。三十年河东，三十年河西。历代圣贤由贬谪而超升者不知凡几!"

萧至忠略有所悟："对，言之有理!我看相王就不是帝王之才，而是被他的儿子一伙人硬推上去的。他的才智和太平公主相比，差之远矣!只可惜太平公主是个女的!"

窦怀贞兴奋地道："女的怕啥，武则天当了几十年的皇帝，把男的都治得俯首帖耳!"

岑羲也提起了精神："太平公主可真有些武则天的遗风哩!"

萧至忠更为兴奋，猛站起来，眉飞色舞地道："太平公主比相王强之百倍，她即使不愿登基，咱也可把她拥戴上去!"

窦怀贞寻思了一会："今后遇赦的机会不会没有，但不知到何年何月?若拥戴太平公主上台，不但是捷径，而且还能膺得开国元勋。"于是拍案叫绝："这个赌注我下定了!"

萧至忠向岑羲使了个眼色："老兄，你呢?"

岑羲也只好顺水推舟："我奉陪到底!"

萧至忠道："好，咱们算桃园三结义!"于是备香表盟誓。

窦怀贞写下个"刘关张"的牌位，贴在中堂。岑羲撰了个誓文，三个人一起跪下，三拜九叩，共同念道："我们三人虽为异姓，愿结为骨肉兄弟，虽未能同生，但可共死。有违誓者，天诛地灭!"

盟誓之后，萧至忠传来酒肴，盛情招待一兄一弟。猜拳行令，日夕方罢。送走客人，他稍为休息，就乘轿往太平公主南山庄私谒。

这时太平公主正和崔湜在迎风亭中纳凉。因当中伏，闷热异常，加之崔湜抗旨不去华州事，尚未获准，只是借病拖延，所以太平公主心情十分抑郁。崔湜为了讨好，给她排忧，欲亲她一口，不料刚到面前，太平公主打了他一个耳光："气煞人了，遇上你这个倒霉鬼，给我出不完的难题。我生来富贵，从未求过人，可是为了你不得不低三下四……"

崔湜是早已把她降服了的，岂肯受此委屈，愤然道："那么就放我去华州好了。我就老死那里，永远也不回来了！"拔腿就走。

太平公主的用意是想借机压服他，让他永远拜倒在自己的石榴裙下。因为他们私通四年有余，他总是冷冷淡淡应付差事，提不起热情。不料他是压而不服，太平公主无奈，连忙上前拉着他的衣襟，命令似地道："你给我坐下！"

崔湜更是机灵，早已识透她外强中干的本性，虽然口气很硬，实际上内心里早已软了，便赌气坐下，阴沉满面，毫不示弱。正在尴尬之际，萧至忠赶到，始打破了僵局。

萧至忠以朝见皇帝的姿势，低头跪在阶下："罪臣萧至忠给太皇太公主请安！"

太平公主心有灵犀一点通，刹那显现了皇帝般的尊严："抬起头来，恕你无罪！"

萧至忠又道："罪臣报效周唐，两朝元老，虽无功劳，亦有苦劳，请太皇太公主替罪臣求情，避远贬近是祈！"

太平公主听他要求不高，且可收为心腹，决心成全："你可去蒲州，一则离京较近，二则可和崔侍郎去的华州相邻。"遂给崔湜递个眼色。

太平公主道："起来吧，待我去皇帝跟前一试，办得成，是你的福气，办不成也望勿怪！"

萧至忠站起笑道："皇帝对太皇太公主是言听计从，岂有办不成之理？"

太平公主道："皇上若对我言听计从，崔侍郎还能贬么？"

萧至忠又笑道："崔侍郎果真会去么？莫不是做做样子，堵百姓的嘴呢？"

太平公主道："皇帝口中无戏言，岂会有假？"

萧至忠冷笑一声，坐到亭子栏杆上："这么说，我们是同病相怜了！"

崔湜这才插言："同病都相怜么？"

萧至忠道："是的，同病都相怜，窦怀贞、岑羲和我已经结拜为异姓兄弟，可生死与共！"

崔湜道："恐未必能够办到。武太后当国时，酷吏猖獗，杀人如麻，他们怎么都未同病相怜，齐心反抗呢？"

萧至忠怔了一下，辩道："实际上他们也肯定是同病相怜的，只因没有结拜团结起来，被分别残杀了。"

崔湜既觉得似乎有些道理，又为了拉帮结伙，便不再和他争论，鼓励他道："老兄言之有理！"

萧至忠见话已投机，便放胆信口开河起来："皇上既对崔侍郎开刀，看来对太皇太公主已经不留情了。过河拆桥，怎得民心？再看看他那宰相班子，皆是不学无术之辈：钟绍京一个工匠头儿，胸无点墨，偶尔投机得势，有辱国统；刘幽求是个落魄文痞；陈玄礼是一介武夫；麻嗣宗和葛福顺怎能把国家治好？"说完向太平公主递个媚笑。

这番话正说到太平公主的心坎里，连忙递他一杯茶，然后无可奈何地道："皇帝是好皇帝，只是儿子不肖。"

萧至忠猜知是说临淄王，便眉飞色舞起来："这真是初生的牛犊不怕虎，必定碰得头破血流。且他又不是长子，夺取皇嗣，人神共嫉，岂可得逞？"抬头见太平公主的表情，十分欢悦，又道："皇帝实在太懦弱了，活像个女子。若太皇太公主是男子，肯定是个英主，莫非你们兄妹二人错投了胎不成？"

崔湜插言道："女的何妨？武太后当了几十年皇帝，把大臣们都治得服服帖帖！"

萧至忠连忙帮衬："比高宗皇帝还强得多哩！"抬头看一下太平公主喜形于色，胆子就更大了："若太皇太公主用着臣的时节，我们结义三兄弟愿做鹰犬！"

太平公主道："我现在急需能立汗马功劳的将相，而不是小鹰小犬。"

萧至忠"嘿嘿"一笑："我不是已当过两朝的宰相了么？方才，我只是过谦耳！"

崔湜揶揄他道：“谁不知道你给中宗和韦后当宰相，是用死、活两个女儿换的。”

萧至忠笑道：“人往高处走，水向低处流。人不为己，天诛地灭。我说句玩笑话，崔侍郎来此，岂不也和愚兄一样趋炎附势的么?”

崔湜来此固有附势之意，但和萧至忠有很大区别——崔是被宠的，萧是溜舔者。但他不便于说破，只好哑巴吃黄连苦忍了。那萧至忠也因为看破了这一点，所以才敢发此狂言。

太平公主为了实现自己的野心，急于招降纳叛，已决心收他为心腹。但对他的品行是不满的，欲趁机侧击一下：“窦怀贞纳韦后乳母为妻，是被逼。所以韦后被诛，立即杀妻明志。而萧卿怎无动于衷耶?”

萧至忠道：“我不想无动于衷，只因事出突然，尚未来得及杀婿，就已被官兵给杀了。”

太平公主道：“可你大千金的尸骨，还同韦后胞弟的亡魂埋在一起呀!”

萧至忠猛一惊醒：“对，早该扒出来，我今天晚上就办!”抬头望一下太平公主，扑通跪到地下，指手画脚，发起誓来：“蒙太皇太公主栽培，我生可捐躯，死当衔环报答宏恩!”

太平公主看他可怜，连忙把他拉起。

萧至忠趁机窃视一下太平公主的手面，佯为吃惊地道：“呀，太皇太公主的手纹可是大富大贵呀!”

太平公主道：“你会占卜?”

萧至忠欣欣然：“不才曾学过易经和相书，尤其善卜手纹。太皇太公主右手中纹横断，此乃‘断手纹，人上人’，必定大富大贵，享有天下!”他又仰头观察一下太平公主的面相，侃侃谄道：“太皇太公主貌似武后，当续大周；双耳呈祥，将代大唐；龙眉凤睛，‘天命’方成!”

太平公主道：“我今年刚四十八岁，按你说来要到五十岁才能成功，而这两年，可该如何安排?”

萧至忠道：“礼贤下士，收买民心，人神共助，承天启运!”

太平公主道：“这图谋大事，非同儿戏，万一不成，身败名裂，你可怕也不怕?”

欲知萧至忠如何回答，且听下回分解。

第三十二回

侍中求计消女尸
公主投机揽权势

且说太平公主问萧至忠道："图谋大事，非同儿戏，万一不成，身败名裂，你可怕也不怕？"

萧至忠道："人活七十古来稀，老朽年过花甲，早已活够本了，还怕什么呢！人过留名，雁过留声，即使不能留芳百代，遗臭万年也强似无声无息地死去！"他为了给太平公主壮胆，灵机一动，把话锋一转："再从太皇太公主的名字上看：太平者——'泰阶'星平也；泰阶星平必有贤君出现！"

太平公主本来早已蓄意谋篡，被他如此一说，信心倍增，于是吩咐他道："可领窦怀贞和岑羲明天晚上来见！"

萧至忠如获圣旨，激动地磕了一个响头："谢恩！"低头哈腰离去。

萧至忠坐到轿里，觉得飘飘然，畅想起灿烂的前程：太平公主登上皇位，自己是开国元勋，当上了宰相，一人之下，万人之上。享尽了荣华富贵，名留凌烟阁里，也不虚此一生了。这才是"塞翁失马，焉知非福"。

萧至忠去后，太平公主感到收此三个干将，图谋的信心倍增，适值夜凉渐生，精神无比爽快，立即和崔湜亲热了一番。

崔湜却感到信心不足，既怕万一失败，家灭九族，还恐太平公主登基之后，另纳新宠，遭到薛怀义同样的下场，所以表现冷漠。

太平公主为了让他开心，提起了话题："收这三只鹰犬如何？"

崔湜不假思索就爽朗答道："他们三个，难抵临淄王一个。"

太平公主才思敏捷，立即反击道：“临淄王父兄六个，也难抵我一个！”

崔湜不以为然：“未必吧？”

太平公主又似过五关斩六将地道：“昌宗兄弟宫中横行，目空一切，不知不觉死在我的手下；诛灭韦后也是我的主谋。”

崔湜一听到昌宗兄弟之死，就联想起自己的境遇，很有些相似之处：他们是兄弟二人，因不愿受太平公主玩弄，遭其毒手；而自己兄弟三人，两个兄弟皆避之若鼠见猫，恐怕自己早晚也有不测。

太平公主见他沉默不语，误为认输了：“你无话可说了吧？”

崔湜便正面回答，不妨给她开个玩笑：“我们兄弟三人，也抵不过公主一个！”

这一下可说到太平公主心坎里，嫣然一笑：“再加上荷生，你们四人也抵不过我一人！”说毕急忙携他回房欢寝。

萧至忠回到家里，窦怀贞和岑羲早来此恭候佳音，急忙上前接过衣帽。

萧至忠未待坐定，就信口开河，吹嘘起来：“太平公主一听说咱们桃园三结义投靠，真是如渴思浆，如热思凉，如鱼得水，如饥思糖……”

窦怀贞忙打趣他道：“怎么如饥思糖？”

萧至忠最善于随机应变，将错就错道：“你们不知道太平公主爱吃糖么？她不论饥渴，总是先吃糖！”

窦怀贞“噢”了一声，表示附和他，连忙追问道：“咱们请求的事如何呀？”

萧至忠既为了显示自己的才能，也为了卖卖关子，仍按他的思路，继续吹嘘道：“太平公主亲自给我递茶，还让宫女给我打扇纳凉。我上台阶时她还伸手拉我一把——你们看我这左手腕上还有手印的，你们闻闻还有香味哩！”

窦怀贞伸头闻了一下，什么也没闻到，但为了使他快讲结果，便附和道：“就是就是，还挺香哩！”

萧至忠满头大汗，这才想起了去脱外衣。他兴奋得语无伦次，唾沫四溅：“我说咱们三人愿给他当个鹰犬，她说咱们都是股肱将相之才，开国元勋——这真是物极必反逢凶化吉了。”

岑羲也耐不住了，提问道：“贬咱边远，能否不去呢？”

萧至忠道："你听我慢慢说嘛。我还给她占相，说她'五十岁，大富大贵，可当皇帝'。她高兴得手舞足蹈！让咱们三人明天晚上一起去见。"

窦怀贞不无遗憾地道："咱们去不去边远的事，还没边儿啦?"

萧至忠道："怎么没边儿？她若没有把握，让咱们一起去干什么？既让咱去，就肯定是能答应咱的请求，否则，她就不会让咱们去了!"

岑羲不同意他的分析，驳道："她明晚让咱前去，是有可能回复咱们的请求，但她虽然有意扶植你我，可她不是皇上，不见得能百求百应，既有可能如愿以偿，也有可能好事难成，给些安慰，或者布置些什么任务。"

这一瓢冷水，才算把萧至忠的热情给冷静下来，深感岑羲敏捷机智，便认真地思考了一番：太平公主除了有意利用自己之外，确实尚无任何许诺，吹嘘过了火，明天却要暴露无遗。而且还想到了太平公主提出的关于长女尸骨和韦后胞弟亡魂冥婚问题，心中十分惆怅——欲待不扒，丑事永在，欲待扒出，又恐欲盖弥彰，真是进退两难……百般无奈，萧至忠向二人询求解决方法。机敏的岑羲出了个主意："可将尸骨悄悄扒出，抛入渭河，佯言尸解开仙而去，千万不可另修坟墓。"

因早有"尸解开仙"的传说，这在当时的确算个最好的办法了。虽不能使人尽信，起码能叫人半信半疑。怎奈萧夫人坚持不让抛骨河中，最后想出个折中的办法，平埋于地下。

时至四更，窦怀贞和岑羲皆留宿萧府。次日近午方起，用膳毕，三人又探讨了许多谒见太平公主的事宜。

太平公主这天晚起，刚早膳毕，中书舍人薛稷来见。薛稷举进士入仕，既是魏征外孙，其子伯阳又尚睿宗第三女仙源公主，自恃皇亲国戚，较为傲慢。坐定之后，也不问安，便高谈阔论起来："钟绍京素无才望，因投机取功，超擢宰相，清浊同列，有损百僚。且恣情赏罚，独断专行，为时人所恶，宜速左迁为好!"

太平公主道："宰相升降，非同小可，宜奏皇上裁夺才是!"

薛稷道："我已奏过皇上，旨谕先同太平公主商议——实为尊重公主之意!"

太平公主听此，愈为气愤："说得好听！要是尊重我，国家大事都找我商议才是：为什么升迁朝臣我不知道，排遣我的亲信，事后才和我打招呼；而贬降官爵，却来找我——这哪里是尊重，而是让我承担责任，让我去得罪人。”边说边换衣服，欲入宫寻衅。

薛稷感到十分尴尬，自己原想尽职效力，以图奖赏，不料却挑起了皇帝兄妹之间的不和，恐怕要惹火烧身！听太平公主之言，似乎很有道理，百口莫辩，真后悔，既不该多管闲事，又不该对皇帝的口谕不加考虑，上其圈套，当了枪使。但他又反复考虑了一下：皇帝素来仁柔恬淡，不可能是恶意，而是太平公主发生了误会。于是措辞劝道：“请太皇太公主息怒，只怕是皇上考虑到以往对皇妹尊重不够，从今日开始改正。请太皇太公主且勿发生误会，更勿得理不饶人。且臣介入其中，实在不胜惶恐之至！”“扑通”跪了下去，声泪俱下……

太平公主向来是得理不饶人的，一心立即入宫取闹，把薛稷撇在一旁，毫不理睬，登轿而往。薛稷慌忙爬起，跟在轿后急追快赶，时至盛夏，汗流浃背，连连张口喘气，几欲晕倒。

太平公主赶到时，睿宗刚下朝回宫。她进门就跪，口呼“谢恩”、“万岁”不迭……睿宗连忙伏身搀扶：“皇妹，快起！这是为何呀？”

太平公主道了一声“遵旨”，突然站起又坐在椅中，阴沉满面，好一幅恶煞神像，使人望而生畏。

睿宗自惭不如妹妹太平公主，对她从来是言听计从，似同姐姐般看待。见她如此表情，心中不胜狐疑。连忙转向薛稷问道：“朕让你去请示太平公主，是满腔的敬意，卿为何得罪了她？”

太平公主不待薛稷回言，抢先开口：“怎能证明是你的敬意，而不是恶意呢？”

睿宗一本正经地道：“难道先请示皇妹不是敬意，而先斩后奏才是敬意的么？”

太平公主道：“可你超擢重用姚崇和宋璟的好事为何不先请示我，而将贬罢大臣的赖事先问我呢？”

睿宗道：“因为好事没有什么问题，为兄自可做主，而赖事则可能会发生什么风险，所以才先请示皇妹定夺——这正是尊重皇妹！难道事无巨细好坏，皆要请示皇妹？这样岂不太烦劳皇妹了么？我还于心不安呢！而皇妹反而把我的好心，当成了恶意，我真感到十分抱歉和遗憾！希皇妹能谅解我的苦衷才好！”

太平公主嗔道：“你办好事，我办赖事；你落好，我得罪。你倒挺美，我可没有那么大的度量，能谅解你的苦衷！”

睿宗才思迟钝，被说得张口结舌，无以答对。良久才发出话来：“请问皇妹，今后该如何办呢？”

这正问到太平公主的心坎里，方露出一丝笑容。她也猜知睿宗想不出什么好的主意，于是逐渐摊牌：“今后不论好坏大事，要么都先问我，要么一切莫让我管。”

睿宗立即答道：“皇妹如同我的主心骨一般，岂能不让你管，今后都先问妹妹是了！”

薛稷急忙凑趣插言：“请问太皇太公主，这贬降钟绍京之事如何？”

太平公主道：“卿奏极当，可降钟绍京为户部侍郎。赐卿锦缎十匹，以资鼓励。”

薛稷先由喜变忧，又由忧变喜，连忙向睿宗和太平公主谢恩，兴高采烈而下。

太平公主趁热打铁，激问睿宗：“兄皇既然尊重妹妹的主意，那么崔湜贬华州刺史，我认为可以不去，不知兄意如何？”

睿宗道：“依妹妹是了。”

太平公主得寸进尺：“既然可以不去，岂能让他闲散家中，复为吏部侍郎可好？”

睿宗答道：“可！”

太平公主道：“萧至忠贬往许州，愿弃远求近，改迁蒲州可乎？”

欲知睿宗如何答复，且听下回分解。

第三十三回

公主机智胁迫上下
睿宗仁柔顾盼左右

且说太平公主奏请兄皇："萧至忠贬往许州，愿弃远求近，改迁蒲州可乎？"

睿宗道："也可！"

太平公主道："窦怀贞和岑羲贬流岭南，分别改迁为益州和陕州刺史可好？"

睿宗道："更可！"

太平公主的要求全部得偿，心满意足，遂乘兴而返。

睿宗向来恬淡，如今被历史推上皇位，勉强顺天应人。他为了早日脱身，急忙议立太子。按照惯例，太平年代先立嫡长，国难时期，立有功者。如今是太平公主协助临淄王发难平灭了韦后弑夫篡国，立临淄王为嗣似乎理所当然。但也必须例行手续，经过将相议定。

可是人非圣贤，孰能无过？临淄王有爱声色和气盛之缺点。且历来立嫡长者较为平顺，而立有功者往往发生不测。如唐太宗为建唐朝，有汗马功劳，然而长兄李建成和弟李元吉都不心服，终于引起了同室操戈的惨局，更何况临淄王的功勋远比不上唐太宗呢！所以胆小怕事的睿宗，多方征求意见。姚崇、宋璟、陈玄礼、刘幽求、钟绍京、崔日用等参与举事的一般大臣，自然皆倾心于临淄王，只有太平公主存有野心，觉得临淄王英俊多才，不易驾驭和篡夺，竭力主张嗣立仁柔的嫡长宋王成器(后来晋封为宁王，誉称"让皇帝")。她一闻此消息，立即入宫劝谏睿宗道："宋王成器既为嫡长，又仁孝望重。且在文胆元年立为太子，母后又授他为皇太孙，理应为嗣！虽然临淄王隆基在平韦后逆乱中有功，但不只他一人之力，为妹也费很多心血呢！只可惜我是个女的！”停了停，仔细观望一下睿宗的表情，既未看出赞许，也未看出反感，于是又大胆奏道：“隋炀帝杨广杀父夺位的惨剧，兄皇当不虚闻。太宗功盖天地，也曾弑兄屠弟，这些殷鉴不远，不可不虑！”

睿宗既恬淡，又被几十年的宫廷残杀吓破了胆，太平公主一提起隋炀帝杨广杀父夺位的惨剧，就心惊肉跳，开始动摇起来：“太子杨广杀父谋篡，事出有因——隋文帝中途反悔，欲废他为庶人，仍立旧太子杨勇。我若立意不摇，岂有他变？且宋王成器，仁柔忠厚，已涕润固让再三，言真意切以死相请。同室操戈似无可能。”

太平公主不以为然：“人不为己，天诛地灭。宋王固让太子，实为势不得已。事物是不断变化的，难免有个风吹草动。诸皇兄的坎坷，岂不是很好的例证么？太子弘和贤皆死于非命，中宗显两上两下，终丧韦后之手，兄皇亦两上一下。殷鉴未远，岂可忘怀？”

这席话打动了睿宗的心，顿时有些动摇，以已和诸子相比——比任何儿子都仁柔善良得多，而权欲也在所难免。人有旦夕祸福，天有不测风云，漫长人生，前途难料，为了保险，还是立懦者和嫡长为宜。“女子无才便是德，男子有德便是才”。隋文帝若立太子杨勇不变，既不至于有杀身之祸，也可能不会很快亡国。他想来想去，觉得太平公主言之有理，于是道：“妹妹且退，容我细思。”

太平公主十分机灵，看睿宗的表情，猜知似被自己说服，起码已经动摇，收获匪浅。也顾不得休息，立即乘轿赶往兴庆坊五王宅的宋王府第去游说。

宋王曾先后封为太子和皇太孙，对于皇位岂无向往？他固辞让贤，实为臣宰多亲临淄王心腹，恐不易驾驭，遭受太子建成的下场。与其不幸，何如知难而退，安享富贵？且可沽名钓誉，掩人视听，窥测时机，以求一逞。

如今他任左卫大将军半个多月，发号施令，威武自如，于是权欲渐生。所以太平公主一进门来，就有一种喜临门的预兆，连忙热情接待，让入密室。

太平公主未待坐定，便爽朗开言：“我给侄儿报喜来了！”

宋王成器心想，肯定是议立太子的事了，但他也有客观的估计，至多有些希望，不可能会马上成功，所以并无乐以忘形的表情，只是面含微笑地启问道："不知喜从何来了？"

太平公主道："你父皇已答应立你为太子啦！"

宋王成器半信半疑地道："未必吧？"

太平公主又笑道："本来你父皇就有些犹豫不决，我方才在那里好说了一大阵，终于把他说转了。"

宋王成器道："姑姑如何说哩？"

太平公主道："我说呀：历来的以幼夺长者，或以功嗣立者，无不发生流血的惨剧，从隋炀帝杨广鸩父亡国，一直说到唐太宗在玄武门发生的弑兄屠弟。更何况临淄王的功劳，还远不及太宗呢！你父皇从来是胆小怕事的，一听到这些就毛骨悚然，没了主意，哆哆嗦嗦地求我：'皇妹，请你快给我出个主意！'我就胸有成竹，把侄儿你的许多优点讲述一遍，诸如仁柔善良啦，忠孝信义啦，谦恭下士啦，德高望重啦，老成持重啦等等……"

宋王急忙问道："我父皇怎么说的？"

太平公主道："他说呀，只怕你有点懦弱。我便立即驳斥道：'女子无才便是德，男子有德便是才。'一下子把他给说住了，当即答应'皇妹且退，容我细思'——这岂不是已经默认了？所以我立即赶来，一则向你报喜，二则请你赶快网罗心腹，安排朝臣。而姑姑我嘛，定要助你一臂之力，但不知事成之后，如何谢我呀？"

宋王成器深知太平公主的才能，得其相助，事无不成，于是答道："我希望姑姑能助我一臂之力才好！事成之后，任凭所求！但不知眼前如何行动？"

太平公主道："一则向你父皇坦白——你涕泣固让，是不得已的假意，二则你和二弟申王成义分掌左右卫大将军，一声令下，把临淄王拿了，定他个谋父篡位的罪名，囚禁后宫，养其终身。保他活命不死，也就算格外原情了！"

宋王成器道："我下不了这个狠心呢！"

太平公主道："你下不了狠心，临淄王却能下这个狠心，如同唐太宗对其兄和弟一样。凡是果断敢为者，心都是狠的。你看他杀灭诸韦，超过马鞭的孩提都无一赦免，对曾庇护过相王有功的上官婉儿也不肯放过，可以说毒于蛇蝎了。有朝一日，只怕你的满堂儿女都有灭顶之灾！"

正说之间，宋王成器的次子——汝阳王李琎(后封为嗣宁王，被杨贵妃戏弄过）闯了进来。他年方八岁，眉宇秀丽，聪明伶俐，十分可爱！太平公主不禁搂到怀里亲了一口，心想若能早生十载，定已是个英俊风流的美少年了。由于李琎聪俊超群，宋王成器也最爱他不过，也可以说胜于掌上明珠，忽然联系到太平公主方才所说的“只怕满堂儿女都有灭顶之灾”，倍加心痛怜爱李琎，更坚定了他听从太平公主的主张的决心。于是道：“请姑母多加指教！”

太平公主道：“为了大唐的江山万古长青，我定辅佐侄儿不遗余力！”

接着又把她杀张昌宗兄弟，灭韦后的功劳，“过五关斩六将”似地叙说一遍，以鼓励宋王的勇气。然后道：“可侄儿千万不能反悔，半途而废，把姑姑我推入火坑。”紧接着把话锋一转，对宋王进行威胁道：“其实我是从三十多年的宫廷格斗、尔虞我诈、互相倾轧的风暴中锻炼出来的，什么也不再怕了！既能防患于未然，也会后发制人，永远立于不败之地。即使侄儿出卖我，我也自会脱身，转败为胜！”

宋王成器哪是她的对手，只有连忙表示慑服，跪下发誓道：“我愿永远听从姑母指教：若有丝毫不忠，天诛地灭，碎尸如泥！”

太平公主为了趁热打铁，立即传申王成义来见。

申王成义为宫娥所生，当时武太后以其母贱，欲弃为僧。僧曰：“此儿是西域大树之神养之，有益于兄弟。”武太后闻之方喜，始令排行于兄弟之次，所以他常怀自卑之感。如今三十有余，娶了数名妻妾，皆无生育。常言说“三十不立子，空等到老死”，他便信为天命无子，以兄宋王的第五子为义子，所以和宋王的关系较为密切。

申王成义来后，得知传唤他的底细，心中十分害怕：若胜，也无特殊裨益，自己仍然位列藩王；若败，必将大祸临头，性命难保。但见太平公主和宋王立意已决，自己又不敢反抗，只得顺水推舟，附和随从。

太平公主为了争取时间，立即携两个侄子入宫。

睿宗正在葡萄架下躺椅中纳凉，有两个宫娥打扇，见皇妹携皇子冒暑赶来，定是事急，连忙起身迎接，命两个宫娥回避。

太平公主唯恐宋王兄弟说话有差，抢先开言：“我猜想宋王泣让太子是假意，现经我多方试探，果然是不真！与其讳疾忌医，养痈为患，何如及早揭露出来，提前防治哩！”

睿宗忙问："成器果真是如此吗？"

宋王成器如五雷击顶，一时不知所措，且他脑子迟钝，不会说假，只好吞吞吐吐，如实道来："姑母方才告诉我，父皇恐怕以幼夺长，发生同室操戈，因而确立我为太子……所以我才承认了涕泣固让是不得已的假意……"

睿宗道："这就是皇妹的不对了，我说'皇妹且退，容我细思'——我只是准备仔细考虑一下你的意见，怎能说我确定了呢？"

太平公主立即反驳道："既然兄皇要细思，表明已认为我言之有理。虽不能说完全确定了，但近乎认可了。若兄皇不同意，你为何没有丝毫的反驳？身为皇帝，岂能模棱两可？若说皇妹领会旨意有误，其根源乃因兄皇言之不确！"

睿宗对她这番花言巧语，不便于辩驳，另转了话题："你用假言试探宋王的隐情，乃陷人犯法，是很不妥当的做法！"

太平公主以退为进道："也可以说我是'引蛇出洞'吧！但蛇在洞里，终为隐患。虽然我采用了欺诈的手段，把它引诱出来，不够道德，但总比让它躲在洞里，伺机突然伤人要好些！且《孙子兵法》上曾说'兵不厌诈'，对于敌人是不能讲道德的！"

宋王感到很不是滋味："姑母，莫非把我比成蛇了？"

太平公主道："蛇也并非完全是坏的，它可以伤人，但也可以用它给人治病！"于是面向睿宗道："兄皇如认为宋王是蛇，如今已引出洞来，可以把他立即打死；如认为临淄王是蛇，那么宋王是我请来的捉蛇人，他可马上捕蛇！"

睿宗本来是个庸才，远不及太平公主的聪智，一下子被搅糊涂了：说临淄王是蛇不对，说宋王是蛇也不对，说都不是蛇也没把握。睿宗考虑再三没得主意，只好气急败坏地道："你们都退下去，容我细思！"

实际上要按正统的说法——"谁存在有野心谁是蛇"的话，那么说太平公主是蛇，则似乎较妥。但若就睿宗和太平公主兄妹的才能来讲，撇开男尊女卑的话，睿宗若能让贤皇妹，则是很可能把国家治理得好一些的——仁柔的懦夫是平不了天下的！

太平公主退出宫来，感到已至风险日上，只有破釜沉舟，不能后退，便搜尽枯肠给宋王兄弟二人打气。

欲知吉凶，且听下回分解。

第三十四回

申王告密留退路
姚崇苦谏保前程

宋王上了太平公主的船，已无可挽回，只好让其牵着鼻子走。申王成义却不甘心随波逐流，他仔细权衡双方是非及成败可能：临淄王为太子合情，宋王为嗣合理。但历来优胜劣汰，弱肉强食，临淄王吉多凶少，宋王吉少凶多。自己既然无价，又无亲生子女，何必投机冒险？宜脚踩两只船，见风使舵为好！如今既已偏到左边——坠入太平公主的圈套，就应赶快向右边靠拢才是！他家和临淄王仅一壁之隔，三更人静之后，便翻墙而过。不料正遇临淄王和崔涤在花前月下饮酒，感到十分尴尬。

临淄王心想申王半夜翻墙，必有要事，连忙把崔涤支走："天已不早，你该回府了！"遂给他递个眼色。崔涤更为机灵，起身就走，但到大门口，立即绕了个弯子，返到临淄王书房里去。

申王来此告密，最怕太平公主知道，却碰上了她的女婿。心想怎么这样倒霉，房漏偏遭连夜雨，已经备好的腹稿，一下子给打乱了，不知该从何说起，十分局促不安。

临淄王猜知其故，忙从侧面开导："崔涤和我是刎颈之交，誓同生死，胜于骨肉兄弟……"由于激动失言，连忙更正道："不，不，是情同骨肉兄弟！"

申王本来就有些心虚，经临淄王如此一解释，愈觉惊惶：莫非是他发觉自己和宋王对他不悌爱么？否则，怎能会说出朋友能胜过骨肉兄弟呢？他虽说是失言，怎能证明不是激动出真言呢，又怎能证明他不是欲盖弥彰呢？

申王愈想愈害怕，但他反复思考，事已至此，似覆水难收，只有反悔认错和赔情一条路，于是他跪在地下，涕泣道："今天晌午，太平公主把我叫到宋王府，诈称父皇有旨，为避免以幼夺长，引起同室操戈，册立嫡长宋王为太子，让我和宋王一起去拜见父皇谢恩。并说若你不服，将囚禁后宫。岂料父皇正在权衡当中，尚未最后确定，把我等严斥一番，轰将出来。以我之见，太平时则先立嫡长，国难时则立有功，理应位归贤弟。且宋王早已涕润固辞，也无此念，只是不知内情，太平公主挑拨其间，父皇略有动摇，请你速做防范！"

临淄王听罢先是大惊，镇静一会方把申王拉起，表示谢意："多谢兄长的美意！为弟些许功劳，不足挂齿。我也不愿以幼夺长，唯父皇的裁决是从！"

申王也不管他说的是真是假，反正自己脚踩两只船的目的已经达到，随即离去。临淄王亦急忙遣人传唤姚崇前来议事。

太平公主原以为说破宋王涕泣固让之事，太子位已经牢牢到手，乍闻密探来报申王告密，颇出意外，深感事情重大，连忙寻找对策。

崔涤见申王离去，立即来到花园询问情况。临淄王对他的情谊，的确胜于骨肉兄弟，虽然事关他的丈母，也相信他会站在自己这一边，所以如实告诉了他。崔涤听后不胜遗憾："这个泼妇，莫非疯了？"

临淄王道："我也不曾得罪她，不知她是何居心！"

崔涤道："嫉贤妒能——男子汉大丈夫也在所难免，何况一妇人！"

临淄王道："不知她会对我下毒手否？"

崔涤道："殿下知内外兵马，兼押左右万骑营，而宋王和申王只不过你麾下的两个大将军，何虑之有？"

临淄王想给他出点难题，追问道："韦后践位时，左右羽林军和万骑营全在她心腹手中，然而我一举将其歼灭了！"

崔涤道："韦后是以邪欺正，人神共嫉，而殿下是以正压邪，众心所向，岂可同日而语耶？"

临淄王笑道："你真成了巧嘴八哥了！"

正说之间，姚崇来到，崔涤回避退去。

临淄王说明传唤之意，他惊慌失态，跪到地下道："事已燃眉，请速拜见皇上！"

临淄王从未见过姚崇如此惊慌过，连忙携他入宫。

睿宗也正为此事忐忑不安，忽见姚崇和临淄王来见，悲喜交集，既想让他俩知道此事以商议良策，又怕他俩付诸武力。不妨以守为攻，先听听他俩的来意，再做打算。

临淄王先把申王的密告详奏一遍，姚崇连忙跪下泣道："除天下之祸者，当享天下之福。临淄王拯社稷之危，救君之难，论功最大，语德莫贤，册立太子，理所当然。但历代册立太子，常有不测，同室操戈，兄弟相残：太子建成乱箭穿身，太子承乾囚死后宫，太子弘死因不明，太子贤命丧毒手。前车之覆未远，后车当为明鉴。且如今宋王和申王为左右大将军，岐王和薛王皆典禁军，太平公主又挑拨其间，危如累卵，事已燃眉。臣请陛下速发二诏：一立临淄王为太子；二罢去诸王兵权。出宋王和申王为他州刺史，任岐薛二王为左右率，逐太平公主于东都闲居。"

姚崇奏罢，见睿宗面有难色，犹豫不决，又敦促道："臣全为陛下和国家着想，陛下安则天下安。如今唐命多舛，武韦相继为乱，太宗子孙死之殆尽，若再有宫廷惊变，岂堪设想？若陛下不能果断防患于未然，臣恐有渎职之罪，故愿乞骸骨归田！"

睿宗本来倾向立临淄王为太子，经此一激，立即宣谕道："立隆基为太子及罢黜诸王兵权皆可，但朕如今诸兄都命丧无常，唯余太平公主一妹，岂忍远置东都？"

姚崇道："太平公主谋略过人，又心毒手狠，颇有武太后的遗风，非陛下能敌：诸王萌动，实受公主蛊惑，铲草留根，养痈为患——后患无穷！"

睿宗无奈，只得允奏。

次日早朝，宣此二诏，诸王纵有心中不服者，谁也不敢表示出来。而太平公主岂肯忍耐，火冒三丈，大哭大闹起来："我为你们父子复位，夙兴夜寐，除二张灭韦后，出生入死，不顾安危。哪料你父子缺恩寡义，过河拆桥，偌大的京都，竟无我立身之地。我早知如今，何必当初……"

睿宗见她愈闹愈凶，实为不雅，连忙宣布散朝。

太平公主见诸臣退去，遂转了话题只是怨恨兄皇做事残忍，不顾兄妹情分。本来睿宗就有些不忍，如今被太平公主说到痛处，不禁潸然泪下。

太平公主很善于察言观色，又侃侃奏道："想当初母后在世时，为避免同室操戈，曾令咱盟过誓，藏于铁券；来俊臣猖獗时，咱们曾共患过难；韦皇后也曾经把你我列入了欲残害的名单。我们同舟共济，经历了狂风恶浪，我不曾负过你，而你却要负俺。请你扪心自问，到底是谁的理长，谁的理短……”

睿宗仁柔懦弱，这席话把他说得悲不自胜，跪到地下致歉道：“是妹妹理长，是我理短。但皇帝口中无戏言，诏令已下，难以更改。请妹妹仍居长安，抗旨不去东都是了！”

太平公主得此初步胜利，虽然仍愤愤难平，但也不便太难为兄皇，只好打住，另寻机会报复。于是把睿宗扶起，安慰他道：“请兄皇今后多同妹妹谈心，杜绝小人进谗才是！”睿宗只能连连称是。

太平公主除了声色方面以外，向来是一帆风顺，受此赶往东都的屈辱，怎能忍受？但轻信申王、遭受告密的教训，只是倍加小心，隐蔽行事罢了。于是搬进曲红头的南山庄去住，闭门谢客。

那善于投机的胡晤，由韦后的秘书少监，贬为沅州刺史，心甚不平，迟迟不肯动身。他眼观四方，耳闻八面，窥测时机以求一逞。闻听太平公主被赶往东都的消息，他如获至宝，星夜赶赴南山庄去拜见。

太平公主声言闭门谢客，只是掩人耳目而已。凡对她有用者，不但来者不拒，还是非常欢迎的。她一听说胡晤谒见，知道他诡计多端，溜上欺下，能大能小，能缩能伸，什么下流厚颜无耻的事都能干得出来，正好收作鹰犬，急忙传入接见。

胡晤请安毕，就开门见山道：“听说太皇太公主为除灭韦后立了大功，不但未得到厚报，还被撵往东都，这可是为了何故呀？”

太平公主猜知他是来献媚自己，所以也不加掩饰，开诚相告：“按常理‘恶有恶报，善有善报’，可是老天爷也有瞎眼的时候，使我遇上了恩将仇报、过河拆桥的人！”

胡晤叹了一声道：“唉，咱是同病相怜呀！先时我任吏部侍郎，因对韦后不满，把我贬为江州司马。我路过均州时，曾启示谯王重福举兵诛韦后，而谯王懦弱，吓得说不出话来，半途而废。但由此可以看出，我是反对诸韦，拥护睿宗登基的，怎奈我好不容易启用为秘书少监，又贬我到沅州。似这等的糊涂皇帝，岂可久保耶？”

太平公主一听他提到谯王重福，不禁心中一亮：他可是一个很好的傀儡，既赶我去东都，这也许是天助我也，我可把谯王弄去拥为皇帝，先和睿宗分庭抗礼，东西割据，然后以谯王为中宗嫡长的地位号令天下，讨伐睿宗父子不应越居皇位，定获人神共助，一举可成。她把此想法和胡暗一说，胡暗拍案叫绝：“我立即以赴沅州的名义，潜往东都策划留守营响应，请太皇太公主速遣人往均州知会谯王重福。”

太平公主道：“你在东都留守营有心腹吗？”

胡暗道：“有的，我有个义弟张灵均，现任留守营参军，他世代居洛阳，人熟地熟，早欲出人头地。我敢担保一说就成！只是我到东都后，还没个合适的住处，如何是好？”

太平公主道：“可住我积善坊的旧宅中。北门濒临洛河，于晚间划船而入，最为秘密。”胡暗喜不自禁，再三拜谢。

太平公主为了趁太子隆基掌权未稳，抓紧谋篡，次日就分别行动了。

谯王重福是中宗的第二子，长兄重俊被害后，他是有继位的权利的。而中宗殁后，先后被韦后的傀儡殇帝重茂和叔父睿宗篡权，心中十分恼火。

谯王虽然懦怯，但也很聪俊。他系后宫偏妃所生，韦后嫉恨交加，先诬他向武太后进谗，逼杀嫡子重俊，贬他为汉州刺史，旋即又贬为均州员外司马。前年大赦，十恶者皆有，流人得还，唯谯王不准回京。他曾上疏申辩，其言真挚，句句含悲，字字题怨。

韦后谋篡时，调三千兵民围阻谯王，睿宗则接纳姚崇奏疏，遣使赍玺书财宝，前往均州宣慰，擢升为员外刺史，心中仍很恼火。正当他无可奈何之际，忽接太平公主的密札：

> 重福贤侄：
>
> 中宗暴崩，汝为长子，理应为嗣。如今已两易其主，何无动于衷耶？若有意，可速来议，吾当助汝一臂之力。
>
> 镇国太平公主谨缄

谯王看罢，似同雪中送炭，喜不自禁，盛情接待使者。不料晚间向妃子诉说，却遭到了反对：“太平公主心毒手辣，翻脸无情。她先时曾迷恋我舅父张昌宗，似痴若狂，谁料后来我舅父全家都死在她手下！可见太平公主不可交，以敬而远之为好！”

欲知谯王如何抉择，且听下回分解。

第三十五回

公主乱伦煞费心机
谯王得妻轻而易举

谯王由于权欲熏心，抱着“明知不是伴，事急且相随”的心理，决意回京投靠姑母。次日休息一天，做些准备，傍晚骑马上路。因怕被人发现，扮作富商模样，使者充当役夫，夜行昼寝，向京都赶去。第五日的五更，来到太平公主的南山庄上。

太平公主在此，一则避暑，二则此处比较僻静，便于密谋。

太平公主连忙把谯王带入寝室，他洗漱之后，天色将亮。朝霞射入纱窗，同蜡光交辉，一起映衬着谯王的脸庞，如雾里观花，分外妩媚，似乎把崔湜比下去了。实际上他的眉目略嫌清秀，缺乏男子汉的雄伟，是赶不上崔湜有魅力的。但是先天赋予他有继承皇位的权利，是太平公主难得的一个好傀儡。且他比崔湜年轻十二岁，粉面桃腮，白里透红，嫩似荷花，娇如玫瑰，似乎用手一摸，就能流出水来。纵是铁石心肠的人，见了他也难免意乱神迷，更哪堪风流的太平公主。

她看着他的天真,想起崔湜十年前的光景,看着他的稚气,想起崔湜当今的模样，看着他的憨态雅姿，具有崔湜三兄弟之长。花开须摘，莫待花落空折枝。十年过后，恐怕还不如崔湜的如今。她想到这里，勇气愈来愈大，似乎到了疯狂的程度，而且如能得逞，也将对他们的图谋联盟更有保障，所以她决心再冒犯一次伦理。

洗尘宴很快端了上来，姑侄二人对饮，无须避讳。三杯落肚，都兴奋起来：谯王想的是问太平公主谋反的具体方法和步骤；太平公主想的是尽快享受谈情和偷欢。

毕竟是偷情不易，太平公主有些碍口。谯王先询问道：“姑母传侄回来，想必一切都准备就绪了吧?”

太平公主为了逗他，使他着急，故意不立即告诉他，绕弯子道：“嗣君未到，别人谁敢做主?”

谯王虽明知太平公主有意打趣他，但是听此等入耳的话，心中总是舒服的，不禁眉开眼笑：“我如今似是笼中的幼鸟，沙滩里的龙子，全仗姑母保驾哩!”

太平公主早已禁持不住，忽见他面生桃花，笑容可掬，伸手在他酒窝上拧了一把：“姑母愿为你鞠躬尽瘁，死而后已!”

谯王受宠若惊，乐以忘形起来：“只怕侄儿福浅!”

太平公主又在他脸上拧了一把，鼓励他道：“得道多助，失道寡助。子继父位，天经地义，人神共助!”

谯王完全相信了：“现在都有谁助我呀?”

太平公主道：“现在还不能告诉你。”

谯王哀求地道：“好姑母，你快给我说说吧，别急我了!”

太平公主看着他那着急的样儿，愈为天真可爱：“你真好似小孩子向大人要糖吃一样!”

谯王不禁撒起娇来：“侄儿在姑母面前，到啥时候也是小孩子呀!”

太平公主巴不得他有如此话说，便顺水推舟道：“过来，小福子，让姑母抱一抱。”边说边抱过来亲了一口。太平公主隐藏多时的欲望，已接近了决定性的胜利，感到飘飘欲仙。忘记了人间万事，发起呆来。

谯王见状，有些奇妙：似是猥亵行为?但她是自己的姑母，恐不大可能吧?于是问道：“姑母，你怎么啦?”

太平公主这才如梦初醒，支吾道：“喝酒多了，肚子难受。”

谯王又信以为真了：“请姑母休息吧!”

太平公主还要多享受些调情的乐趣，岂忍离去：“你问我事，我还没答复呢!”

谯王听此，兴趣倍增：“请姑母快给我说吧!”

太平公主道：“但不知侄儿如何谢我?”

谯王抓耳搔腮，千思万想不得其解，突然灵机一动，问道：“不知姑母有何等要求?”

这一军也把太平公主给将住了：说吧，既难以启唇，又怕时机还不成熟，遭到拒绝；不说吧，是自己先提出的问题，等于打了自己的嘴巴。思虑好大一阵，才道：“待睡觉时，我再告诉你！”

谯王一听“睡觉时”，感到姑母的邪念愈来愈明显。她既是自己的姑母，又年长十多岁，厌恶之心油然而生，欲待拒之，岂奈她要扶立自己，为前程着想，只得委曲求全，听从命运的安排了。

太平公主察言观色，猜透他的矛盾心理，连忙斟酒，希图把他灌醉，借以遮羞。

谯王也想到这一招，就拼命狂饮起来。太平公主一边把盏递酒，一边动些手脚，乜斜着双眼，贪婪地看他的俊容雅态丝毫不放。

谯王由于几天来风餐露宿、跋山涉水的疲劳，果然醉了，头晕目眩，天旋地转，呕吐一地……

太平公主也顾不得唤人清扫擦洗，急忙扶他上床，似哄小孩睡觉一般，共枕而眠。谯王在昏迷中任其爱抚，既不抗拒，也不亲热。太平公主也很感到乏味，后悔不该劝酒太多，若是损伤了他的身体，真的病了，那才叫人心痛哩！过了一个时辰，谯王因十分干渴，醒了过来，喊了声：“姑母，快给我倒茶！”

太平公主这才恍然大悟，连忙寻出醒酒花，给他泡一杯醒酒茶。喝完之后，逐渐清醒。太平公主便趁机道：“侄儿，你实在太英俊迷人了，我愿为你登基牺牲一切，甚至我的生命！你也莫认为我是你的姑母，不好意思，其实什么伦理道德，都是无知的人们自己约束了自己。神圣女皇武太后就曾和她侄儿武三思睡过觉呢……”说着说着，就搂他享起凤凰于飞之乐，谯王也只好半推半就，顺水推舟了。

事后，太平公主才告诉他谋反的步骤：“我如今被睿宗父子排斥到东都去，我拟携你一起前去，筹划拥你为帝。”

谯王迫不及待，忙问：“啥时候去？”

太平公主道：“等待胡暗的消息。他贬往沅州，现留居洛阳，谋划迎接你我事宜。”

谯王道：“胡暗虽有才干，但太狡黠，岂可重用？”

太平公主道：“权且把他当个鹰犬而已！如武太后利用来俊臣一般。且他有个义弟张灵均在东都留守营任参军，可策划内应，大有用处哩！”

谯王认为有理，欣然相从。

第二天夜晚谯王去后花园散步，归来时恰遇太平公主在凉台上和崔湜求欢，心中是又惊又恨又气。但并不生嫉，有了替身，自己正可摆脱烦腻。待他们事毕，崔湜正待离去时，谯王急上前质问道：“崔侍郎少年及第，聪俊绝伦，古今罕有，府上的娇妻美妾定有不少，值此月白风清之夜，不陪她们谈情说爱，却来此同我姑母胡闹，我实不解！”

崔湜道：“因有事和公主商量，请贤弟不要误会。”

谯王道：“常言说‘半夜入其门，非奸则盗’，这个道理，侍郎不会不晓！”

只说得崔湜无言答对，抢步而出。谯王急起直追，刚至门口，一手将崔湜的纱帽摘了下来：“寻了乐就走，没那么便宜！”

崔湜便也恼羞成怒起来：“是公主约我，并非我找上门来。你不去质问公主，反而责怪于我，岂非本末倒置了么？”

谯王道：“你并非三岁儿童，不懂道理。公主让你跳井，你岂能跳么？如今是你来找公主，并非公主去贵府追你。谁个罪轻，谁个罪重，岂不昭然若揭了么？快同我去找皇帝讲理！”拉着崔湜衣衫猛拽。

崔湜再无计可施，连忙跪在地上求情道：“罚而不打，打而不罚，大王有什么条款，请开尊口！”

谯王思索了一会，忽然想到崔湜的第三个女儿容貌非凡，便道：“把你三女儿许我为妾便了。”

崔湜道：“我三女儿已许配给张说之子，如何是好？”

谯王道：“先下手为强，后下手遭殃。你明天晚上悄悄送来，我立即带往均州，他岂奈我何？”

那崔湜既想趋炎附势，又可卸掉私通太平公主的罪责，一举两得，何乐而不为？便立即应允照办。他回去之后，就让夫人向三女儿述说谯王如何如何英俊，如何如何有谋略，将来必成大器等许多好处。二八少女有什么主见，自然顺从父母，嫁给了谯王。

谯王一见崔湜之女，的确名不虚传，不禁神魂颠倒，疑入仙界。只见她美若天仙，既似刚刚出水的荷花，又如祥云宝月，明霞仙露。杏脸桃腮晕彩，眉清目秀生媚，雪肌玉质兰心，天真烂漫娇羞。遂忘尽人间万事，但愿变作一对鸳鸯，戏水池边洲头。当夜便对太平公主不辞而别，赶回均州。

且说太子太傅张说，听说崔湜赖婚，将儿媳许人私奔，气愤不过，立即诉于太子隆基。太子隆基道：“儿媳尚未过门，既已另嫁，覆水难收，同他争论，徒致丢丑，何如顺水推舟掩盖了事。且令郎才貌出众，何愁寻不到个更好的儿媳呢!”

张说认为太子之言有理，便哑巴吃黄连苦忍了下去。

太子隆基觉得崔湜赖婚虽为小事一桩，但谯王溜进公主府却很值得注意，必为同公主谋篡无疑。于是奏给睿宗，降旨调迁谯王于蜀南的集州。

谯王这时正同崔妾爱在火候上，日夕共处，寸步不离，再无他念。乍闻贬至蜀南，实在忍无可忍，谋乱之心，又油然而生。但他既不辞而别，得罪了太平公主，又不知东都的消息，似同丧家之犬，孤独无依，痛苦莫名!

欲知他如何投奔，且听下回分解。

第三十六回

谯王谋反惨败投潭
公主涉嫌劝逐出京

谯王重福正在走投无路之际，忽报胡暗求见。这真是“山重水复疑无路，柳暗花明又一村”。急忙传进客厅，未待胡暗坐定，就询问他：“你从何处来此?”胡暗道：“我从东都洛阳而来。”边说边诡秘地掏出一封信，贼眉鼠眼地向四下里看了看：“有外人否?”

谯王道：“没有。”

胡暗这才递过信来：“这是我义弟洛州留守营参军张灵均写给陛下的!”

谯王重福不禁一怔，双手就抖了起来，心慌意乱，好不容易才把信打开：

谯王殿下：

大王位居嫡长，合当继为天子。相王旦虽有讨平韦氏功，安可越长而居大位？昔汉朝诛诸吕，犹迎大王。今东都百官士庶，皆盼大王前来，发左右屯留守营兵，袭杀留守，占据东都，如从天而降也。然后西取陕州，东下河南北，天下指日可定！

臣已代拟草诏一纸：

拥立谯王重福为帝，改元为中元克复，大赦天下。尊睿宗为皇季叔，以温王为皇太弟，胡暗为左丞相知内外文事，张灵均为右丞相、天柱大将军知武事。

谯王重福览毕，心中激动万分，二十年来梦寐以求的愿望即将实现，高兴得流出泪来，是真耶？是梦耶？是运耶？千头万绪，不知该如何是好……良久方想起给胡暗传茶备酒洗尘。

酒过三巡，略镇静一些，方想起询问胡暗，为何没去京都禀告太平公主。胡暗答道："只因时间紧迫，怕失去战机。如今左右屯留守兵营已发动起来，个个兴高采烈，摩拳擦掌，急于拥戴大王立功，恐万一走漏了风声，将半途而废，致千万人头落地！"

谯王登基心切，对他这番花言巧语全信为真。实际上他们现在发动的兵力尚不足千名。他所以不去禀告太平公主，其原因是太平公主权略过人，怕她揽了大权，自己无法挟持谯王，难以实现他的野心。

谯王又问道："我是要携眷去的了，可这车驾如何到手？"

胡暗道："我已速来一道假圣旨：迁升大王为洛州长史，各驿站定会热情效劳。"

谯王全信以为真了，于是补充道："我自汉州左迁均州时路过汝南，刺史严善思曾劝我杀韦后自立，可见他是拥戴我的。且此人擅礼法和天象，先帝时曾位居礼部侍郎，现为散骑常侍。如今我升大宝，亟须知礼人选，可为礼部尚书。"

胡暗道："臣遵旨！"立即补进草诏里面。

用饭毕，安排胡暗歇息。谯王慌不及待去崔妃房中告诉这一佳音，并说登基之后，首先立她为皇后。

崔妃出身于世家，聪俊多才，又识文字，把胡暗送来的书信看罢，略有怀疑，问道："不知东都有多少兵马，发动了多少？张灵均一个留守参军小官，怎能有这么大的权力？即使东都能够定下，而西取陕州，东下河南北，也不是很容易吧？"

这无疑给谯王浇了一瓢冷水。但他现正处于走投无路的境地，哪怕是一根稻草，他也视如至宝，觉得走一步总比站着强，未来的事，谁也难料，只好凭命运的安排了。但为了给崔妃壮胆，便说道："我居嫡长的地位，有着无限的威力。嫡长举事，顺天应人，师出有名，可使敌人望风披靡，纷纷倒戈，开门出迎。也能叫替位的睿宗师出无名，朝中将相面面相觑，惊慌失措！"

只说得崔妃无言答对，轻声道："但愿如此才好！"

人逢喜事精神爽，谯王今夜是有生以来最兴奋愉快的一夜，情话缠绵："常言说'情人谐夙愿，不羡帝王不羡仙'，我李重福，今夜是'情人谐愿未久，帝位即将到手，安乐胜于仙乡，甜似蜜糖满口'……"缱绻再三，彻夜未眠：他畅想着登基之后，在朝堂，则有文武百官顶礼朝拜，号令天下，威福无加；出行，则鸾旗、宝盖、朝戈、诸仪仗开道；居卧，则妃嫔宫娥千数，锦拥花簇……他愈想愈高兴，连连失笑！

崔妃也在畅想，睡眼难合。她既想到当皇后一人之下万人之上的荣华富贵，以及父母家将为皇亲国戚，兄弟叔侄都任宰相台省要职——一人得道，鸡犬升天，胜却他们寒窗十年勤奋终生之苦。但她也想到东都举事失败的可能，那将是灭族之灾，不堪设想。她还想到将来的后妃争宠，她既然因谯王喜新厌旧而获宠，也就很可能被未来的人夺宠而失爱。

总之，他们二人都想了很多，可就是没有想到胡暗和张灵均的野心，即使万一得逞，又怎样才能挣脱他们的羁绊呢？

谯王为了争取时间，只带些细软，次日一早就骗得驿乘，携眷十口，浩浩荡荡上路了。他们日夜兼程，三天就赶到了东都。当即打开太平公主积善坊旧宅的正门，住了进去。

胡暗立即告诉张灵均，张灵均怕走漏消息，连夜调来不明真相的士兵两千，扬言两万，黎明时分进攻县衙，县令逃往留守府。留守闻听谯王重福率文武百官侍卫两万多余，到东都登基，似同神兵自天而降，急忙携眷逃奔留守营中。这时留守营里被张灵均拉走士兵千数，众心惶惶，士气不振，留守急忙点两千兵马向左屯营投靠。行至天津桥头，同谯王和张灵均的人马遭遇，似老鼠见猫，不战自怵，边战边退，龟缩回营。

谯王初战告捷，乘胜紧迫，似猛虎下山势不可挡。且由胜轻敌，分兵张灵均去围攻左屯营，自夺左掖门，欲先捕杀留守。但门已紧闭，矢如雨下。谯王急中生智，命放火焚之。但火尚未燃，洛州长史早在承天门楼上观察到敌兵只有千数而已，遂往右屯营点兵三千出击，先击溃了张灵均的乌合之众，然后包剿谯王的人马。门楼上的士兵见援军来到，亦破门而出。谯王被前后夹击，首尾不能相顾，溃不成军，只得率百名精锐，杀开一条血路，从东门奔北砬山而去。

洛州长史派兵紧追。至傍晚时分，谯王的兵马纷纷离散，只剩他孑然一身，爬上绝崖，又饥又渴，又乏又累，悲凉无限：回想起出生在帝王家，衣锦食馐，童仆成群，声色无度，也算享尽了人间福气，在物质方面，比百姓过百倍，没有白过一生。只是天不作美，为继位要尽了手段，费尽了心机，身劳神瘁。陷兄长、挤叔父，功亏一篑。悔不该贪得无厌，争权夺利，上了姑母的贼船和胡晤的圈套，陷入绝境重围。虽然说三十年享受的荣华富贵，超过了庶人千百倍，怎奈是绝艳的崔妃，刚刚谐愿月余，真叫我难割难舍……他正在沉思如醉，忽听得马嘶镝鸣，官兵铺天盖地而来。他插翅难逃，有心投降，但又一想谋反大逆，罪不容诛，只有顽抗到底，显示点骨气，便疯也似的手搬石头乱砸，也许能换几条性命，庶免白白死去。官兵原欲活捉，见他顽抗若此，只得搭弓射箭，矢如飞蝗。谯王这才感到绝望，高呼一声："大丈夫死得其所矣！"纵身一跳，跌下山谷潭中溺死。官兵割了他的首级，回营请功而去。

张灵均被当场活捉。胡晤化装成老妇，头戴布巾，雇手推车潜逃。但过城门时，他缩头缩脑，浑身打战，被岗哨看出破绽，挑起头巾，看出满脸胡须，拉将下来，他就叩头自招。次日和张灵均一起受刑于东市。临刑时，胡晤又腿打战不能自立，而张灵均则神色自若，指胡晤道："与此等胆小鬼举事，岂不败哉？"胡晤羞容满面，未答一言。这个以献祥瑞起家、投机取巧、看风使舵、害人利己的小人，先投来俊臣，继靠张易之；张易之败，又改投武三思和韦后；韦后败，又靠谯王重福，终落个诛身破家的下场，罪有应得，大快人心！

严善思虽被谯王重福草诏为礼部尚书，但事先并未和他本人取得联系，所以处分时，发生争论：吏部尚书宋璟认为应予免罪。而中书舍人刘幽求则说，必事出有因，不可原谅。太平公主接道："重福草诏中还有'以温王为皇太弟'等语，该如何处置？"

言下之意，此草诏中还有"尊睿宗为皇季叔"哩！她一则是怕追究自己借予东都旧宅等情，二则是以攻为守，将睿宗的军。

吏部尚书宋璟连忙折中处理，给严善思以免死流放静州的宽刑。

中书令姚崇早有深谋远虑，觉得太平公主权略过人，野心勃勃，终将为患，上次排斥未出，决意趁她私通重福事再奏她一本："重福先在公主府中勾引崔湜女私奔，后借公主东都旧第举事，岂毫无罪责乎？"

太平公主因人死无证，皆矢口否认："请问谁是人证？物证何在？堂堂宰相，信口雌黄，我若效之，说你杀害十条民命可乎？"怒目而视。

姚崇还要反驳，睿宗连忙宣谕："此朕家事，卿勿问也。"随即退朝。

睿宗携太平公主回到寝宫，屏退左右，语重心长地涕泣道："太宗栉风沐雨，打下了大唐江山，处心积虑，唯恐被异姓篡夺，遗诏十二篇，希图子孙千秋万代为君。而近数十年来，敌人未从外来，却屡屡同室操戈，自相残杀，太宗若有灵，岂不悲乎？兄自惭不如皇妹多谋，皇妹若有意登基，我情愿禅让！"他泪如雨下。

太平公主也很有自知之明，兄皇虽然懦怯，但德高望重；自己虽然才高，但德义不显。且传统道德，厚男薄女，又无傀儡可树。若果真践兄皇位，既怕众心难服，又恐兄皇不是实意，以及太子隆基的干扰，所以她一心待睿宗晏驾，谋逆侄辈，便拒绝了睿宗禅让的提议。

睿宗道："后妹既然不受，为了咱大唐江山，你可得听为兄一言，如今你私通重福，虽无实据，但却事出有因。若不给妹以轻责，恐难平民愤，有危社稷。朕拟左迁皇妹出京一个时期，地址除东都外，可由你选择，崔湜也可由你带去。"又流下泪来。其所以把东都除外，是怕她在东都继续谋逆。

太平公主见兄皇心诚意笃，深感肺腑，不忍再让他为难，于是道："我愿去离京较近的蒲州。"

睿宗忽然想起蒲州刺史萧至忠是她的心腹，只怕她去后还要合谋。但方才说罢地址由她选择，皇帝口中无戏言，也不便更改，只好随她去吧！

太平公主回到南山庄家中，用罢午膳，休息了半天，当晚把全家召至山亭前，安排离京起程事宜。命长子薛崇训、次子薛崇简驻守兴道坊新第；三子武崇敏、四子武崇行驻守醴泉坊旧第；长女和女婿鸿胪卿唐俊、次女及女婿崔涤驻守南山庄；幼女随她去蒲州。子女都知道母亲脾气不好，又逢被逐出京，心情不快，谁也不敢提出异议去触霉头，气氛十分沉闷。儿女们听完吩咐，乖乖地陆续离去。

太平公主把二女儿和女婿崔涤留下，谈情交心："当母亲的本应对待诸子女如一，可我对你们两个，不知怎的总是有所偏爱。也许是你俩最聪明英俊，前途可畏；也许是你俩较幼，常言说'头生娇，老生娇，中间夹的是受气包'。为母暂时出京，是欲进先退。我今年正到知天命之年，对什么也不怀疑了。我曾历过千难万险，都胜利而过，今后将是一帆风顺，前程似锦！但为了预防万一，我今晚也对你俩嘱托些后事：我的田地房产是明摆着的，可由你们兄弟姐妹七人平分。但我的浮财隐藏极秘，藏有金银、珠玉、古玩、字画等三柜，价值连城——内有王羲之真迹，武太后手笔和她垂帘听政时所穿的七襞罗裙。还有西施浣过的轻纱和王昭君的琵琶。还有汉武帝的金鞭和唐太宗在分宫楼上挂过的玉带。至于精金、美玉、珠宝之属，则不计其数。窖门在亭口南一百零八步处，挖地五尺即有石阶，斜坡而下，建筑工匠全部处死，任人不知。今晚提前吩咐你俩，但必须等我过世之后方可取用。”

崔涤向来厌恶太平公主的放荡，恨她的心狠。如今听她此番哀婉悲凉的嘱托，开始产生好感：“请母亲不要多心，眼下是皇上一时之怒，很快就会召回的，哪能想到后事上去。母亲对我俩的偏爱，我感之肺腑，今后定当谨奉晨昏，孝敬母亲！”

这是太平公主第一次受到崔涤热情洋溢的安慰，心中欣慰无比。

崔涤也的确感动不小，动情地回忆了太平公主之爱，太子隆基之谊，并进行了对比：公主好色，不分亲疏；太子则好女色而不乱，爱娈童而不淫，乃英雄爱美人。

崔涤还对公主和太子的才能加以对比：公主智略过人，但骄世傲物，不得民心，且天不厚于女，凶多吉少；太子则智勇双全，谦恭下士，但锋芒初露，德威未显，且非嫡长，吉凶亦难预卜。

太平公主见崔涤沉默遐思，心想可能是为今晚的赏赐所动了，若真如此，悔不早日赏他。他的娇媚、风雅、灵秀，美似仙童，胜似仙童，真想搂着他跃入深渊，变作一双鸳鸯。许久方含蓄地道：“为母何敢劳你侍奉晨昏，只要心中不忘，偶有照料，就死而无憾了……”说毕，涌出泪来，真情可怜可悯。

崔涤深知，凡遇此情景，她内心定是痛苦莫名，必须立刻离去，才能使她逐渐平静。这样虽有割爱之痛，但可免去如熬似煎之苦，虽曰害之，其实爱之，所以他连忙回避了。

太平公主稍为平静，趁机向女儿武艳道：“为母被遣，皆因太子隆基和姚崇进谗。而太子隆基以幼夺长，实冒天下之大不韪，我为大唐的江山，同他誓不两立。待母走后，希你时刻注意宫中动静，发现其弊端，可使母转守为攻，反败为胜。”

武艳在姐妹中最为聪俊，最受专宠和偏爱，所以对母亲言听计从。

欲知太平公主能否转败为胜，且听下回分解。

第三十七回

太子失足私通父妃
公主借机要挟侄儿

太平公主来到蒲州，刺史萧至忠待其如上宾，为使其居住舒适，安置关帝庙中。此处金碧辉煌，幽雅深邃，似同一座行宫，聊可安慰公主的寂寞。

两个月后，已入晚秋，天气转凉，太平公主命崔湜回长安取衣，实乃探听宫廷消息。崔湜去后，太平公主又唤荷生侍候左右，荷生的聪俊，可同崔湜媲美，且是少年，只是他的学识较差，风度不够，妖媚有余而气质不足。所以他的魅力对于太平公主来说日益不如崔湜——是否因为男女之间的年龄不宜相差太悬殊？也未可知。太平公主又和荷生欢聚，重温旧梦，也倍觉缱绻。且正处于逆境，也有苦中作乐，排遣烦闷之意。

荷生因早恋上一个宫娥元珠儿，对太平公主渐感冷淡。他见关帝庙中有个司香火的庙祝，名叫慧范，很是聪俊，年约三十，体魄魁梧健壮，且求进心切，这几日来常献殷勤，若把他荐给太平公主，定能两相情愿。在一天傍晚，慧范庙祝正在参禅，荷生一闯进门，他连忙延迎让座递茶。

慧范谄媚道：“大官人面若美玉，喜气洋洋，少年得志，前途无量！”

荷生以自己的艳丽的姿容，经常受人们夸奖，且急于寻找替身，不愿多听他的阿谀奉承，连忙开门见山地道：“太皇太公主来此，心情烦闷，不知尊师能否参禅禳解？”

慧范正恨攀附无门，忽听此言，似同喜从天降，遂激动不迭：“能的，能的，怎么不能哩……”

荷生连忙领慧范来到太平公主的面前。她定睛一看，俨然一副美男子形象，年当而立，雄伟矫健，魅力动人，不禁二目发直，失起神来……

这慧范庙祝，聪明绝伦，正如其名“智慧的典范”。他所以出家，只因迷信使然——他有三兄，先后夭亡，听信妖言，必须出家，否则也性命难保，父母才割爱送此庙中。但由于他的聪俊，时常受到信女的钟情撩拨和约会，颇谙风月，对太平公主的神情，已猜知十之八九，便大胆“参禅”，借此挑逗太平公主。太平公主不甘示弱，和诗仗驳，暗慧范该打下十八层地狱。

慧范则顺水推舟，言语往来打情骂俏，其间不时频递媚眼，或嫣然一笑，妩媚横生，太平公主再禁持不住，遂即携他去享凤凰于飞之乐。

这慧范庙祝，不但聪俊异常，善于讨取太平公主的欢爱，而且野心勃勃，千方百计唆使太平公主谋反，以求一逞。

太子隆基迫使父皇把劲敌太平公主贬往蒲州之后，突然感到轻松爽快，淫逸之心油然而生，但掖庭佳丽三千虽可任意索取，却无一个中意者，偏偏迷上父皇的杨贵嫔。初时以问安为由，日日调情绰趣，不久便以杨贵嫔养病为由，幽居后宫，整天厮混，竟使她怀上了身孕。太子隆基唯恐父皇发觉生怒，吃罪不起，十分害怕，首先去南山庄告诉给心腹崔涤，让他到市里购买打胎药物。不料被崔妻——太平公主的女儿武艳在屏后听了个一清二楚。次日又逢崔湜回京，探听消息，武艳遂添油加醋告诉给他。太平公主闻此，如获至宝，星夜携眷回京，住南山庄新府。安排慧范为大云寺主。

太子隆基闻讯，深感情况不妙，立即前去拜见。

太平公主为了摆架势，许久方走将出来，往凤椅上一坐，仰观藻井，带理不睬。

太子隆基搭讪道：“侄儿本欲请姑姑回京过新年的，可好姑母回来了，急忙前来请安!”

太平公主道：“罪臣私归，只要不给加刑就是万幸了，岂敢惊动太子殿下的大驾。”

太子隆基道：“以前的事请勿提了，不过是一场误会罢了!”

太平公主从来是得理不饶人的，把头一歪，讥讽道：“不全是误会，我是有罪的——只是没有欺君之罪罢了!”

太子隆基十分明白，这是暗点自己犯了欺君之罪——调戏宫娥者死罪，更何况自己私通了父妃杨贵嫔，且怀了身孕，铁证如山。“人到屋檐下，不得不低头”，只怨自己一时糊涂，做出这桩荒唐事体，若被姑母奏将出来，虽不至于杀头，只怕太子位是难保了。唉！米已成饭，覆水难收，悔之何益？眼下只有向姑母赔情一条路：“姑母受了委屈，侄儿心中很是不安，情愿多给孝敬，但不知姑母意下如何？”

太平公主鼻子一翘，哼了一声：“我受了罪，丢了名誉，岂是财宝能够赎回的？就是你孝敬我金山银海，我也不屑于要！”

太子隆基百般无奈，忙跪在地，哀求道：“侄儿不知该如何是好，请姑母开启尊口是了！”

太平公主道：“我的要求可多啦：一是给我昭雪恢复名誉；二是仍许我开府仪同三司；三是因我受累的崔湜、萧至忠、岑羲、窦怀贞皆官复宰相；四是吾子皆封王；五是贬姚崇、宋璟出朝。”

太子隆基虽然觉得这些条款重大，但可作为缓兵之计，且父皇仁慈，颇爱其妹太平公主，也许能够奏准。于是道：“此等大事，须请示父皇旨意，侄儿尽力保奏是了！”

太平公主十分刻薄，又尖酸地道：“杨贵嫔怀孕也事非小可，可请示你父皇否？”只说得太子隆基羞愧难容，狼狈而下。

太子隆基向父皇奏罢太平公主的要求，睿宗一则正感宰相不足，二则又想调和太子和皇妹的矛盾，所以心中比较乐意。但对崔湜纵妻女淫乱，只怕有损宰相声誉，提出异议：“崔湜虽然有才，但品德太差，先依二张，后靠婉儿，又纵妻弃女，臭名远扬，若拜他为相，后人将谓朕何？”太子隆基既有同感，又觉得崔湜是姑母的男宠，若拜为宰相更引人注目，授任其郎民比较适宜。但怕姑母生气，便使了个金蝉脱壳的计谋，见太平公主后婉转回道：“姑母所请，父皇除对崔湜未置可否外，全都准奏了。也许对崔湜另有好的安排，姑母不妨亲自奏闻。”

太平公主心想，若是另有好的安排，何不早说，其间必有蹊跷，于是抹下眼皮道：“我和崔湜似你同杨贵嫔一般，所以其他条款皆好商量，唯拜崔湜为相不可更改。且皇上和我是兄妹之情，怎能比你们父子亲密？还是请侄儿奏请为好。”

太子隆基无奈，只好再次去求父皇：“姑母对恢复崔湜为相的条款，寸步不让。且食色，性也，乃人之小节。君子亦难免有小过，苟不害于正道，皆可略而不问。”

睿宗先前对太子和皇妹不睦深为之忧，如今太子恳切替她求情，亲密若是，心中甚为欢喜，遂应承下来。

太子隆基立即回复太平公主，太平公主立即传给崔湜。

崔湜乐以忘形，进得府来，跪下就拜，竟忘记了回避左右。本来慧范和尚正在同太平公主谈天象入神，被崔湜贸然举动一搅和，都尴尬起来。慧范和尚十分伶俐，尤有自知之明，早闻太平公主对崔湜的痴情很深，一时离间不得，急忙借故抽身。

太平公主和崔湜都已感到成功在望，盛谈其前程。

崔湜道："公主如今已大权在握，皇上视你如顶梁柱，太子成了你手下败将，很快就可以登基了。"

太平公主道："你也很快可以成为张昌宗第二了。"

崔湜把眼一瞪，生气地说："张昌宗杀了头，我也得被杀呀？"

太平公主道："我有武太后的殷鉴，是失败不了的，你岂能被杀？"

崔湜仍然不满，反驳道："张昌宗有貌无才，而我才貌双全，他岂能和我相比？"

太平公主道："可是张昌宗比太后小四十五岁。"

崔湜道："你现在就想喜新厌旧呀？早知如今，何必当初？"

太平公主道："你后悔了呀，现在也不晚——你可以随时出卖我！"

崔湜道："岂敢？"他现在虽说不敢出卖太平公主，但他对太平公主并无痴情，只是贪图她的权势，曲意逢迎应景罢了。而太平公主对他虽有些痴情，但她恨不得把天下的美男子玩遍，目前只是未寻到聪俊风流过于崔湜者而已。若她真能登基，是有可能诏令选美的，天下之大，美男子无数，岂无胜过崔湜者？太平公主对此早已考虑千百次了，只是眼下感到更为现实罢了。

崔湜见太平公主生气了，恐有事端，连忙笑脸赔情："小生一时糊涂，得罪了公主。愿打，请抬贵手；愿骂，请开尊口。"

太平公主道："我也不愿打，我也不愿骂。"

崔湜忙道："多谢公主。"

太平公主道："我愿罚。"

欲知如何罚法，且听下回分解。

第三十八回

设宴求贤义正词严 随机答难嘴硬心虚

且说太平公主答应愿罚崔湜，崔湜忙道：“愿罚，我跪下不走!”说完“扑通”跪在地下。

太平公主见他那淘气天真，又撒娇弄痴的可怜相，别有一番风味，爱慕之情油然而生。拧着他的耳朵道：“我罚你到床上去!”

崔湜如遇大赦，慌忙爬起：“任凭公主……”

太子太师张说见太子隆基近来精神恍惚不安，细问其穷竟，太子如实相告，并要求代买打胎药物。

张说道：“太平公主既已知道，告密与否，全在她了。即使打胎，也无法挽回。待婴儿出生，我带到宫外雇乳母养育是了。”此婴儿即后来的太子，继位为肃宗。

姚崇和宋璟以离间宫廷罪，分别贬为申州和楚州刺史。他们二人因不知其中的奥秘，都感到非常意外，当天晚上，宋璟前往姚府谈心。姚崇备了一壶薄酒，四碟小菜，谈个通夜。他们首先感到事情突然，便猜测缘由。

姚崇道：“自从前日复崔湜、萧至忠和窦怀贞为相之后，我就感到情况不妙，似是太平公主获知太子什么短处，开始反攻倒算了?”

宋璟道：“人最易犯的错处，不过是‘酒色财气’。可在皇家‘酒色财’皆不成问题，很可能是‘气’了?”

姚崇道：“可‘气’往往由‘酒色财’引起，人常说‘万恶淫为首’，莫非就发生在这‘淫’字上?”

宋璟道："不会吧？唐宫从来是比较乱的，即使太子私通了父妃，也没什么了不起！太子建成私通父妃张尹二妇，太子治私通父妃武则天，都没引起过风波。更何况睿宗仁柔善忍，万一真有此事发生，也很可能装聋作哑。"

姚崇道："这只是可能而已，也就是说还有几分不可能。因为睿宗很重情感，先前武太后暗害他的一后一妃时，他哭得死去活来，还给修建一座衣冠冢和义坤庙。父子之情有时是敌不过夫妻之情的。而且睿宗能忍不能忍是一回事，而太子怕与不怕又是一回事。"

宋璟觉姚崇言之有理，遂改了话题："眼下的关键问题是，如何瞻望未来，把握现在？"

姚崇道："常言道'伴君如伴虎，吉凶祸福在旦夕'，我已年过花甲，虽大功未成，也要隐退了，辞呈已经写好。"

宋璟道："我可该如何哩？"

姚崇道："老弟年富力强，理应力挽狂澜，为利国济民出力！"

宋璟道："可前途如何哩？"

姚崇道："太平公主的才智颇类其母武则天，但她矫情奢纵，欠通文墨经史，难成大器。"

宋璟道："可如今宰相多出其门，皇上又过于仁柔懦弱，太子还羽翼未丰，只怕她很可能得逞！"

姚崇道："武则天功过参半，韦皇后有过无功，天下人多认为是女祸，心不厌唐。太平公主或可得势一时，终难长久。"

宋璟道："她若是个男的，也许能成大器。她的环境条件，比武则天时有利多了。"

姚崇道："武则天虽然多疑信谗，制造了大量冤案，妄杀无辜，但她知道水可载舟，亦可覆舟的道理，比较爱护百姓。"

宋璟道："可武则天还是失败了，我看主要是女人心胸狭隘，往往感情用事，爱走极端，不能容人。"

姚崇道："贤弟所言，有一定道理；但男尊女卑的传统，也有很大影响，汉高祖刘邦也不能容人，滥杀功臣韩信等，却能稳坐江山，传二十六帝。"

宋璟似乎被说住了，再无言对，沉默良久方道："千秋功过，难以评说，还是谈咱眼前的事吧！"

姚崇道："我已考虑再三，眼前可归结两句话：我归田，享晚年；你往南，走着看——谋事在人，成事在天。"

宋璟认为姚崇所言，只不过是老生常谈，但也别无良法，只好顺水推舟，听天由命了。于是二人借酒消愁，直喝得酩酊大醉，至凌晨方才入睡，宋璟到午后始醒酒归家。

姚崇和宋璟去后，睿宗以太子少保韦安石为中书令，御史大夫魏知古为侍中。

韦安石举明经出身，才学兼优，直言敢谏，曾多次折辱张昌宗兄弟及武三思等权贵。魏知古举进士，知礼法，刚直不阿，曾抗拒酷吏索无礼救一无辜。但他们二人和姚崇、宋璟相比，则刚直有余，谋略不足。

如今朝中七名宰相，太平公主的羽翼虽达五人，但大权在韦安石和魏知古手中，实为美中不足。太平公主心生一计，让女婿唐俊邀请韦安石来家，名为给刚落成的凤凰阁和龙翼渠题词。

韦安石明知太平公主拉拢自己，欲待不去，又怕失礼，得罪公主，只好前来，见机行事。反正自己早欲隐退，听天由命是了。

公主装出一副礼贤下士的姿态，到大门外迎接，韦安石不卑不亢，从容相随。一边浏览豪华的殿堂，一边浮想联翩：似这般富贵，以享晚年，何乐而不为？偏偏还要钩心斗角，争权夺利，真乃是欲壑难平，哪管吉凶祸福？

宴设凤凰阁上，凭高临下，但见渠绕凤凰阁下，自西北渭水引入，但东南是繁华市区，无处排泄，只好凿一蓄水死潭。

韦安石急于抽身，刚一落座，即言："吾举进士，不通诗文，何不请大手笔张说题署，庶不辜负公主华阁美池之胜！"

太平公主还没摸清他是自谦，或是推托，连忙道："张说诗文虽佳，但人品不高，故请韦相命笔！"

韦安石忙道："既蒙公主垂青，臣却之不恭，受之有愧，只好勉为其难了，请速赐纸笔来！"

太平公主道："为韦相备有便宴，待酒发诗兴，方可命笔！"

韦安石道："老夫从来力不胜酒，滴酒必醉，莫说题署，研墨亦不能矣！且家有急事，题毕即归。"

太平公主道："韦相轻易不到寒舍，哪能题完就走，还有公事相商呢！"

韦安石道："公事不私谈，私谈事不公。请速赐纸笔！"

太平公主无奈，只好赐他纸笔。韦安石接过来，挥毫似行云流水，上联写的是：

凤阁凌云天朗气清祥光万道安居人似仙

太平公主连忙赞道："用语不凡！雅俗共赏……"

未待太平公主说完，只见下联已就：

龙渠泄露源远流短死水一潭飞腾蛟如兽

太平公主陡然盛怒："老儿大胆！"

韦安石道："我是见景生情，公主那龙翼渠有进无出，岂非死水一潭么？而蛟龙在大江大海里腾云驾雾，呼风唤雨，而引入死潭，岂非如困兽么？"

太平公主灵机一动，恶狠狠地道："你是见景生情，吾则因情生景，你滚出去！"顾盼左右："来人！"

刹那上来两个侍卫，太平公主命令道："此老儿酒疯，把他脚手捆了，滚将出去！"然后向韦安石道："请你再见景情，题副对联可好？"

韦安石急中生智，立即口念一联嘲弄太平公主：

佳宾进忠言，如比干，怒惹贤主，贤主应称怒主；
鳖脚捆牢固，似毛驴，滚上甬路，角路宜改滚路。

太平公主听罢，又气又略为感动。若真把他推滚出去，自己的甬道就成了滚路。而他所说"安居人似仙"，也有一定有道理，遂令把他的双脚解开，斥道："爬出去吧！"

韦安石刚趴下欲爬，又忽然站立起来道："我爬出去，活像个狗，这甬道岂不变成狗道了？"

太平公主气急败坏地道："别啰唆了，快走吧！"

韦安石灵机一动：欲让我快走，我偏偏要慢走。于是道："公主一会叫我滚，一会让我爬，就是看玩猴的，也得给点赏钱。我不走了！"

太平公主二目圆睁，怒道：“你莫非要耍死狗，拉着尾巴才走不成了？”

韦安石道：“趁我没死，我还要叫几声才走：似公主这般富贵，财帛山积，美童成群，何不安居乐业，以娱晚年，而欲挺身走险耶？成则不足以增荣，败则遗臭千年。请听老朽之言，悬崖勒马，转祸为福，则公主幸甚！天下幸甚！老朽亦幸甚！”说毕大义凛然，昂首欲去。

太平公主见他猜透了自己的心事，干脆趁机和他争辩一番，也许能把他说服，为己所用，于是道：“请问天下应以愚者当之，或智者当之？”

这一招的确把韦安石难住了，猜想到太平公主下一步的王牌，但也无可奈何，只好硬着头皮答道：“应以智者当之。”

太平公主认为韦安石已中自己的圈套，得意地继续问道：“请问睿宗和我，谁个才高？”

韦安石道：“当然是公主的才高，但女子无才便是德。武太后的才，比公主更高，可登基一十五年，仍然认输，甘拜下风，令去帝号，称则天大圣皇后。前车既覆，后车当鉴。请公主三思！”

太平公主听毕，“哈哈哈”开怀大笑，前仰后合，良久方道：“武太后何曾认输哩？实因旧传统男尊女卑作祟，使未能继统。而且张昌宗兄弟欲谋不轨，危在旦夕，吾嫉恨交加方联络武三思等举事，胁迫太后逊位。否则，还不知鹿死谁手呢！”

韦安石道：“莫非公主欲篡夺兄位么？”

太平公主不便正面答复，反而问道：“假如我是男的，除去张昌宗兄弟之后，是否可以继统？”

这一下可真把韦安石给难住了，按功劳论才干，太平公主的确比中宗和睿宗两位兄皇都有过之而无不及，是应由她继统的，如今要照实说来，则她不但不是谋篡，而是天然合理的光复。若不实说，亦无遁词，支支吾吾，有口难张。

太平公主又开导他道：“我只是说‘假如我是个男的’，实际上我不但是女的，而且也永远不会变成男的，你还有啥可怕哩？照实说来何妨！”

韦安石为了拖延时间，以便用计反攻，仍不肯实说，硬起头皮，违心地道：“你若是男的，也不应由你继承。”

太平公主心想韦安石定有花招，于是一本正经地问道：“何故?”

韦安石道：“因为你年幼。”说完，“扑哧”一笑，自知理亏，而且也未想出反攻之计。

太平公主不禁大笑道：“我原以为韦宰相知多识广，定有高招哩，原来是饮鸩止渴的拙计耳！请问你为何拥立年幼的李隆基为太子，而不立其长兄宋王呢?”

韦安石自以为急中生智，反攻道：“假如太子显的才干和功劳都比公主高大，应该由谁继统哩?”

不料太平公主爽朗答道：“应该由太子显来继统。可假如我是男的哩?”

韦安石被堵到绝处，再无招可使，只好答道：“应该由公主继统。”

太平公主乘胜紧紧追问：“由你说来，我所以没能继统，也只是因我是个女的。那么，男和女谁的功劳大呢？女的生儿育女，辛苦备尝，可为何总是男的得天独厚，而女的地位卑微哩?”

韦安石也感到太平公主所谈颇有道理，不禁附和太平公主道：“这就怨苍天的不公了。”

太平公主道：“什么是天？天是什么？它怎能规定出来男尊女卑？你是明经出身，精通《五经》，而《五经》岂不都是人编出来的？‘天’岂不也是和《五经》一样，由人捧奉出来的?”

韦安石被说得心服口服，于是道：“《五经》的确是人编的，而且说法不一，如汉宣帝甘露三年，曾诏诸儒讲五经同异。至于‘天’是什么，谁也没有见过，大概是人们对于难理解的问题的一种依托而已。”

太平公主道：“这么说来，你是同情我的了?”

欲知韦安石如何回答，且听下回分解。

第三十九回

谈星象违天损已
闻家丑顺水推舟

且说太平公主将韦安石一军："这么说，你是同情我的了？"

这一下可把韦安石给难住了，从他内心里讲，确实认为太平公主所谈有理，应予同情，但从现实来看，非人心所向。而且太平公主虽比中、睿二宗才高，但和太子李隆基相比，似逊一筹，预测她很难成功，所以要了个花招，道了一声："天时、地利、人和缺一不可。"遂甩袖而去。

太平公主既觉得韦安石所言是耍滑，但也看出他已对自己有所同情，今日收获也算不小，便让他径去，未再阻拦。

韦安石下了凤凰阁，清风扑面，渐觉轻松，才长出一口气。回忆起今天的经历，不啻舌战群儒，数遭困窘，几乎丢丑。原先只听说太平公主生活风流，并不知她才思聪敏超群，胆识过分若此。真不愧人说"宽额广颐，颇类其母"。真可惜她是个女的，若为男子，很可能成为英主……

太平公主见韦安石临去的表情，虽未归依自己，但已动摇，很可能会中立，七名宰相就差一名半了，再不抓紧，还待何时？当晚把心腹崔湜及慧范和尚召入密室私议。

崔湜为了抢功，首先开言："如今左羽林大将军常元楷，右羽林将军李慈也归附我们了，宜速动武，以迅雷之势逼睿宗禅让，以免打草惊蛇、夜长梦多之患。"

慧范"嘿嘿"一笑，连连摇头："不妥，不妥。如此办法，即使侥幸得逞，但失去民心，难以久保。且太子隆基手下还有龙武将军王毛仲、果毅将军李守德和郭元振等，岂肯善罢甘休？”

崔湜反问道：“依你之见哩？”

慧范似胸有成竹，沉着地道：“武斗不如智斗，宜用计使皇上废去太子，即借刀杀人，使其自剪羽翼。”

崔湜连忙追问：“请问何计？”

慧范道：“吾善观天象，佯称有彗星出现，近五日内宫中将有兵变，暗示太子将要作乱，奏给皇上，宜易立宋王李成器为嗣。”

太平公主道：“兄皇素爱恬淡，不重权欲，他若顺水推舟，趁机禅位太子隆基，岂不更坏了？”

慧范仍不以为然，于是道：“酒色财气乃人之天性，我们出家之人，日日参禅修行，以经卷压凡心，怎奈凡心还愈压愈重！更何况未出家的凡人？睿宗皇上往日恬淡，不过是被武太后的险毒手段吓破了胆。如今既已登基，到嘴的羊肉，岂肯轻易再吐去么？且他刚过五旬，血气正旺，定欲痛享九五之尊、三宫六院之乐，而不甘心于寂寞哩！”

太平公主听慧范谈得头头是道，于是笑道：“不妨一试，但有言在先，成则赏，败则罚！”

慧范和尚立功心切，唯恐此功被崔湜抢去，正嫉妒他在火候上，欲不择手段争宠，所以坚决表示：“我敢以头颅打赌，保准旗开得胜，如有差错，照此一刀砍断！”用手掌在脖颈猛砍一下。

太平公主为了激他，便道：“你如立即入宫启奏，我才信你！”

慧范连眨几下眼皮，有点迟疑胆怯：“现已二更时分，岂好进得宫去？”

崔湜也将他一军：“你就说刚才发现了彗星，连夜进奏，才最能使人相信不疑哩！”

慧范被堵到绝处，只好硬起头皮破釜沉舟而往。

慧范快马加鞭，亥时三刻来到承天门前，向侍卫煞有介事地诉道：“方才彗星出现，明日必有兵变！故贫僧寅夜入宫，启奏皇上，采取紧急措施，请给传报！”

睿宗正听崔妃唱山歌，闻奏慧范和尚求见，虽半信半疑，但为防万一，见之有益无害。且是皇妹男宠，怎能拒见？遂召进寝宫。

慧范和尚一进寝宫，就趴伏在地，佯为惊慌失措，吓破了胆的样子，哆哆嗦嗦激动地奏道：“贫僧为效忠陛下，夜夜观星，方才在心宿三星之上方，有一彗星出现，尾同帚，光芒万丈，从天市、紫微、太微垣座扫过，煞是可怕。如今中星和后星皆昏暗，只有前星皎洁愈亮。而中星是帝兆天子，后星兆庶子，前星兆太子，岂非太子欲谋乱，有危陛下和百姓乎?”

睿宗将信将疑：“果真如此?”

慧范为使睿宗不疑，伪装得十分坚定，斩钉截铁地道：“若丝毫不实，愿受欺君之罪，请陛下立即观察是了!”他心想睿宗不会到院里去观察的。

岂料睿宗十分胆小，虽说对天象不很相信，但也有偶尔应验的，所以马上到院里观察。慧范本来是信口胡诌，唯恐睿宗看出破绽，神情万分紧张，似同弦上欲离之箭，紧跟睿宗，提心吊胆踉跄而出，口中连念“阿弥陀佛……”因他的确粗通天象，睿宗尚未寻到心宿三星的位置，他已发现星象和自己所说恰好相反乃是中星最亮，前星次之，后星最暗，把自己的计划全盘打乱了。他紧皱眉头，急得满头大汗，突然急中生智——人在精力高度集中时，的确是容易想出计策来的。连忙指手画脚，向睿宗奏道：“好了，好了，中星已恢复了明亮，看来只是偶尔蒙尘，不碍大局，必是要略受些小风波而已……很可能是太子欲索些国柄权力?”

慧范虽然随机应变，对星象解释得滴水不漏，但睿宗从他紧张的神情和光头上的汗珠来看，觉出似乎其中有诈，便追问道：“朕该如何办理?太子索权，是授呀?是拒呀?”

慧范道：“当然是拒呀!人之欲望无穷，得寸进尺，若一开例，便不可收拾了!”

睿宗接道：“你刚才说过心宿中星一度蒙尘，此乃天意，岂可有违?”

慧范道：“贫僧可替陛下烧香禳解。”

睿宗曾出家两个多月，对于和尚道士装神弄鬼、贪财淫乱等情颇有所闻，对于禳解早已反感，于是提问道：“眼下北疆边患时有发生，你今晚如能禳解平定了，我就信你!”

慧范碰了一鼻子灰，本欲退去，怎奈来前已向公主夸了海口，实在无法交代，只得再进行一次最后的挣扎：“陛下的旨意莫非是给太子加权?”

睿宗道:“是的,既然天意如此,朕就顺天应人,传位太子是了。”

慧范不禁一惊，忙道：“使不得，使不得。天象是心宿中星一度蒙尘，只可暂时授太子点权力，不须传位！”他灵机一动伸手指点天空：“陛下请看，前星比方才又亮许多。常言说‘争之不足，让之有余’，这很可能是太子本欲要权，而陛下真赐给他，他又固辞不受了。”

睿宗早已看出皇妹存有野心，曾对她和太子隆基进行仔细比较：虽然她有才华、有胆识、阅历多，但高傲跋扈，不会礼贤下士，尤其是开天辟地以来，就出了母后一个女皇帝，还弄得怨声载道，所以女的当国不得人心；而太子隆基虽乏资历，但年轻有为，众心所向。昔太宗皇帝当国也正是他这个年龄，且子继父位名正言顺。与其让他们二人整天钩心斗角，何如早日禅让，绝了皇妹的奢想，以免发生不必要的纠纷和意外哩。于是道：“朕早欲传位，今又逢天意，传德避灾，还待何时，你快退去吧!”

慧范和尚似五雷击顶,简直晕头转向了,偷鸡不成反蚀一把米,这回去如何交代?“扑通”跪下去哀求道:“武太后年逾八十,尚不肯逊位,陛下春秋未高,这九五之尊、三宫六院之乐,岂可轻易放弃?历来的太上皇,无不以悲惨和悔恨告终！贫僧恳请陛下三思再三思为幸！”

睿宗愠形于色：“朕意已决，勿再多言!”遂拂袖离去，要不看在皇妹的面上，真要呵斥他一顿。

慧范败兴出宫，感到事关重大，不敢回寺安歇，连夜又赶到南山庄，去拜见太平公主。太平公主正和崔湜欢寝，忽闻慧范归来，喜忧莫测，急忙传见。听慧范传述一遍，顿时火冒三丈，连扇他几个耳光，还罚他跪下。

慧范边哭边诉，感到十分委屈：“去前曾和公主议妥，去后我又用尽全部解数，事虽不成，但非人力所及，盖为天命。眼下是设法补救当紧，斥我何益?”

太平公主既被慧范言词打动，又看着他泪容可掬，憨态倍增，别有一番妩媚，顿生怜爱：“起来吧，你还有什么计策可施?”

慧范站起道：“如今已山穷水尽，何不把太子隆基私通杨贵嫔的事奏给皇上?”

太平公主认为有理，只有使用这最后的一张王牌了。而且她又加以发挥，分成两步使用。次日鸡鸣而起，早朝时她第一个赶到，玉立丹墀，等待太子隆基。

诸宰相见太平公主今天率先早朝，都猜知心有大事，皆肃立一旁，不敢造次。

太子隆基见姑母先至，也有些惶然，因一般情况下，她总是最后同皇上一起上朝。不料太平公主突然招呼他到丹墀上，和颜悦色地道："我先向侄儿道个喜！"太子隆基真摸不到头脑，似乎有些受宠若惊，怯生生地道："我有什么喜呀？"

太平公主又气又嫉，悄悄地道："皇上今天要下敕禅位啦！"

太子隆基似信不信，一则感到太突然，二则姑母素来对己不睦，为何首先泄此消息？喃喃地答道："不会吧？"

太平公主这才把昨夜慧范和尚启奏天象彗星等情略讲一遍，同时隐去一些对己不利的情节，然后严肃地道："根据天象，彗星过后，兆天子的心宿中星蒙尘，但刹那即逝，依旧晶亮，超过兆太子的心宿前星。所以依我看来，兄皇春秋未高，侄儿恩威不显，现在还不宜继统，应固辞不受。武太皇登基时，还回辞三次呢！而且天象也是帝座暂时蒙尘，兄皇也可能为照应一下天象，今天要虚晃一下，侄儿千万不能当真！否则，天罪人罚，后患不可设想！"说毕板起脸孔，愠形于面，又连使两个眼色，似乎是暗示要告发他私通杨贵嫔的罪行。

太子隆基既有慑于太平公主，又觉得眼下七名宰相，只有两名归己，而兵权也只掌握一半，受禅时机未到。所以当睿宗宣敕禅让之后，他立即匍匐在地，痛哭流涕固辞："儿因微功，以幼代长，立为太子，已格外蒙恩，受之有愧，唯恐民心难服。如今父皇春秋未高，又遽然传位，儿实不敢拜受！"

睿宗道："为父登基，唐室得保，皆出儿力。今天象有变，当除旧布新，传德避灾，转祸为福，希儿勿再迟疑！"

太子隆基虽认为父言有理，但自己的苦衷，无法在此场合说破，仍是叩头固辞。

睿宗话已说尽，只好假以厉色："儿若愿为孝子，就应听父言，何必要到柩前即位呢？父意已决，勿再多言！"遂甩袖散朝，太子隆基也只好离去。

唯独太平公主，气得面皮发紫，急指龙墩向睿宗咆哮起来："兄皇登基怎么全成了太子的功劳了？皇妹我的功劳扔到哪里去啦？悔当初我真不该呕心沥血，置身家于不顾，为你们父子出谋划策，通风报信！到如今是劳而无功，冷若秋霜！哎呀！我那死去的武太后呀，还有谁可怜我这个太皇太公主呀……”痛哭起来。

睿宗本来心慈，回想起来，方才所说“皆出自儿力”的确是用词不当，所以连忙赔不是哄劝道：“皇妹别哭！为兄方才心情激动，用词欠妥，请勿生气！皇妹的功劳，兄丝毫未忘。不但封你为镇国公主，还封四个外甥为王，这哪能是忘啦?”

太平公主听兄皇言之有理，戛然止哭，大声嚷道：“兄皇可知那大功大贤大德的太子干出的缺德之事么?”

睿宗不禁一怔：“啊?”连忙屏退左右。

太平公主更加大了声调：“他私通了陛下的杨贵嫔，还让她替皇兄怀上了身孕，马上就要临盆，现在幽居后宫听雨轩中。如兄皇不信，请立即去看!”

欲知睿宗皇帝反应如何，且听下回分解。

第四十回

借灾简政罢免五相
踏青散心访出一贤

且说睿宗听罢太平公主告发太子私通杨贵嫔之后，既惊且怕。惊的是真未料到英俊的太子会干出这等荒唐事体，怕的是家丑外扬。但他对太子一不嫉——反正后宫有的是俊美的宫娥，再寻几个超过杨贵嫔者，唾手可得；二不恨——此不过人之小节，不妨正道。于是道："宫廷秀女成千，王孙成百，此等淫乱小事，历朝历代均在所难免，既然木已成舟，就随他们去吧！且兄已传位，更好泯灭脱去朕和杨贵嫔的干系。只是家丑不可外扬，请皇妹勿告诉他人是了！"

太平公主心想这张王牌定可激起兄皇对太子的愤恨，不料睿宗竟是个不知吃醋为何物的木头疙瘩。不但不生气，反而更坚定了他禅位的决心。太平公主一时感到智绝计穷，只好收敛形迹，窥测机会，以求一逞。

李隆基于八月二日登基，受朝拜于大明宫武德殿，大赦天下，是为玄宗。初时他还慑于姑母，后来听说太平公主告发私通杨贵嫔事，太上皇毫不理睬，胆子开始大了起来，并有所流露。左仆射刘幽求很善于察言观色，且他在歼灭韦后时立了大功，才智出众，善文辞，因而拜尚书左仆射，同中书门下三品，监修国史。但人之欲望总是得寸进尺，他很向往兼领中书令，不料被太平公主的情夫崔湜夺去，心中不平，形于辞色，玄宗也无可奈何。

刘幽求见玄宗有奋起之意，便铤而走险，勾结右羽林将军张暐，唆使其密奏玄宗："宰相中崔湜、岑羲、窦怀贞、萧至忠和陆象先，皆太平公主进用，事甚堪忧。忆昔殿下被立太子，公主反对；皇上受禅，她又一再阻挠。而今千方百计安插心腹于朝，似是火包纸中，危在旦夕。陛下若不早谋，必成大患。古人云‘当断不断，反受其乱’。”

玄宗道：“事关重大，宜谨慎为之。”

刘幽求：“可先将公主长子薛崇训的右牵军将军罢去，以投石问路。”

玄宗认为可行，三日后即以皇亲宜回避的名义，罢去薛崇训兵权。

太平公主预感到不妙，急忙去找睿宗吵闹：“我为你们父子登基，担风冒险，费尽心机，实指望能享些安乐，不料想时刚四年，就过河拆桥，恩将仇报，怀疑起皇妹来了……”说着说着竟痛哭失声了。

睿宗的确不知此事。玄宗心想若事先启奏太上皇，肯定不允，拟先斩后奏，还未来得及，太平公主已捷足先登了。

睿宗问明原因，连忙致歉：“皇妹息怒，皇妹息怒！此事为兄尚不知晓，待我查问，给皇甥复职是了。”

太平公主一听兄皇尚不知此事，一鼓作气对玄宗进起谗来：“无知小儿不知天高地厚，刚登基一年，竟然目无太上皇，再过两年，还得了？若罢吾儿薛崇训大将军事兄皇真的不知，那么，我恳请把军国大权和拜受三品官以上诏令收归兄皇掌握。”

太平公主这席话可真厉害，无疑是将了太上皇一军——如不把此权揽回来，就等于知道罢薛崇训之事；既不知道罢薛崇训的事，就必须把此权揽回来。这既仁柔又缺少主见的太上皇，只好入其强中，连连应道：“为兄定把此权收回来，给皇甥复官！”

太平公主唯恐夜长梦多，立逼兄皇把玄宗传来处置停当。玄宗见父皇和姑母怒容满面，情知理亏，只有道歉一条路，连忙行下个跪拜礼，谨慎奏道：“儿初无此意，乃中书舍太平章事刘幽求，以皇亲贵戚不宜掌禁军为由，唆使皇儿做的荒唐事体。”

太平公主：“李隆基，李三郎！你已当了皇帝，并非三岁小儿，岂能受人挟持耶？事已至此，你还敢狡辩掩盖，其实你们的阴谋，我早已知道，这只不过是对你姑母开刀的前奏！”说毕又拧腰挺胸，咬牙瞪目，恨不得把他嚼碎，咽下肚去。

其实刘幽求和玄宗的谋划，她尚不知道，只是瞎诈唬。常言说做贼心虚，一点不假。而且刘幽求昨天酒后失言，曾泄谋与侍御史邓光宾，此人近来与太平公主来往较密。玄宗心想一定是他密告给太平公主，于是把刘幽求唆使右羽林将军张玮奏疏的经过原原本本坦白出来。

睿宗忙道："大胆的刘幽求和张玮，竟敢离间宫廷，此二人当枭首示众!"

玄宗忙道："开国功臣不可杀，请从轻发落，改为流刑是幸!"

睿宗沉默良久，询问太平公主："贬刘幽求为岭南封州刺史、张玮为峰州刺史可好?"

太平公主也觉得不便于立刻把刘幽求杀掉，拟以后伺机图之，只问："吾儿崇训就此罢了不成?"

睿宗立即宣诰："复薛崇训官爵，今后军国大事，三品官拜受，皆听朕处置!"

玄宗无奈，只好遵命。但他心想通过他这次坦白交代，可能取得些姑母的谅解。而太平公主却毫不买账：一则，玄宗处于即将暴露之际，用替罪羊保己；二则，他又为刘幽求二人求情，从轻发落；三则，人必先疑之，而后谗生之——他若无疑心，别人岂敢进谗？太平公主反而提高了警惕，加强排斥朝中的异己，晚间便去见太上皇：

"几年来天灾人祸如缕——南涝北旱，国空民穷，边陲不宁，且奸佞层出，以疏间亲，何也?"

睿宗："请皇妹示之!"

太平公主："政教多失，僚吏日滥故也。官不在多，而在得人。如今一般旧臣，故步自封，尸位素餐，压抑后进，宜速裁汰!"

睿宗对太平公主言无不从，次日就御临承天门宣诏："政教多阙，水旱为灾，府库益竭，僚吏日滋。虽朕之德薄，亦宰辅非才。宰相韦安石转左仆射，东都留守，郭无振转吏部尚书，张说转左丞，东都留司，李日知转户部尚书，窦怀贞转御史大夫。并一起罢知政事，免参机务。"

其中除窦怀贞系太平公主的羽翼外，其余全是异己，是为了堵塞流言，才放进了窦怀贞的，不久便予复职了。

按当时太上皇的御旨，三品官的除授，是不由玄宗做主的。玄宗闻知，不胜震惊，连忙去为郭元振、张说和韦安石求情。睿宗只考虑到郭元振文武俱备，举进士，又任侠使气，检校安西大都护有年，威抚并举，屡立奇功，为保卫疆土，又复其兵部尚书，参知政事，其余依旧。

这时，七名宰相倾附玄宗的只有魏知古和郭元振，而窦怀贞、萧至忠、岑羲、崔湜和陆象先，都出自太平公主门下。那么，太平公主为何未对魏知古进谗呢？一则他正直敢谏，才名出众；二则他曾检校过相王府司马，同睿宗至密，故未敢动。张说至东都后，遣人赠送佩刀，意示玄宗应当机立断。

张说弱冠应诏举，智慧出众，文武兼备，且爱人才。他曾赞羡崔湜："才与位可比，而年龄不及也。"当他按问重福谋乱余党时，发现崔湜既许女给重福，还互通书信，罪当死。但他出于爱才，与刘幽求共同营救得免。而今崔湜不但排斥张说出京，还暗使广州都督周利贞(惨杀张柬之五王的酷吏)谋杀受贬的刘幽求。桂州都督王俊知其谋，留任刘幽求不遣。周利贞屡传牒索逼，刘幽求泣向王俊道："公保流入，势不能全，徒受累耳！"王俊道："公所坐罪非可绝于朋友者也，因公获罪，无所恨。"

先前崔湜给人的不良印象是"无行文人，不拘小节"，曾有人毁之曰"托庸才于主第，进艳妇于春宫"。而今则又增加了"恩将仇报"的坏形象。常言说"种瓜得瓜，种豆得豆"，其前途如何，堪为可忧！

玄宗这时上有太上皇掌管军国大事，以及三品官的除授，下有太平公主及五名宰相的掣肘，感到十分憋气，一连罢朝十天。

这时降职为雍州长史的崔日用，时时窥机超升，眼观六路，耳听八方，善转祸为福，在灭韦后时，告密立功。曾对人言："吾一生行事，皆临时变更，不必专守始谋。每有一新念，便似芒刺在背也。"也就是说他爱投机取巧，品行欠佳。当时还有一黄门侍郎薛稷(魏征外孙)，善书画考古，傲己嫉人，因而同崔日用不和。两个人曾在睿宗驾前，互相攻讦。薛稷言："崔日用言行不正，先附武三思，非忠臣，后卖友(宗楚客)邀功，非义士。"崔日用驳道："臣昔日有过，今立大功；薛稷外依国姻(其子招驸马)，内附张易之，岂亦非倾侧不正么？"睿宗一怒而两罢之：崔日用为雍州长史，薛稷为左散骑常侍。

崔日用根据武后和韦后的失败，仍认为重男的世俗难改，如今虽然太平公主势大，但不顺天应人，必难成功。当他听说朝中近况，便悄悄回京，私谒玄宗："太平公主谋逆已久，陛下先前在东宫，欲平叛极难。今既登基，但须下一敕，谁敢不从？若奸人得志，则祸乱不小！"

玄宗："诚如是言，但恐惊动太上皇，不知卿有良策否？"

崔日用："臣闻天子孝与百姓迥别。庶人孝，谨言慎行，勤俭节用，承颜顺色即可；而天子孝，安国家，定社稷是也。今若使逆党窃发为患，则江山颠覆，生灵涂炭，岂可为孝乎？请先定北宫，后收南衙逆党，事成再奏太上皇，岂不善乎？”

玄宗很以为然，但事关重大，须相机徐徐图之。遂擢崔日用为吏部侍郎，因三品以上须经太上皇审定，故只列为四品上阶。

清明节前夕，墨客骚人踏青春游。玄宗为了散心，以王爷的身份，也携带贴身侍卫李守德和王毛仲微服出游。行至终南山前，逢一幽静小村，竹篱茅舍，错落有致，桃红映天，绿柳匝地，鹅鸭戏水，鸡犬相闻，更哪堪轻风过处，五彩缤纷，宛如世外桃源。

村边有个人家，竹篱不整，柴门半掩。草亭之中，石桌上面十分杂乱，瓦壶陶碗，琴棋书画一片。四个石凳蹲踞四边，两棵青松分植左右。主妇正在茅屋门口喂鸡，主人不知何处去了。玄宗有点口渴，遂令下马，欲去讨茶，正要进门，有一秀士骑驴归来，头束高髻，身穿长袍，英俊潇洒，道貌岸然，显见是此舍的主人了。

李守德道：“大王爷到此，快来迎接！”

秀士道：“某乃僻村愚人，当今只知有太平公主，连皇上都不知道，谁认得大王爷和小王爷是谁哩？”

王毛仲道：“少啰唆，我们王爷渴了，来买杯茶吃！”

秀士道：“某是不卖茶的，如不嫌我们的粗茶淡水，请诸位稍等，待传吾妻去烹。”那男子领众人走进草亭，转身去传告妻子。

众人落座，玄宗拿起书瞧看，原来是手抄本《玄象大全》，随便翻了几页，忽有一书信跌落地下，拾起一看，乃姚崇的手札，其略云：

“早闻足下才能超群，因出世不利而韫藏。但人生百年，弹指即逝，岂可弃才长隐？希纳拙言，早日幡然！”

玄宗看罢，仍夹书中，心想：“此人既受姚相赏识，定有奇才。”

少顷，秀士捧茶出来，玄宗命秀士坐下，边饮边问：“秀士奇才，为何长隐山野不出仕哩？”秀士欲言又止，玄宗心领神会，示意李守德二人离去。

秀士道：“大凡士人出仕，必遇盛世贤君，不可苟且。”

玄宗道：“难道如今是乱世昏君么？”

秀士道：“据闻玄宗英武有为，欲振兴天下，怎奈太平公主图谋不轨，依仗太上皇处处掣肘作梗，使其难有作为。”他忽然感到失言了，因大王爷是受太平公主拥戴的，所以连忙道歉：“不不不……这都是道听途说，请大王爷海涵是幸！”

玄宗也意会到他发生了误会，连忙解释道：“朕实为当今皇上，今天微服踏青，佯称大王爷。”说毕解开披风，露出五色龙褂。

秀士连忙即拜：“不知陛下驾临，有失迎候，罪不容赎！”

玄宗道：“不知不为罪。予观卿气宇不欲，谈吐高雅，定为佳士。不知尊姓大名，何故隐居于此？”

秀士答道：“吾姓王名琚，怀州河内人，叔父王隐容，则天朝曾为凤阁侍郎。吾少孤，寄居叔父家，好读玄象炼丹之学。神龙初，年方弱冠，曾蒙驸马都尉王同皎器重，与张仲之和周璟亦成忘年交。因助王同皎谋刺武三思事败，逃亡江都，教书于富商家，主人怜才，招吾为婿，厚资财物。睿宗登基，遂迁隐京畿，以便觑机出世。今遇陛下，实为三生有幸！”

玄宗道：“不知公都有何艺？”

王琚道：“上自谈军论政，可同宰相比试高低；下至天象炼丹，诙谐嘲咏，堪与优伶并肩。”

玄宗道：“卿方才谈及国事，中断未尽，可以续来！”

王琚道：“待臣备好村酳薄宴，再谈不迟。”说毕未待玄宗回言，立即退出，请人杀鸡宰驴，盛情款待皇上一行。

酒过三巡，玄宗十分兴奋，首先问道：“驴肉鲜美可口，莫非是卿把刚才的骑驴宰了么？”

王琚道：“然也！穷乡僻壤，无可厚飨陛下，百思无奈，臣忍痛含泪，把伴我三年的坐骑杀了。”

玄宗道：“其实大可不必，朕在宫中吃腻了肥脔，来到乡下，很想吃些蔬菜素食。卿过于盛情了。”

王琚道：“为了招待陛下，我恨不得把臣身上的肉割下一块来！”

玄宗道：“朕现时急需要的不是美食佳肴，而是治国方略。”

王琚立即言归正传，侃侃奏道：“韦庶人弑君谋逆，人心不服，诛之易耳。而太平公主乃武后之女，太上皇御妹，凶猾无比，大臣多为其用，琚甚为陛下忧之！”

玄宗泣道：“太上皇同胞只余太平公主一妹，言之恐伤太上皇心意，不言为患日深，为之奈何？”

王琚曰：“天子之孝异于百姓，当以江山宗庙为重，岂顾小节？汉昭帝之姊有抚养之功，后与燕王谋害大司马霍光，有危刘氏江山，汉主以大义杀之。今太平公主恩不及汉昭帝姊，且陛下功盖天地，顺天应人，又有贤良郭元振、魏知古、韦安石和张说等辅佐，定能旗开得胜。臣观天象，座星有灾，近期将有兵变。若早加防范，采取紧急措施，则可转祸为福。”

玄宗见其言论精辟深邃，忠心可嘉，遂问道：“卿欲何官？”

王琚道：“任凭陛下驱使！”

玄宗道：“内供奉可也，位列五品价。”

王琚立即谢恩，膳毕便携眷随玄宗入朝。

太平公主闻得玄宗接连招纳崔日用和王琚两位谋士，心有疑惧。且此二人都位列四品以下，又无理由进谗，只有同心腹商讨对策。

欲知对策如何，且听下回分解。

第四十一回

男宠巧设投毒计 爱子告密泄天机

太平公主闻得玄宗招纳秀士王琚，心怀疑惧，当天晚上就召集心腹窦怀贞、崔湜和慧范商讨对策。虽然宰相多为己用，但兵权主要在玄宗手上，实感遗憾。众人正在困惑之际，忽报左羽林大将军常元楷来见。原来此人善看风使舵，闻得薛崇训复职和太上皇收权，猜想是太平公主将要得势，前来依附。

常元楷说明来意之后，真是雪中送炭，大家奉若上宾。常元楷感到飘飘然，不禁夸起海口来："右羽林将军李慈、左金吾将军李铁、右散骑常侍贾膺福，皆我推荐，唯我是从，愿效忠太皇太公主！"

窦怀贞连忙奉承鼓励道："有常将军相助，定可旗开得胜！"

太平公主亦连忙许愿："大事告成，当封汝为兵部尚书，爵赏不次！"说毕立即取出十枚金锭相赠。

常元楷去后，众人继续商议。慧范和尚急于将功补过，抢先开言："趁太上皇收权，玄宗羽毛未丰、士气低落之机，命常元楷率众埋伏玄宗早朝途中，再来一次玄武门之变，是最好不过了。"

崔湜为了抢功，不以为然，连忙驳道："太宗在玄武门举事，是为了自卫湜忍让再三，颇得民心。而如今玄宗恩威于民，我们没有口实，盲目蛮干，即使侥幸得逞，也怕惹起民怨，难以持久！"

慧范和尚讥道："请问崔大人的高见？"

崔湜早已成竹在胸："原上官昭容的幼婢元儿现在御膳房，专为玄宗捣制保养药品赤箭粉，可使投毒其中，这样岂不泯灭无迹？"

太平公主道："此计甚好，但谁能和元儿联络上呢？"

崔湜道："不才先时和上官昭容私通时节，也曾同元儿有过苟合，情意较厚，她曾说过愿嫁我为妾。我若成就诺言，定肯为我效力！"

慧范和尚仍不以为然："元儿愿给崔大人当妾是一回事，而能不能冒险害人又是一回事，敢不敢害皇帝更是另一回事！"

太平公主沉思一会儿，遂道："可先试之无妨，万一不成，再动武不迟。"

崔湜："清明节马上就到，元儿很可能给上官昭容上坟，届时我可以去会她。"

玄宗杀上官昭容之后，有些反悔：一则中宗被鸩后，她曾草诏请相王辅政；二则她在武则天执政时掌管诏令二十多年，没有大过；三则她对诗文造诣较深，是难得的人才；四则她生活淫乱，情有可原。所以清明时节，玄宗一边令其婢元儿去给她扫墓，一边令张说编纂其文集二十卷，并为之写序。

清明节那天，崔湜也去给上官昭容扫墓。他以给父母扫墓的名义，备了些香表干果等祭品，一早赶到陵园。但直至午时，元儿才来。二人相见，都感慨万千，不知该从何说起。元儿既恨崔湜食言，又见他来给上官昭容扫墓，可见还不是完全寡情之人，本欲拔腿就走，又犹豫起来。崔湜猜透她的心情，先赔了一个拱手礼，随即道："元儿你能原谅我吗？我也想你想得好苦呀……我要是寡情负心的人，今天也不会来给上官昭容扫墓了！我所以未能兑现诺言，只为你被皇上霸去，似同天河把咱隔断！"说着说着眼圈一红，涌出泪来。

由于崔湜表演逼真，元儿完全相信了他的鬼话，哪知他欲利用自己下毒的诡计。于是道："过去每隔五年更换一次宫娥，我已入宫八年了，快轮上我了吧？"

崔湜道："玄宗如此荒淫，把父妃杨贵嫔都夺占了，只怕十年也不会放你的！"

元儿道："他只是让我每天给他捣制赤箭粉保养药，并不曾对我无理。"

崔湜道："他如今好似花丛中的蛱蝶，红迷紫牵，抽不出身来。你们分管衣食住行的宫女，都是他的囊中物，随时可以掏取，你想那么多宫女，为何让你给他捣药，还不是看上了你的姿容么？而他的妃子成群，朝三暮四，有几个能够专宠的，岂不都和熬活寡一般？我如今只有三妻妾，你又最幼，一定把你当作心肝宝贝！”

元儿叹道：“但不知啥时放我呀？”

崔湜道：“要等释放，可是遥遥无期！你不见有许多白头的宫娥，都派遣去看坟了么？”

元儿道：“这有啥办法呀？”

崔湜道：“办法倒有一个，也只有你可以办到，就看你敢不敢了！”

元儿道：“你说来我听！”

崔湜道：“在你捣制赤箭粉时，加放些毒药，玄宗一死，就是太平公主的天下，她对我如痴如醉，言听计从，定会成全你我！”

元儿听罢直摇头：“哎呀，这太可怕啦！”

崔湜道：“有啥可怕哩，等玄宗一喝到肚里，立即就死了，岂奈你何？而且你除去了一个荒淫的昏君，以幼夺长的无道的皇帝，有功于天下，太平公主定给你封赏哩！也只有你有这个条件，别人想立此功，还办不到哩！”

直说得元儿认了：“毒药呢？”

崔湜道：“我早已备好，只是未带。待今晚二更时分，我从东宫墙壁光宅坊的龙首渠旁，用麻纸包上给你撂过墙去。”说毕做欲吻搂之状，以表示痴情。

元儿猛躲一旁，向坡下一指：“奴乘的宫车在下边，被人看见，可不是玩哩！”说毕连忙告别。

元儿按时接了毒药，但迟迟不敢投放，崔 等得十分着急，只怕发生了意外。时经三月，太平公主心生一计，向玄宗道：“我听说侄皇服保养药赤箭粉，可强身健骨。姑母近来软弱无力，很想一试，但不知如何配制，请东宫药工到舍下教习教习好吗？”

玄宗万万没有想到她的毒计，欣然照允，派元儿到公主府去。

元儿来后，崔湜和太平公主引她到西厢房，里面设有上官昭容的灵堂，原来这日是六月三十日，昭容遇难五周年。这样既表示崔湜对昭容的痴情不忘，又借以唤起元儿为昭容复仇的决心。

元儿祭拜毕，未待崔湜启口，便主动诉说，由于自己胆怯，始终不敢投毒，药物尚保存在柜中。

这个情况早在太平公主的预料之中，所以早已想好逼诱兼施的主意，于是道：“你如今已接受了毒药，就是不敢投放，也犯了死罪！而投毒成功之后，一则除了无道的昏君，为民除害；二则报了你的恩人上官昭容的私仇；三则我封你为患义公主；四则让你和崔湜成婚，永享荣华富贵。何去何从，赶快选择！”

元儿看太平公主的表情，阴沉可怕，只有顺从的一条路，否则就可能马上大祸临头，便横横心道：“我明天早上投毒是了！”

太平公主连忙笑脸接待，把元儿和崔湜安排到一个很雅致的密室中，让他俩痛享半日的幽会之欢，至傍晚方使离去。

元儿心情激动，一夜不曾眨眼，千思万想，似已船至中流，只有勇往直前。直到第三日晨起给玄宗熬好人参莲子赤箭粉汤，把毒药投了进去，端往寝宫。在院中尚强打精神，步履如常。但一看见玄宗，却似老鼠见猫，不寒自怵，双手哆嗦，不听使唤。玄宗见状，顿起疑心，忙问：“元儿，你莫非是病了？”

元儿本来已惊慌失措，经此一问，牙齿也上下打战，说不出话来。“扑通”一声晕倒了，碗摔成两半，汤洒满地，一只馋猫急忙跑过去舔食，刹那惨叫而死。

玄宗猜知是元儿昨天给姑母教习捣制赤箭粉时，带了毒药回来，一边让王后把元儿安置密室中抢救，一边托病传内给事高力士，宣谕辍朝一日。

太平公主听说玄宗因病辍朝，猜知必是元儿下毒事发，只是不知玄宗是死是活。但不论死活，都得赶快采取措施。她心急如火，忙召集心腹崔湜、窦怀贞、萧至忠、岑羲和陆象先五名宰相，以及慧范和尚、左羽林大将军常元楷、右羽林将军李慈、左金吾将军李钦等，到南山庄紧急商议对策。

太平公主先谈一下对元儿下毒的估计：“因她年幼胆怯，很可能事情未遂，如今已打草惊蛇，事不宜迟，必须先下手为强。当然也有可能下毒成功了，他们密不发丧。但不论成功与否，我们应防而有备，备而有防，按照下毒没有成功的情况，迅速行动！”

左仆射窦怀贞首先附和道：“七月五日太上皇早朝于太极殿，请常元楷大将军率羽林军自北门突入，捉拿玄宗，吾同萧至忠和李慈将军在南衙应之。”

中书令萧至忠道：“不妥、不妥，到明日早晨，只怕为时已迟，不如今夜突然袭击东宫，杀个鸡犬不留！”

慧范和尚连忙附和道：“七月五日是黄道吉日，定可旗开得胜！”

侍中岑羲、大将军常元楷、薛崇训皆附和明早举事。

平章事陆象先突然站起抗言道："玄宗以功继统，必须有罪方可废去，否则，恐民心不服，社稷有危。"

太平公主道："他以微功夺长，众心难服，又失德通父妃，离间宫廷骨肉，早应废之！"

窦怀贞道："请问平章大人，高位从何而来？养兵千日，用兵一时，知恩不报，其心何忍？"

陆象先道："我正是为了报公主大恩，才直言劝谏，免生失足之恨！"

崔湜道："是小弟保举大人高升。如今下毒事凶多吉少，只有勇往直前，才可化险为夷，否则，只好束手待毙了！"

太平公主的次子薛崇简在帘后窃听，至此再不能忍耐了，突然闯进来嚷道："元儿下毒是你的主意，不能为了你个人的安危，把我们全家的性命赔上！"

太平公主正欲驳斥陆象先，不识趣的儿子又突然杀了出来，真是火上加油气打几处来："无知小儿，你莫非疯啦？用得着你胡言乱语么？"

薛崇简道："母亲如今贵诸宰相，良田千顷，财帛山积，何不安居处优，却冒此天下之大不韪哩？事成不足以增荣，事败有家灭九族之灾，儿实不解！"

太平公主恼羞成怒，拿起一把玉如意，劈头盖脸砸了过去。薛崇简刹那血流满面，萧至忠连忙上前劝阻。薛崇简仍不肯罢休，泣道："儿冒死直谏，是为了母亲和全家的安好！只要母亲听儿言，我死也瞑目了！"

太平公主道："你再多言，我就一棍子把你打死！"说毕就起身找棍，被窦怀贞拦住。

薛崇简被萧至忠扯开，走过崔湜跟前，又指骂道："你这个无赖，到处拈花惹草，无事生非！败家的恶煞，我死了也找你算账！"

太平公主气急败坏，喝令道："把他锁起来！"家仆见公主动怒不轻，只得把薛崇简锁进秋香馆中。

太平公主十分机警，刹那镇静下来："儿子尚且不服，更何况那才望高雅的陆象先？"不禁眉头一皱，计上心来。

欲知何计，且听下回分解。

第四十二回

花言责己感宰相
拒旨自戕怨苍天

太平公主眉头一皱，计上心来，从容而严肃地道："我不怨天不尤人，只恨我自己是个女流之辈。我若是个男子，在武太后让我监国时节，就会受禅了。只因我是个女的，英雄无用武之地；只因我是个女的，处处受习俗偏见的排挤；只因我是个女的，不能和男的一样享受声色之乐；只因我是个女的，才望高雅之士，也媚世从俗；只因我是个女的，亲生儿子也不能体谅理会……"说到这里，不禁泪流满面——这明明是怨天尤人，却说恨己，实为激将之计。

只说得满场鸦雀无声，尤其是那平章事陆象先，对她所说"才望高雅、媚世从俗"，既是对自己的恭维，又含有埋怨，遂有动于衷，原本想为了保己，准备告密立功，眼下也动摇起来，心想只要能离开此是非之地，脱掉干系，也就心满意足了。

太平公主好像看透了陆象先的心底，于是道："陆公或欲告密邀功，或欲脱离干系，请便!"

陆象先道："公主大恩永生难忘，只是老朽胆小怕事，不求有功，但求无过。脱离干系已是抱歉不轻，若再告密立功，真犹如禽兽耳!"说毕向太平公主叩一个头，站起身来，又朝众人拱手一揖，惭形于面退离。

陆象先去后，天已黄昏，太平公主为了预防万一，连忙布置常元楷和李慈将军调兵遣将，定于明日三更时分攻打东宫——为防陆象先泄密，比原计划提前一天。然后太平公主又率众潜往南山寺密议善后事宜，也是怕陆象先走漏消息之故。

李隆基和薛崇简同岁，又是姑表兄弟，因他性仁慈好义，所以二人交情较深。薛崇简对母亲与李隆基不和，早就了解，只是母子亲情，总比友谊深得多，难于诉说。李隆基知他的苦衷，也不便询问，但从他的言谈无意流露和表情当中，总多少可以窥测些迹象。

薛崇简的突然失踪，使李隆基预感到事态严重，急忙派人察访。说话之间宰相魏知古破门而入，奏道："薛崇简遣乳母告密，太平公主定于七月五日太上皇上朝(五天一朝）时谋乱，他已被杖伤，囚入南山庄秋香馆中。"

薛崇简告密，主要还是从爱护母亲和全家的幸福出发——这样防患于未然，可能得到从宽处分。否则必然失败，将有灭族之灾。

玄宗得此密报，事已燃眉，立即传来兵部尚书同平章事郭元振、侍中魏知古商议对策。此二宰相皆少年举进士，才名出众。

玄宗说明情况之后，便立即行动。郭元振布置龙武将军王毛仲、果毅将军李守德做好应战准备。魏知古令殿中少监姜皎，立即监督太平公主群党的行动。玄宗令王后兄尚乘奉御王守一防卫东宫。

当陆象先从南山庄公主府走出里许，即被姜皎捉住，送交玄宗御审。陆象先只说："清官难断家务事，而偌大的皇家，王孙公主无数，是非曲直外人莫知。今太平公主颇具谋略，且有恩于我，但为明哲保身，临阵逃脱，已为不忠，岂敢再言其他?"

玄宗早慕他才望高雅，为政公允，忠厚仁柔，只因错投其主，十分可惜。现又悬崖勒马，情有可原，不能勉为其难，遂释之返家。

郭元振得知陆象先自南山庄归来，猜知群奸定在那儿谋篡，马上率精锐千骑前往围剿。但冲进院中，除了薛崇简锁在房里呻吟之外，只有些家仆。询问其他人去向，皆莫能对。只有薛崇简知道南山寺的和尚慧范来往密切，推测可能潜往。

当郭元振千骑赶至南山寺时，已近三更。太平公主估计常元楷和李慈将军已经行动，正准备回去响应，忽听战马嘶鸣，猜知不妙，众人四下逃窜。慧范、岑羲和薛崇训先后被擒，斩于马下。窦怀贞眼看逃躲不及，跳崖身亡。只有萧至忠束手被擒。经审问得知太平公主和崔湜尚藏于寺中，而常元楷和李慈已回衙举事。郭元振斩罢萧至忠，连忙下令放火，把寺院烧了，虽仍未见此二人的踪迹，但他们已经孤立，翻不起大浪了，便勒马回宫参战。

郭元振到太极宫时，常元楷和李慈正在围攻酣战。不料他们从外面突然夹击，刹那军心涣散，反矛倒戈，全军覆没。

且问太平公主和崔湜藏到哪里去了？原来神龛下面有个地道，通往后山，因而逃脱。但二人走了一天一夜，崎岖小道，疲惫不堪，便找了山洞住下歇脚，口吐酸水，肚里非常难受。虽然随身带有不少珍贵的首饰，但也不敢到村店里去发落出售。因为劳累过度，在山洞里一躺，便都入了梦乡。半夜里忽然山风大作，霹雷火闪，下了一场暴雨，两个人惊醒之后，又冷又怕，紧紧偎抱一天。风停雨过，心神转安，享了一番巫山之乐。

兴尽悲来，崔湜首先问道："可该如何办呀？"

太平公主已思索了一路，便立即答道："咱逃到江南，隐姓埋名，用我的首饰换些银钱，学那文君和司马相如的故事，开个酒店，岂不好么？"

崔湜所以投靠太平公主，完全是为了她的权势，如今一败涂地，万事皆空。而且太平公主是个年过五旬的孀妇，自己家中的娇妻无数，岂能弃美爱丑？所以他佯为应允，哄骗她道："我也是这般考虑，只是怕咱们走不脱，被人捉了回去，为之奈何？"

太平公主道："如今已行一百多里，等到天明你去到镇上，用首饰换点便衣来，咱专走山间小道，无须多虑！"

崔湜佯为赞成，又温情地搂着太平公主入了梦乡。天亮之后，崔湜摘些山楂、野枣给公主放进洞中，便道："把首饰拿来，我到镇上买衣服去。"

太平公主递给他一个金手镯。崔湜道："我趁便买些吃的，或者雇个毛驴来骑，请公主多给些过来。"

太平公主误信为真，又递给他一个镶金嵌玉的如意，崔湜这才高兴地离去，临行，为了给公主些慰藉，又同她温存一番。

直至日夕，仍不见崔湜归来，太平公主这才起疑："莫非他忘恩负义了么？莫非他畏罪潜逃了么？莫非他告密图赏去了么……"心中七上八下，十分不安，不禁回忆起了往事：自从降临人世，父为天皇，母为天后，上有四兄，只自己是个独生女儿，爱如掌上明珠。初嫁时节与太子纳妃合为一天，车马如云，妆奁如山，隆重无比。改嫁武攸暨时，依仗母活将其前妻赐死，是何等的飞扬跋扈。母后去泰寓享乐，让自己监国，又何等的尊荣富贵。食山珍，衣锦绣，玩娈童，通俊夫，穷奢极欲，荒淫无度，享尽了人间的艳福。只因贪心不足，除二张，灭韦后，妄图皇位，落得个身败名裂，到如此地步。唯指望与俊夫崔湜相依为命，然而他又一去不返。撇我在荒山上野坡，我可该怎么活哩……太平公主想到这里泪似断线珠儿扑扑簌簌滚了下来。

不多时，忽听崔湜慌慌张张呼叫道："公主快起，官兵追来了!"

太平公主睁开双眼，自知难逃，便神色自若地道："与其咱二人同死，何如郎君去告密立功呢？我情愿为你而死，但望你每年清明时节，能给我扫墓烧些纸钱，我就含笑于九泉而无憾了。"

只说得崔湜羞容满面，无地自容。此官兵本是他告密引来，竟没想到公主会有如此的深情！相比之下，自己是何等的渺小和缺恩寡义？于是泪似泉涌，泣不成声，情不自禁地搂着公主温存起来。

官兵来后，崔湜为了掩饰自己告密，请求和公主捆在一起，解至长安。

玄宗闻此经过，认为崔湜有功，加之崔涤说情，从轻发落，贬为窦州刺史，赐太平公主自尽。她正要举剑自戕，太上皇慌慌张张赶来："皇妹且慢，皇儿已允汝囚禁终身免死了!"

但太平公主是骄奢淫逸惯了的，如何能忍受此等委屈，立即拒绝道："巾帼英雄宁愿站着死，岂可跪着生？我不恨三郎，不恨己，只怨苍天不公！我若是个男的，和两位兄皇相比，才略皆有过之而无不及！在我告密除灭张昌宗兄弟时节，就可以以功继统登基！在除灭韦后之后，也可以以功而立！我若是个男的，定可继承母皇的遗志，且鉴其教训：近贤良，纳谏去谗；远小人，严惩酷吏；戒淫巧，轻徭薄赋；睦四邻，偃武修文！

以此修身，何有诸韦之祸，命丧毒饵？

以此励精，何有太子重俊、重福之乱？

以此图治，何患大唐不早已中兴？

只因我是个女的，得天独薄，每每失去机遇！

只因我是个女的，费尽心机，事倍而功半！

只因我是个女的，功亏一篑，只落得身败名裂，家破人亡！

苍天呀，苍天！哈哈！永别了，我要到地府去也！"说毕举剑对准自己的喉咙猛刺……

太上皇跨步上前，一手把剑打落。

太平公主大喊："哈哈！兄皇不让我死，我就不死！我活，我还想活，我还没有活够，我还要享受人间的荣华富贵，我还要享受声色之乐！崔湜在哪里？荷生在哪里？慧范在哪里？啊！他们都离我而去，把我一人囚禁这里，孤苦伶仃，何能受得了的？"一个箭步，抬起剑来，先向太上皇虚晃一剑，刹那刺入自己的喉咙，诀别人世！

太上皇猛扑上去，握住她的手腕："皇妹呀，皇妹，你怨天尤人，言之有理……"痛哭失声，昏厥于地。许久才被侍卫发觉搀扶回府。遂宣诰："自今军国政刑，皆由皇帝处置，朕专心养性，清静无为，徒居百福殿。"

玄宗敕令搜捕公主余党太子少保薛稷、中书舍人李猷、公主婿鸿胪卿唐俊，及其子女百余口皆斩之。唯薛崇简因谏其母被杖，特赦免死，赐姓李氏，曰李崇简，官爵如故。公主武艳为崔涤故，本欲原情，但她隐罪不首，且他们夫妻不合，亦即赐死。并为崔涤纳仙乐公主，给崔涤改名崔澄。

李崇简认为对崔湜处分太轻，向玄宗奏道："元儿投毒鸩害陛下，谋出崔湜，只赐我母死，而崔湜独生，实为不公！"

玄宗遂降敕赐死崔湜于途中，虽为兄再三求情，但因崔湜隐罪不首，无法原谅。崔湜知道玄宗和弟亲昵，希能宽恕，缓慢而行，刚至荆州，便被使者追上，缢死途中，时年四十三岁。崔澄遣人载运灵柩和其亡嫂合墓。

太平公主死后，其前夫薛绍因死于博州谋反案尚未昭雪，后夫武攸暨之子武崇敏、武崇行因此案诛身，其墓当平，故只好独葬荒丘。

那荷生自蒲州归来，一则贪恋新欢，二则积攒财富无数，三则唯恐太平公主事败株连，早携新欢隐居终南山中。当他听说太平公主赐死，独葬荒丘，十分凄凉，念其旧情，凭吊之后，题《忆秦娥》一首：

秋风咽，
多情公主泉下歇。
泉下歇，
胜却偷生，
禁锢啼血……

才华四溢涂沃野，
风流倜傥痴情多。
痴情多，
孤坟一丘，
苦向谁说？

题词之后，情景交融，更为悲切，忽生一计，于夜间用重金雇役，盗得崔湜灵柩，与公主合葬，这才觉得报了厚恩，依依离去。

玄宗挫败了太平公主，励精图治，五年后即呈现出“开元盛世”，天下太平三十多年，誉称“明皇中兴”，但他晚年贪恋声色，霸占儿媳杨玉环，封为贵妃。为了寻欢作乐，委权奸佞李林甫、杨国忠和安禄山，形成了三奸鼎立，竞相残害忠良，苛剥百姓，制造冤案，堪称酷吏来俊臣之亚。他们互为倾轧，钩心斗角，欺上瞒下，终至酿成了历时八年的安史之乱，使亿万百姓生灵涂炭，大唐从此遽衰，一蹶不振。